教育部人文社会科学研究“‘跨语际小说’理论建构与身份认同研究”
[19YJC752014]项目资助

Theoretical Construction of “Translingual Novel”:
Study Based On Code-Meshing

“跨语际小说”的理论建构
——基于符码啮合的研究

雷静——著

中央民族大学出版社
China Minzu University Press

图书在版编目（CIP）数据

“跨语际小说”的理论建构：基于符码啮合的研究／雷静著．—北京：中央民族大学出版社，2021.12

ISBN 978-7-5660-1980-6

Ⅰ.①跨… Ⅱ.①雷… Ⅲ.①小说理论—研究 Ⅳ.①I054

中国版本图书馆 CIP 数据核字（2021）第 221942 号

“跨语际小说”的理论建构

——基于符码啮合的研究

著　者	雷　静
责任编辑	李苏幸
封面设计	舒刚卫
出版发行	中央民族大学出版社
	北京市海淀区中关村南大街 27 号　邮编：100081
	电　话：(010)68472815(发行部)　传真：(010)68932751(发行部)
	(010)68932218(总编室)　(010)68932447(办公室)
经 销 者	全国各地新华书店
印 刷 厂	北京鑫宇图源印刷科技有限公司
开　本	787×1092　1/16　印张：17
字　数	280 千字
版　次	2021 年 12 月第 1 版　2021 年 12 月第 1 次印刷
书　号	ISBN 978-7-5660-1980-6
定　价	72.00 元

目　录

摘 要

本书尝试探讨后殖民小说中的跨语际性（translinguality）现象如何影响喻体的表达方式和本土身份认同。除了将“跨语际小说”定义为跨国或双语/多语语境实践载体外，本书亦指出当代“跨语际小说”在语言和叙述手法上，均具备“符码啮合”（code-meshing）特征，而非单纯的符码转换行为，其目的在于揭露小说如何在叙述过程中建立具有特异性喻体表达模式和本土身份认同。在此过程中，跨语际性不应仅是某种固定身份的表达形式，而应被视为一种重要的动因，促使离散主体生成新的身份认同。因此，喻体和身份认同构成“跨语际小说”的两大基本元素。本书援用客体间性和向量化的方法论，对后殖民时期印度作家阿米塔夫·果许的《饿潮水》（2004）和南非作家查克斯·恩达的《红色之心》（2000）中的喻体和身份认同主题进行阐述，总结出跨语际性的叙述特征，确立喻体和身份认同在“符码啮合”语境下的实践轨迹。

关键词：跨语际性；符码啮合；喻体；身份认同；客体间性；向量化

Abstract

This study attempts to explore novels written in the post-colonial period from code-meshing perspective under a theme of translinguality, as that phenomenon reveals figurative paths of communication and indigenous identity. I redefine the notion of "translingual novel," which is filled with a variety of translingual practices and whose author is a transnational or those bilinguals/pluri-linguals. The "translingual novel" in the contemporary era, should be those fictions conducting code-meshing events, rather than simple code-switching activities, in both linguistic and narrative dimensions, with the intention to establish indigenous identity and unique figurative expressions in the narration process. In this process, translinguality should not be merely seen as the expression means of certain fixed identity, rather as a contributor/maker to generate an evolving identity for those Diasporas who are hugely influenced by global mobility and communication. Therefore, identity and figuration have become two essential components of translingual novel. Harnessing methodologies of inter-objectivity and vectorization, this book will study two themes within translinguality-identity and figuration-in Amitav Ghosh's *The Hungry Tide* (2004) and Zakes Mda's *The Heart of Redness* (2000) . By tracing Indian and African translingual novels in the post-colonial era, I will analyze and categorize narrative features of translingualism with an aim to determine trajectories of code-meshed practice embodied on the theme of figuration and identity.

Key word: Translinguality; code-meshing; figuration; identity; inter-objectivity; vectorization

引　言

近几十年来，由于声势浩大的移民运动，“跨语际性”这一古老如巴别塔一般的现象已然受到人们的关注。在文学批评领域，几乎所有批评家都将跨语际现象看作“符码转换”（code-switching）或“符码混合”（code-mixing）的行为（Bokamba；Kellman；Tosta）。然而，社会语言学领域的学者认为，“跨语际性”已经从“符码转换”演化成了“符码啮合”事件（Blommaert；Canagarajah；Horner；Matsuda；Trimbur）。为了丰富跨语际性研究，社会语言学领域的众多学者已经从多学科的角度对“符码啮合”行为进行了热烈讨论，这些角度主要涉及三种体裁，即学术写作、日常交际和教学法，旨在丰富“跨语际性”的理论研究。但是，在“跨语际实践”的主题下，许多其他写作形式当中的“符码啮合”行为尚未引起学者们的关注，相关研究还未充分开展。小说体裁便是其中之一。如今，“跨语际性”在各类作家的作品中都很常见（Guerra and Shivers-McNair 21），这其中当然也包括小说家。在21世纪，小说家们都在作品中频繁地进行“符码啮合”活动。

自殖民时期以来，“跨语际性”成了一种值得人们重点探究的热点现象。在不断扩大的移民潮和后来的全球化背景下，“跨语际性”受到许多学者的关注（Milson-Whyte 118）。比泽尔（Bizzell）注意到了这种新兴的、以出版为目的、在学术写作中“杂糅”（hybrid）和“混合”（mixed）的现象（“Hybrid”7，“Basic”4）。这种日益普遍的现象背后存在纷繁复杂的原因。一方面，在经济、社会和文化交流方面，英语已成为世界语言；而另一方面，被殖民者希望通过在各种场合使用自己的语言来重塑身份、重振文化和重建社会地位。

在当今社会，人们普遍认为"跨语际"写作越来越全球化，情况也日益复杂（Kamil，Pearson，Moje and Afflerbach，2010）。乔恩·雷纳（Jon Reyhner）写道①：

> 为了进一步提高声望并证明其"能够用各种人类语言表达一切事物"，世界文学经典被翻译成巴斯克语（Irujo Ametzaga，2009，52）。然而，讽刺的是，巴斯克作家要想获得更广大的读者群，则需要用"世界语言"书写或者将他们的作品翻译出去。正如巴斯克作家扎尔杜亚（Zaldua，2009）所指出的那样，英语"是唯一一种能够让文学作品走向世界的语言，它是通往文字世界共和国（即市场）的通行证。"（74）

英语和土著语言的杂糅现象已被广泛应用在了口头和书面形式上。由于"跨语际性包容了语言的多样性"（Pandey，"When" 216），"跨语际实践"已被应用于各种不同的场景中，如课堂教学、学术写作和日常交流。

"跨语际性"已经"引起了从事不同级别写作研究的学者与教师的关注"，但我们"未能给予清晰的定义或者始终如一地运用它"（Matsuda，"The Lure" 479）。这一点在文学领域尤为明显，因为以"跨语际性"为主题或主要表现形式的小说类型，即"跨语际小说"，缺乏大量的理论研究。

研究意义

布鲁斯·霍纳（Bruce Horner，2017）认为，考虑到语言差异的"跨语际"方法应被视为"所有写作中一个无法回避的特征，无论写作采用的是何种形式。因此，对于'跨语际性'的方法，问题不在于要消除或适应语言上的差异，而在于通过写作要产生什么样的差异，如何产生以及为何产生"（88）。基于霍纳的观点，"跨语际性"研究的重点是将我们的视角

① 本书中引文均为作者翻译。

转换到一个更加务实的层面，即在具体文本中将差异情景化，从而指出运用跨语际实践的原因。这对于“跨语际小说”中不断出现的实践形式来说，更为有用。一方面，可以从小说体裁的维度增加更多数据来丰富“跨语际性”的社会语言学的研究，另一方面，可以在民族文学与世界文学的间隙中增加新视角，走出二分法的困境。“跨语际小说”包括两个重要类型：（1）跨语际叙述；（2）跨语际实践的差异。

（1）跨语际叙述

“跨语际叙述”（translingual narration）这一术语，是莉塔·威尔逊（Rita Wilson）在2011年撰写的“跨语际叙述进行的文化调解”（*Cultural Mediation through Tranlingual Narrative*）一文中提出的。遵循她的主要思路，“跨语际/跨国叙事改变了文学和文化话语，不仅将话语重新置于文化边缘、强调跨文化对话和翻译，而且还将分散的文学传统联系起来”（“Mediating” 47）。通过强调实际的和形而上翻译形式的重要性，威尔逊认为，跨语际叙述手法可以为读者提供“文化层面上更好的自我认知”和“治愈乡愁的方法”（ibid 59）。作为一个“积极的生命项目”，跨语际写作成了“一种表达主张的行为，因为跨语际叙述者将他们自身定位为目的语文化的积极参与者”（ibid 58）。

威尔逊对“跨语际叙述”的阐述加深了“跨语际性”主题的理论研究，激发了本人对“跨语际小说”这一概念的思考。作为一种探索土著身份认同的空间，“跨语际小说”总是要超越叙述学的思维范畴，从外部世界的视角表达十分明确且异于目的语文化的价值主张。穆拉·高奥卢（Moura-Koçoğlu）认为，在后殖民语境中，小说“已经成为了想象‘外部世界’的力量：欧洲中心论的话语以外，国家以外，归属和身份这些固定观念以外，小说已然成为了表达跨文化异己性的一种手段”（xxix）。从这个角度上说，“跨语际小说”体现了与“跨语际性”本质相呼应的、强烈的跨文化属性，从而获得更多重构小说的机会。

本人重点研究的小说作品都是强调“跨语际实践”现象的，这一点不仅展现在小说叙述的书面行文上，还存在于人物的口头对话中。小说中的“跨语际实践”基于不同的叙事结构，在情节、性格、环境等方面皆存在不同的体现方式。作为一种典型的且广为接受的创造性写作体裁，小说急需研究者们的关注，从而发现"跨语际性"的具体特征。本人运用了卡那贾拉亚（Canagarajah）的"跨语际性"理论来描绘和分析小说体裁中的"跨语际"实践活动。不难看出，那些倾向于在小说中运用"跨语际"实践形式的小说家们通常是跨国人士或是双语/多语者。因为他们有机会从中介视角（in-between perspective）来观察这个世界。跨国人士和双语/多语者具有多于一种语言的背景，能够在语言之间穿梭，其叙述的故事往往体现出相互交织的、具有"贯穿性"（transversality）特征，进而建构出"跨语际叙述"。

实际上，"跨语际叙述"可以回顾和追溯到19世纪和20世纪的浪漫主义小说（Romantic Novel），让"他者"（The Other）成为叙事的主角，并让"他者"成为中心创造性地构建国家的概念。詹森·扬基特（Jason Youngkeit）认为，历史小说总是通过质疑和重构历史的方式，以一种另类的观点来接近已知的过去（136, qtd. in Tosta 73）。佩雷斯（Pérez）在分析墨西哥文学时，提出了基础时期（foundational period）和形成时期（formational period）相结合的观点。他认为，期望的"两个阶段"结合形成了"墨西哥的殖民化或是我们当代世界的基础性时刻（foundational moment）"（115, qtd. in Tosta 73）。索默（Sommer）声称"基础时期的拉丁美洲国家历史往往是更加前瞻式的，而非回顾式的"，但在形成时期的民族国家阶段，印度和非洲国家也有类似于基础时期的情况（"Irresistible" 84, qtd. in Tosta 22）。所以基础时期和形成时期都会有前瞻式（projective）和回顾式（retrospective）的融合。近几十年来，由印度和非洲作家撰写的小说也反映出这种融合，体现出小说家们对国家转型寄予的希望。

通过研究发现，"跨语际叙述"这一概念包含了"贯穿性"和"融合"（confluence）两大特征，既有基础时期的特征，又是形成时期的特征；既是前瞻式的，又是回顾式的；既有虚构性的作用，又有务实性的功能。尽管很多学者并未使用"跨语际叙述"这个术语，但是他们强调的观点都体现了"跨语际叙述"的实质，这些调和都是真正意义上的创造性融合。

（2）跨语际实践的差异

20世纪的“跨语际性”研究侧重的是主体导向（subject-oriented）的语言研究。大多数学者进行传统的、历时性研究关注的是“符码转换”现象，将每一种符码看作是具有独特性的个体。其典型代表是刘禾（Lydia Liu）对19至20世纪中文里的外来词（loanword）进行的深入研究。而在21世纪开展的“跨语际性”研究，则侧重于物体/客体导向（object-oriented）的语言研究，其特征是对共时性作品进行的关系研究，强调了具有多孔（porous）结构的语言之间进行互动的“符码啮合”的行为。语言之间互动产生的新语境，具有动能属性并且带来变革行为，从而生成新的意义。如果说，历时性翻译作为“跨语际实践”的基本方法（Liu 25），开创了中国现代文学（33），那么共时性“跨语际实践”会给小说写作带来怎样的变化呢？或者说，对“跨语际实践”的研究还能有其他诠释的方法吗？

20世纪，人们在受制于试图超越语言局限的痛苦假想之后，在21世纪迎来了新生事物产生的令人愉悦的融合体验。

> 在本世纪之交，科学界经历了一场革命。阿尔伯特·爱因斯坦（Albert Einstein）揭示了宇宙的量子结构，阐释了光的波——粒子模型，并且引入了相对论和弯曲时空的概念。科学的实证领域也进入了一个空前的、理论模糊和理论不确定的时代：光既是波也是粒子；时间变成了空间（Karen Lee 33）。

就像嘉伦·李（Karen Lee）所说的那样，小说中“混合了诗歌和绘画，从而解决了诗歌和绘画作为符号语言所固有的再现问题”（37）。

> 一种形式的局限满足了另一种形式的需要：在争夺统治权的斗争中这并非意味着一种形式击败了另一种形式。不确定性是符号语言所固有的。话语杀人：语言僵化，把活生生的生命变成僵硬的石头。语言，充其量不过是一个附着在生命体上的死肢。还有一些著名的比喻将翻译描述为一种外国服装，“将是一件有着大量褶皱的皇家长袍一样将内容包裹起来……无法抵抗且异质的”或作为“被粘黏在一起的

> 船只碎片”（Benjamin，“Task”75，78）。瓦尔特·本雅明在其著名的、对“真实的翻译”的描述中用到了光、纯度和透明度的意象（Benjamin 79）。这些隐喻将翻译视为一种烦琐而模糊的干扰物，而原文则散发着赋有启发性真理的光芒（Lee 37–38）。

本人尝试在使用比喻性翻译和实际翻译的基础上探索“跨语际性”在“消极/否定能力”（negative capacity）层面上的动力学，即“贯穿性”和“融合性”所产生的具有创造性的合力。

这里的“负面能力”一词，呼应了斯拉沃热·齐泽克（Slavoj Žižek）提出的术语“消极主观性”（negative subjectivity），指的是存有（being）的无法呈现的本质（1989）。跨语际者也总是面临像“离散人群”那样“无以呈现”（unrepresentable）的感受。“跨语际者虽然跨越了他们的母语，但是……他们的愿望是跨越语言作为整体存有的概念……从而达到无所不至。他们对有限语言系统的不完善颇为不满，渴望超越言语的局限以达到沉默和真理的境界”（Kellman，Switching Language 16）。因此，“跨语际性”是一种考验，是伊娃·霍夫曼（Eva Hoffman）所经历的痛苦过程。她将英语与波兰语进行比较：“我现在学到的单词与用我的母语词汇表达时，所代表的事物是不一样的……英语单词没有渗透到我心灵的层面，也就无法用其进行内心的对话”（*Lost* 107）。

霍尔（Hall）将“现代主义全球化”与“后现代全球化”区别开来。因为前者推崇单边的、隔离的和等级化的关联，而后者则颂扬流动性和多样性。其他学者也秉持着类似的观点。卡那贾拉亚恰好观察到“由于地缘政治的不平等和权力差异的不均衡，他们可以通过各种社区为自己的利益谈判”，因为“后现代全球化中的不可预测性和多样性是常态，人们视现代主义和单语言话语为例外，或试图通过其模型和制度进行控制”（*Translingual* 25–6）。

跨国经验以贯穿性和融合性为特征，通过重构和重新定位来定义国家身份。标记的语言和身份具有“赋予社会群体权力和肯定功能……它们是总可以重构和重新标记的结构”（ibid 16）。因此，多样性是正常的，分享是在社会上实现的；意义和规范是共同构建的，从而对话者对谈判差异持开放态度，这是建立交际成功的准则（ibid 17）。因为具有赋权和肯定的功能，跨语际将重构令人愉悦的融合，以赞扬跨地域的世界主义身份，并通过象征和意识形态资源实现新的全球公民形式。

为了研究小说类型中的跨语际实践，本书将“跨语际性”应用于文学作品中，作为跨国界的新叙事方法和态度。新的叙述分为两层：一层是表层，可以看作通过翻译在语言之间穿梭；另一个是内层，作为一种新的叙事方法，在叙事过程中隐喻地嵌入。只有通过应用表层，才能到达翻译的内层，具体体现在人物的身份、记忆、性别特征等方面。文章对小说的结构安排也进行了讨论，以便进一步理解本土化以及这种新的叙事方法。新的态度来自“离散人群”的怀旧情绪，他们的态度和情感会随着时间的推移而进入新的阶段。这种心理变化引导着跨国人的各种行为，而这些人可能就是小说中的主角。

此项研究中，本书将注意力集中在小说类型上，将其作为一种通俗的符码啮合事件，系统地阐述了其特征、策略和模型。同时澄清了一些问题，例如，作为后殖民时期小说创作的两个关键问题，形象和身份可以在符码啮合事件中构建和传递的条件、20 世纪和 21 世纪的“跨语际实践”的差异。形象的状态属于叙事结构的范畴，可以归结为三个方面：情节、性格和环境。文章对这三个维度的具体案例进行了深入研究，以此说明翻译小说中形象的特征。换句话说，这种形象的特征在于在动态模式中贯穿两个对象，通过这样的方式，其在成词、意义形成、身份形成和解决困境的方式方面产生了新颖性。对于 21 世纪的“跨语际实践”，“离散人群”以积极的态度将思乡之情转化成了充满创造力的协同作用。

本研究将讲述从物体间性的角度探讨对主流写作结构和语言的抵制所产生的“跨语际实践”的故事，试图消除长期以来掩盖了“跨语际性”语言和政治功能的主导性视角。“跨语际性”的语言功能对经济和文化产生的作用是非同一般的：它代表了土著群体的利益和权利以及对其文化遗产的保护。

本研究还探讨了当代小说中“跨语际性”的概念重新编码和重构的方式。作者对小说文本的阅读体验，在构建新形式的土著身份的同时表达了跨语际过程。因此，“跨语际小说”的研究应当包括隐喻和实际的跨语际过程。这要求我们理解“跨语际实践”，不应仅限于跨语际研究中最常见的三个领域——读写能力、口头交流和教学，它使我们能够从经济状况和文化保护方法的角度考虑土著群体的发展过程。作者将重新审视协商策略，以便更好地理解和适应小说文本中的“跨语际实践”。从客观的角度来看，这项研究有助于改变文化研究和文本分析的范式，使研究者能够更全面地思考小说文本的模式和结构。

章节设置

在引言中，本书简要介绍了跨语际现象的背景信息。通过追溯20世纪初的发展，试图筛选和总结过去一个世纪的主要活动与观念变化。在此基础上，本书提出这项研究的意义，即找出21世纪小说领域中“跨语际实践”的新特点，并试图通过增加文学批评领域的更多数据来丰富对翻译的社会语言学研究。作者试图通过分析印度和南非的两部“跨语际小说”来澄清文学批评中讨论和采用的跨语际概念。

在第一章中，本书对跨语际进行了全面的文献综述，涵盖了社会语言学和文学批评领域。首先，作者简要介绍了20世纪初期翻译的初步发展，强调了两个关键阶段，即双言现象（diglossia）和双言/多语言，这些都对翻译的进步产生了重要影响。其次，作者区分了两个重要的概念：“符码转换”和“符码啮合”，以便了解21世纪的“跨语际性”的本质。而后，作者将注意力集中在两个具体方面，即身份和喻体，这是小说创作的两个关键主题。之后，作者详细讨论了两位来自印度和南非移民作家所著的小说，将研究范围放在曾被殖民但具有多种族群和多种语言的国家。

在第二章中，作者阐述了此研究的理论框架和方法论。理论框架的部分，作者借助了语言学领域苏雷什·卡那贾拉亚的理论和文学批评里凯尔曼的概念来阐述跨语际现象这一术语。卡那贾拉亚用“跨语际性”的定义研究“符码啮合”事件，其特征是“两者选其一”或“两者兼有”的关系，将语言作为流动的身份互相作用。然而，在《切换语言：跨语际作家作品反思》（*Switching Languages: Translingual Writers Reflect on Their Craft*，2003）一书中，史蒂文·凯尔曼（Steven Kellman）将“跨语际”作家视为莫扎特，可以自由选择双簧管或长笛来创作他的协奏曲（xiii）。从这种比喻来看，很容易明白凯尔曼将翻译主义定义为符码转换，特征在于其“二者兼有/二者择其一”的关系，将语言视为孤立的两个个体。因此，我试图将社会语言学的最新研究应用于小说中，这有助于澄清对跨语际概念和内涵的误解。我介绍了两种文本分析方法，即物体间性（inter-objectivity）和向量化。

第三章是对小说《饿潮水》（2004）的文本分析，该小说由印度小说家阿米塔夫·果许（Amitav Ghosh）撰写。在本章中，作者通过挖掘小说中的动力学并强调跨语际的比喻模式，将注意力集中在小说的纹理上。更具体地说，《饿潮水》的文本就是一个人的身体，其骨架（情节）、静脉、动脉（性格）和血液（环境）都表现出了跨语际的本质。跨语际的英语，就像人体一样，应该被看作一个整体，总是会产生新的血液来支撑我们在物体间性建构过程中的日常交流和生活。在本章中，作者特别关注叙事结构的三个方面，其特点是潮汐性的动力学：（a）环境：用河流的名称和形成过程说明的语言的“跨语际性”；（b）情节：里尔克诗歌所阐述的结构性跨语际；（c）性格：由于“离散人群”的态度而产生的“跨语际者”的“跨语际性”。

第四章将讨论由南非作家查克斯·恩达撰写的小说《红色之心》（2000），作者通过“跨语际实践”来讨论身份建构的主题。本章节强调了“跨语际实践”的三个功能和四个谈判策略。如果小说《饿潮水》被视为反映跨语际本质的人体，那么小说《红色之心》可以看作人类的言语能力，通过谈判策略反映出跨语际的基本功能，以此达到自己的目的。卡那贾拉亚（*Translingu*al 113）提出“跨语际实践”的三个功能，即抵制、变革和包容，在角色的言语和姿态中得到了充分体现。通过分析，作者试图在每个阶段概述特定的跨语际功能，以及如何通过这些功能构建民族身份。

第五章重点讨论了本研究未解决的问题以及下一步研究的方向。本章强调了“跨语际实践”产生的新的情感态度，介于跨语际的本质和功能，这种新东西应该从人本身的态度角度分析。在创造性的“跨语际实践”中，新奇事物总能带给跨国者们积极的态度。阐述积极态度可以帮我们更好地理解“跨语际实践”对文本的影响。因此，应该研究小说中积极态度的表现形式：(1) 对话世界主义中“离散人群”的创造性策略；(2) 21世纪跨语际者的语言模式。

结论部分强调了本研究发现的重要性。“跨语际实践”，特别是在本研究中跨语际小说类型所讨论的，侧重于书写系统的比喻形式以及书面语所传达的身份认同问题。通过对所选小说的分析，本研究试图找出书面文本中“跨语际实践”的本质和特征。本研究着重于小说文本的两个主题，即身份和喻体，通过这两个主题可分析相关的谈判策略，从而进一步研究跨语际实践。对跨语际小说的研究可以丰富“跨语际实践”的学术研究，超越传统的语言学研究范围，如读写能力、教育、群体、交际等。

第一章　文献综述

1.1　双言和多语言

在过去的几十年中，单语制受到了诸多学者的挑战。自 20 世纪 80 年代以来，美国的多学科学者一直在反对单语制，并尝试制定支持多语制的策略，正如这个移民国家用“沙拉碗”代替“熔炉”的比喻一样（Guerra and Shivers-McNair 21）。“尽管单语言——一种对于所有人的单一且具体化的语言和社会认同的语言意识形态——仍然占据主导地位，但其自身的合法性却愈发可疑”（Horne and Tetreault 4）。为了研究语言的切换（shifting）和转换（switching）现象，出现了许多术语，例如“双言”（Bokamba 1998；Ferguson 1959；Fishman 1967；Gumperz 1962，1964，1971；Milson-Whyte 2013；Milu 2013；Tollefson 1983），creolitéanddiversalité（Bernabé，Chamoiseau and Confiant 1990；Blanche and Coste 2010；Candelier，Ioannitou，Omer and Vasseur 2008；Confiant 2006；Gilyard 1997；Guerra 1997，2008；Severino，Guerra and Butler 1997）和“多语言”（Gramling 2010；May 2014；Matsuda 2006；Young 2004）。本书将重点聚焦“双言”，其早期研究发生于 20 世纪中期；以及“多语言”，在过去几十年中常常与“跨语际性”相混淆。

1.1.1　双言和多语

对于语言和“符码转换”的现象[①]来讲，“双言”是 20 世纪中期讨论

① 查德·尼勒普（Chad Nilep）（2006）已经系统地审查了“符码转换”这一术语。他将“符码转换”定义为选择或改变语言元素的实践，以便在交互中对话语进行语境化（1）。

的术语。它是查尔斯·弗格森（Charles Ferguson）所定义的术语（1959），通过四种不同的情况来定义语言联系的类型：（1）希腊：书面语言（Katharevusa）和口头语言（Demotic）的交替；（2）瑞士：瑞士德语和德语的交替；（3）讲阿拉伯语的国家：文学和阿拉伯语方言并存；（4）海地：克里奥尔语和法语的交替。指代的是两种不同符码的日常使用情况，这两种符码是两种语言变体或是两种语言（336）。这些双言情境见证了语言冲突，其中一种语言被视为“高贵”场景中使用的“高级”的种类，如写作和正式场合，而另一种语言则被视为“低微”的种类，用于日常对话这样更加非正式的情况。

弗格森（Ferguson）强调了双言的八个特征：（1）它描述了语言情境而不是语言结构；（2）语言功能通过符码的二分法来分别；（3）关于其功能适当性的相对稳定性；（4）符码在时间尺度和身份关注方面都有明确的关联；（5）两种符码都以不同的方式获得；（6）这些符码通过言语社区中不同的状态/声望（prestige）功能来识别；（7）这些符码以其域名使用区分；（8）这些符码的特点是语言结构的巨大差异（Khubchandani，Revisualizing133-134）。“双言”主要在二分法领域进行讨论，被视为一种稳定的现象，而不是流体和贯穿事件（transversal event）。

约翰·甘柏兹（John Gumperz）（1962，1964，1971）将这一术语扩展到不同的情境下，此时不同的语言变体（variety）不被视为单独的或“高度分歧”语言，例如方言和语域（register）。虽然约书亚·菲什曼（Joshua Fishman）指出所有涉及不相关语言的情况都被视为“双语现象”（“Bilingualism”30）。在意义方面，这种“双言”定义的扩展是很重要的：强调功能区分在品种中强调。菲什曼声称没有双语的双语现象本质上是不稳定的。但是，他们对双语的描述与情境转换的概念有关（Nilep 5）。

詹姆斯·托洛夫森（James Tollefson）对双言分析的不同之处在于它们是基于变体之间的结构差异还是基于功能分化（3）。他认为，菲什曼对没有双言的不稳定预测，在他对南斯拉夫（Yugoslavia）的研究中并不适用于某些类型的双言（ibid 5）。只有当涉及的变体具有重大的结构差异时，没有双言的稳定双语才能实现（ibid 8）。拉赫曼·库布钱达尼（Lachman Khubchandani）还将双言的使用与双语的使用进行了比较，因为一个地区的群体间交流（如方言、语域或不同的语言）应该“属于双语的范围，而在一个言语社区内用于群体内交流的符码则属于双言”（*Revisualizing* 136）。

当“双言”一词指的是具有“高”和“低”的语言变体、“基本上是二分的语言语境”时，多言现象“multiglossia”（Penalosa）和“polyglossia”（Platt; Platt & Weber）这些术语代表“而后尝试建立更精确的概念以获得多语言社区的显著特征”（Lo & Wong 27）。在文学领域，也经常讨论“多语”这个术语。巴赫汀（Bakhtin）（1981）使用术语“多语”来描述罗马和文艺复兴时期文学的多语言特征。他声称，当语言和文化相互丰富时，就会发生“异质语”现象（65）。尽管语言和文化可以促进彼此发展，但它们仍应被视为彼此独立的事物。

21 世纪，许多学者认识到“双言”和“多语”已成为学术界所鄙视的旧语言运动，并被新术语所取代。例如，保罗·松田（Paul Matsuda）指出，当前的语言运动批判了传统的双言，并对新的“跨语际”的方法进行了评估（valorize），这种方法与“混合语篇”“替代语篇”（alternative discourse）、世界英语、“符码啮合”等有关（“Wild West”132）。

1.1.2 双语和多语言

由于单语制已经受到十多年的挑战，“单语制”/“多语制”的二元结构已经成为一种“烦人的刻板印象”，因为这种学术讨论背后的“微妙的修辞行为”（Canagarajah，*Neoliberal* 57）。在谈论翻译之前，有必要回顾多语言的发展，在这种发展之间存在着一种明确的关系。许多学者在杨（Young，2004）和卡那贾拉亚（2006）于 21 世纪提出的双言的基础上，从双语和多语言的角度分析语言，而不是在现代意识形态中占主导的单语。约根森（Jørgensen）（2008）用多语-语言（poly-lingual language）来指代儿童应用各种欧洲语言的俏皮玩笑。布洛马特（Blommaert）（2008）将“违反规则的拼法/书写异常”（heterography）用于非洲文化，其中涉及不同语言和符号系统的混合。欧洲委员会（2001）开发“多语言”应用于部分语言的功能性能力，目的是在学童中发展它。彭尼库克（Pennycook）（2010）将“元语言学”应用于都市人群交流的研究，表明人们会采用传统上与其社区相关的语言来获得新的身份（qtd. in Canagarajah 6）。

格拉姆林（Gramling）指出，多语言是新世纪的新现象（*New Cosmopolitan* 130）。格拉姆林从“多语种电影”的角度进行了讨论，这是由克里斯·瓦尔（Chris Wahl）创造的一种类型，由五个子类组成：（1）殖民多语种电影；（2）移民电影，“突出去区域化，流亡和强制性的第二语言习得；”（3）情节电影“通过一系列封闭的各种语言的迷你叙事分别阐述某个既定的主题”；（4）存在主义电影，研究语言使用和个人叙事相互交织的方式从而“构建一个人的哲学奥德赛”；（5）联盟电影，其中“相互语言不通的发言者们通过他们的超语符号中的相似性发现共同点”（161，qtd. in Gramling 359-360）。然而格拉姆林发现了多语种电影的缺陷。在“声称多语种电影的戏剧性冲突是基于非语言基础上的，瓦尔基于体裁的方法倾向于将语言选择、主观性以及文化的相互叠加作用（mutual imbrication）理论化”（360）。

此外，格拉姆林称，“多语种电影”是“一个尚未开发的理论探究领域，伴随着大量跨国的参与，作为多元文化和移民电影的平行概念”，这就导致了“当单语制和多语言在自由市场上相互碰撞时，情况会变得棘手”（354）。因此，他试图将“多语种电影”“双重图形”符码理论化和概念化，它们“具有体裁特异性的潜力，可以展示在社交场合中使用多种语言的摩擦和细微差别”（371）。由于多语种电影“既不包含文化下的语言也不将‘符码转换’视为比喻的策略”（360），通过“移民，民族和世界主义”的视角，多语种电影被看作探索单语制文化史的活跃的催化剂——这个在21世纪仍然延续的历史，在其自身的规范性中作茧自缚”（371）。

格拉姆林对多语种电影的理论化展示了21世纪“多语言”的新特征，它有着为语言创造新的可能性的力量，例如“语言作为叙事载体”（363），“语义多样的”（semiodiverse）（368）以及跨越传统与距离关系的“情感的本质”（367）。但是，它无法反映后现代的语言实践的动态，这种动态的特征不是领土化而是再领土化；非流亡而是回归；非封闭而是开放；非冲突，而是合作；并非“离散人群”的思乡之情而是情感本质的积极一面。

斯蒂芬·玫（Stephen May）提出了“多语言转向”，表明“多语言”现象已成为应用语言学的热门话题，涵盖了文本构建、交际互动和教学实践。卢尔德·奥尔特加（Lourdes Ortega）称它已经引来了对应用语言学领域的语言能力、习得和熟练度的批评（33）。有些学者谴责整个“多语言”的学术研究（Canagarajah，*Neoliberal* 2）。例如，弗洛雷斯（Flores）表示多语言或许符合了新自由主义的利益（500）；琉科久保田（Ryuko Kubota）批评“多语言转向”的“特权地位和其政治诉求”隐藏在新自由主义旗帜之下（12）。

1.2 社会语言领域的“跨语际性”

1.2.1 “符码转换”的“跨语际性”

比二元对立更加巧妙的结构，特别是用于抵抗可能性和授权话语的实践和空间，已被视为“希望的政治”。例如，人们用一些专注于“语言啮合”而不是“语言转换”或“符码混合”的新词来取代“多语言”和“双语”（Horner and Retreault 7），例如，“符码啮合”（Young and Martinez 2011）、“文化嫁接”（transculturation）（Zamel 1997）、“跨语言”（translanguaging）、“多语制”（plurilingualism）（Garcia 2009；Khubchandani 1985，1997）、“元语言学”（metrolingualism）（Pennycook 2008，2010）。许多学者采用的“符码混合”，指的是一种文本中的语言混合。例如，雅姆巴·博卡姆巴（Eyamba Bokamba）将“符码混合”定义为“嵌入或混合各种语言单位，即来自同一句子和相同语音情境中两个不同语法系统或子系统的词缀、单词、短语和从句”（24）。由于牙买加人说克里奥尔语和英语，这两者之间在词汇上存在着密切的关系，弥尔森·怀特（Milson-Whyte）分析了牙买加人语言上的“符码啮合”现象（120）。埃丝特·米卢（Esther Milu）称，“跨语际性”是标志作者后殖民身份的重要方法，也标志着他们在不同言语社区中的成员身份，如当地人和离散人群（108-9）。

在学者们研究的所有术语中，“跨语际”现象是过去十年中学者分析“符码啮合”现象最常用的角度（Blommaert 2010；Canagarajah 2006，2007，2011，2013，2017；Garcia 2009；Garcia and Li Wei 2014；Horner et al. 2011；Matsuda 2014；Pratt et al. 2008）。尽管一些学者反对“跨语际

性”，如保罗·松田（Paul Matsuda）和克拉里·克拉姆什[①]（Clarie Kramsch），但仍有许多学者利用它来发掘语言与讲话者之间的深层关系。有意义的是，玛丽·路易斯·普拉特（Mary Louise Pratt）和她的来自MLA外语委员会的同事们认识到了“跨语际性”在国际课堂中发挥的关键作用（288）。布鲁斯·霍纳、杰奎琳·琼斯·罗伊斯特（Jacqueline Jones Royster）和约翰·蒂姆伯尔（John Trimbur）进一步将“跨语际性”一词纳入读写能力的研究中（literacy studies）（303）。

为了充分理解“跨语际性”的内涵，应该澄清“符码转换”或“符码混合”和“符码啮合”之间的区别，因为“符码啮合”始终是“反对跨语范式的批评的焦点”，例如斯各特·里昂（Scott Lyons）（2009）和保罗·松田（2013）（Alvarez et al. 45）。术语“符码转换”和“符码混合”将语言视为具有界线的分离实体，而“符码啮合”将语言视为总是流动和交互的语言。将其与“符码转换”和“符码混合”相对比，后者指的是在语言和方言之间转换或混合不同“符码”的现象，范肖恩·阿什安蒂·杨（Vershawn Ashanti Young）（2004）在他的文章“Your Average Nigga”中，应用了“符码啮合”的方法，是指将非洲裔美国白话英语、方言和语域的混合应用于学术写作中的方法（700）。

1.2.2 “符码啮合”的“跨语际性”

“跨语际实践”不仅在美国，在全球范围内亦存在。美国的“跨语际性”分析侧重于世界英语（Canagarajah 2006; Horner and Trimbur 2002; Lu 2004; Matsuda 2006; Ruby and Saraceni 2006; Silva, Leki and Carson 1997; You 2006）。尽管“跨语际实践”的研究主要在美国，但来自其他地方的诸多学者也对其进行了分析研究。马考尼（Makoni）（2003）分析了非洲

---

① 保罗松田认为，通俗主义可以阻止“学者们对围绕语言差异的问题进行批判和知情状态下的讨论”（“Lure” 478）。克拉丽·克拉姆施（Clarie Kramsch）称“外语学习者不会为自己构建新的身份”，因为他们“过于依赖原有的自我意识来进行任何重大转变…… ［他们］ 的身份是安全的并且渴望增加其文化资本……他们的语言……是表达他们内心的愿望、意识和冲突的潜在媒介”（Multilingua 4）。克拉姆施使用巴赫汀（1981，1986）的“异质词汇”（heteroglossi）概念，指的是“话语构成语言的多种声音”，指出“语言是复数的事实，不仅因为它是由多个语言符码组成的语域和风格，但由于这些符码在历史进程中表达潜在意义的多样性”（ibid 12）。

的“跨语际实践”；苏扎门尼泽（Menezes de Souza）（2002）在南美洲进行研究；多利安（Dorian）（2006）在波利尼西亚群岛研究；巴卡（Baca）（2009）在墨西哥；埃丝特·米卢（2013）研究肯尼亚的嘻哈音乐（Hip-Hop）；以及苏雷什·卡那贾拉亚（Suresh Canagarajah）（2013）再发现了南亚的“跨语际性”传播和世界主义传统，这种传统在历史上曾用于实践，但越来越受到进入该地区的单语意识形态的压制（*Translingual* 18）。塞拉芬·莫丽娜（Coronel-Molina）和考恩（Cowan）（2017）分析了秘鲁、墨西哥和美国的土著“跨语际实践”。帕特丽夏·比泽尔（Patricia Bizzell）（2017）从她自己教授与韩语、汉语和日语混合的英语的经验出发，探讨了韩国的“跨语际实践”。

在全世界“跨语际实践”的各种活动背景下，将“跨语际性”理论化并非易事。格拉（Guerra）和西弗斯·迈克乃（Shivers-McNair）认为，尽管“跨语际性”的方法可以解决单语主义和多语主义之间的“二元关系”，但它确立了创作中与文学研究中霸权主义的存在。

许多学者提出了不同的“跨语际性”的方法、规范和模型来指导具体研究。例如，“跨语际性”最初是从语言差异的方法中发展而来的，这种方法满足了所有学生作者的需求（Luand Horner 27）。霍纳、内卡普（NeCamp）和多纳休（Donahue）进一步提出了“一种跨语际规范”（286-7），它反映了在全球语境中话语之间的活动，以及一种批判性理解的发展，这种发展说明了恰当性和修辞的重要性是与思想及历史相联系的。冈萨雷斯（Gonzales）（2015）认为“跨语际性为我们提供了理解形态和语言流动性的框架”（2）。此外，克里斯蒂娜·多纳休（2013）将“跨语际性”视作一种模式，它“将人们内部以及族群之间的语言和语言实践的异质性和波动特征，以及谈判中遇到的困难视为正常的，它强调的是跨越语言差异的语言使用的流畅性”（156）。

此外，霍纳、卢（Lu）、洛伊斯特（Royster）和特布里尔（Trimbur）（2011）认为，“跨语际性”是从“单语”或“多语言”模式转变为“跨语际”模式的范式。他们认为，

> “跨语际”的方法主张：(1) 尊重所有语言使用者的权力（power），使语言达到特定目的；(2) 认识到美国和全球所有语言使用者的语言异质

性；(3) 直接面对英语单语者的期望，通过研究和传授作家是如何与这些期望合作和抵抗这些希望，而不仅仅是在这些期望中创作(305)。

他们认为，在写作中语言差异的"跨语际"的方法倾向于"语言的多样性、流动性、混合性和可塑性"（ibid 301）。因此，"跨语际实践"应被视为一种资源而非消耗（ibid 300）。

就像霍纳、卢、洛伊斯特和特布里尔一样，许多学者已经发现了"跨语际性"的基本特征，如流动性、灵活性、混合性和本土化等。在研究俄语的"跨语际性"时，伊丽莎白·克洛斯·蒂博莱（Elizabeth Klosty Beaujour）认为"跨语际性"有一些共同点：例如"认知灵活性""包容歧义"和"对事物相对性的高度认知"（17）。

1.2.2.1 理论特征

"跨语际性"理论的许多方面都得到了充分的研究，其中包括：时空特征、能动性（agency）以及意识形态。

一、在时空特征方面，阿拉斯泰尔·彭尼库克提出了一种用时空透镜来分析"跨语际实践"的方法（Language97），该方法侧重于词汇多样性（glosso）和语义多样性（semio）（ibid 100）。他采用"想象丰富的模仿"（fertile mimesis）这一术语来标记在空间和时间中通过"跨语际实践"产生的新奇、革新以及不同的事物（ibid37）。霍纳进一步指出，"跨语际性"是所有写作"不可避免的特征……在不同的空间和时间通过迭代这些形式产生差异"（"Teaching Translingual" 88）。布鲁斯·霍纳将术语"跨语际性"视为写作和文化素养的方向，它是一种接近文本的方法（approach to texts）而非一篇文本。他们定义"跨语际性"特点：(1) 语言是一个动态的结构化过程；(2) 阅读-写作与翻译-转化行为密切相关；(3) 时空语境和语言共同构成实践（"Translingual" 27）。他们声称，时空结构更好地解释了"沉淀①"（sedimentation），代表了通过再语境化产生符号多样性的能动性实践（31）。在文章：《走向一个新的动机词汇：重（设）置在跨语际

① 语言的"沉淀"是彭尼库克在其《语言作为本土实践》（*Language as A Local Practice*）（2010）一书中使用的隐喻，这是产生语言稳定性的过程（125）。在语言行为的例子中，我们做事和说话方式有意或无意的改变可能会成为沉淀的实践（49）。

世界中的纠缠》(*Toward a New Vocabulary of Motive*: *Re* (*con*) *figuring Entanglement in a Translingual World*) 中，胡安·C. 格拉 (Juan C. Guerra) 和安·西弗斯·迈克乃详细阐述了话语的时空维度，形成了语言实践的沉淀和概念，而能动性的概念 (26) 则借用了巴拉德的纠缠和衍射理论①。

二、在能动性方面，卢和霍纳专注于“跨语际实践”中的主观手段。“跨语际性”的方法能够识别作家的手段，它“突出了所有写作涉及重写语言的方法”(Lu and Horner 35)。他们运用彭尼库克的政治和修辞形式的能动性：重复、识别、模仿和复制 (ibid 33)，他们认为能动性可以被认为是作者和读者之间的谈判 (ibid 34)。与此同时，薇薇·弥尔森·怀特 (Vivette Milson-Whyte) 声称，“跨语际性”的方法应被视为一种语言哲学，因为它强调作家的能动性和谈判的可能性 (118)。

三、“跨语际性”永远不能与意识形态相隔离，因为它极大地影响了“跨语际实践”。霍纳等人称要将“跨语际性”视为一种语言意识形态 (“Language Difference” 303)。克里斯蒂娜·塔迪 (Christine Tardy) 认为，“跨语际性”是指“一种意识形态或范式”，它具有分配 (assign) “名称”和使现象更加显而易见的潜在价值 (181)。语言意识形态“通过使用时间和空间的沉淀语言，来说明某些‘跨语际实践’是如何标志特定的种族身份并构成传统语言的”(Alvarez 33)。多萝·西沃登 (Dorothy Worden) 强调，“跨语际性”的方法需要语言中的意识形态建构，这对我们是有实际影响的，对权力和背景影响的无知将会造成严重的学术陷阱 (237)。通过借用约翰·马赫 (John Maher) 的“流动种族”概念②，阿尔瓦雷茨 (Alvarez) 等人认为一种民族意识形态是可以被解构的 (31)。

为了纠正对“多语言主义”的误解，卡那贾拉亚对技术移民进行了实证研究，以证明“跨语际”领域的专家们如何抵制新自由主义的交际期望，这是对“跨语际”意识形态思维的最新探索。在《跨语际实践和新自由主义政策：非洲技术移民在英语国家工作场所的态度和策略》(*Translin-*

---

① 凯伦·巴拉德 (Karen Barad) (2007)，女权主义量子物理学家，创造了一个完整的动机词汇来构建其论点，其中纠缠和衍射是最能获取她论点转变的两个意象 (Guerra and Thors McNair 26)。

② “流动种族”(Metroethnicities) 是约翰·马赫提出的概念，它表明个人可以采用替代身份，并通过流动的民族身份抵抗强加给个人的民族身份 (584)。

gual Practices and Neoliberal Policies: *Attitudes and Strategies of African Skilled Migrants in Anglophone Workplaces*）一书中（2016），卡那贾拉亚确认了"跨语际实践"中的"跨"（trans）是指"为这些语言实践提供变革性的优势"（a transformative edge to these language practices）（4），认可了布洛马特（2010）、加西亚（Garcia）和 Li Wei（2014）、彭尼库克（2010）、卡那贾拉亚（2013）和加西亚（2009）给出的定义。他采用术语"跨语际实践"，将语言资源视为"可移动和联系的，产生新的语法和意义"，这与玫（May）（2014）的术语"多语言的"（multilingual）、彭尼库克和尾辻（Otsuji）（2015）的术语"母语主义"（metrolingualism）、以及加西亚的（2009）的术语"多语制主义"（plurilingualism）相似（3-4）。

卡那贾拉亚将新自由主义使用的"还原性跨语际性"（a reductive translingualism）与应用语言学家研究的"扩张的跨语际性"（the expansive translingualism）区分开来（*Neoliberal*4）。这两个术语适用于完全不同的意识形态：前者提倡殖民主义意识形态，有利于精英阶层和人群主导力量（ibid5）；然而后者则采用后殖民主义意识形态，它"有利于下层人民、集体利益、整体的社区和生态福祉"（ibid 6）。

因此，两者执行相对的语言政策——前者保持"语言分离和等级化，将其视为创造利润的工具"；而后者则将语言视为"变革实践"将"抵制以及重新协商任何试图令其妥协的运动、机构或意识形态"（ibid 1-4）。"跨语际实践"的沟通不仅是为了提高效率，也是为了获得发声权与提高身份。在意义建构方面有意愿进行合作，这被称为"双向道"（a two-way street）交际伦理（ibid 43）。有一些策略可用于成功地实现交际。从这个角度来看，强调利用多种语境来研究语言实践是有必要的，其中应始终考虑到意识形态以及不同的策略。在本书中，卡那贾拉亚研究侧重于发达国家的技术移民，并未涵盖发展中国家"跨语际"离散人群的抵抗策略。

1.2.2.2 实际应用

在回顾了关于"跨语际"的理论研究之后，应当总结出适用的实践维度。学者们分析了三种类型，即：日常交流；学术写作；教学法上的应用。

一、日常交流领域

丽贝卡·洛里默（Rebecca Lorimer）在她的文章《跨语际写作：发展修

辞调整》(*Writing across Languages: Developing Rhetorical Attunement*)中分析了她在美国采访二十六名跨语际移民中的三个案例，从而向人们展示了交际的谈判方式（negotiation of communication）。在《文学作为跨语际实践：社区与课堂之间》(*Literacy as Translingual Practice: between Communities and Classrooms*)（2013）一书中，卡那贾拉亚认为“跨语际”文化并不是要塑造一种新的文化，而是关乎一种理解，理解“它已经成为不同社区交流活动特征的实践和过程，既要肯定，又要通过知情教育法进一步发展它们”(*Literacy* 2)。

“跨语际实践”可以帮助人们协商差异并实现共识。因此，实践在“跨语际”文化中占有重要地位。当卡那贾拉亚提出跨语际倾向（*disposition*）时①，他指的是语言假设、对社会多样性的态度，以及沟通和学习的缄默技能（*Literacy* 5）。塞拉芬·莫丽娜和皮特·考恩在其最新的文章《跨越时空的美洲印第安人和跨语际文学》(*Amerindian and Translingual Literacies across Time and Space*)中，将注意力集中在美洲从殖民时期到现在的符号系统之间的连续性和不连续性上。通过将“元文化”与“殖民时代符号”② 和文化素养相结合，他们提出将“跨语际实践”重新概念化为双向动态而不是单向动态（408）。

二、学术写作领域

在《学科多语言作家研究：生物医学工程案例研究》(*Research on Multilingual Writers in the Disciplines: The Case of Biomedical Engineering*)中，米娅·坡（Mya Poe）提出了一个案例研究，阐述了多语言作家如何利用各种语言资源，如“读写经理人”（Literacy broker）③，了解个人如何协商

---

① 这是我重点要强调的。

② 作者将 Greg Urban 的“元文化”（2001）和 Mignolo 的“殖民地半衰期”（1995）的定义结合起来，构建了他们的理论框架来阐述符号系统。

③ 为了理解多语言学者的生活，坡引用了莉莉丝（Lillis）和库里（Curry）的术语“文化经纪人”（2010），是“在文本的产生以及追溯实际涉及的内容里，元类别，指的是除了指定作者之外的所有不同人不同类型的直接干预”（88 qtd. in Poe 173）。他们确定了两类“文化经纪人”：语言经纪人和学术经纪人（93）。语言经纪人是那些提供正式语言支持的人，例如翻译和校对人员、教师和导师，而学术经纪人则是专业学者。卡那贾拉亚和杰斯克（Jerskey）（2009）也认为，“当所有多语种作家的语言和文化经验往往能提供相当大的优势基础或有‘文化经纪人’的中介支持……可以且应得到资源时，认为他们语言不熟练，并在语法层面干预他们，这是适得其反的”（477 qtd. in Poe 178）。

参与的方法（171）。在她的文章“Literacy Brokers in the Contact Zone”中，玛丽亚·杰西克（Maria Jerskey）尝试采用“文化经理人”的方法以帮助学者进行学术写作，这有助于培养跨语际学者的研究发展（204）。在《美国-墨西哥边境地区的跨国跨语际文化赞助和门户》（*Transnational Translingual Literacy Sponsors and Gateways on the United States—Mexico Borderlands*）中，约翰·斯森特·扎皮克（John Scenters-Zapico）将“跨语际文化赞助”①（translingual literacy sponsors）的定义扩展到了四种类型［直接赞助、间接赞助、激励（motivator）赞助和自我赞助］，这为“跨语际性”概念增添了另一个层面，因为它“唤起了电子文化赞助商的夸张动机”（evokes rhetorical motives that electronic literacy sponsors enact）（187）。为了帮助研究者学习语言使用生态系统中的“跨语际”经验，人们将“电子文化门径”（electronic literacy gateway）② 的概念扩展到三类（school，cubbyhole③ and other gateways）来研究文化学习者和赞助者之间的互动（190）。

由霍纳和劳拉·特雷特（Laura Tetreault）编辑的最新出版的《交叉的分界：探索跨语际写作教学法和课程》（*Crossing Divides*：*Exploring Translingual Writing Pedagogies and Programs*）（2017）由12篇论文组成，内容涵盖了四个方面：“跨语际”写作的理论化、教学干预、程序化干预、以及对上述三个方面的回应。在广泛认可的“跨语际性”概念的基础上，学者们详细阐述了其深入的工作机制，以便更好把握“跨语际实践”的本质，如时间和空间交织的关系（studied by Guerra and Shivers-McNair）及“跨语际”语言和民族身份之间的辩证关系（proposed by Alvarez，et al.）。其独到之处在于回应了现有的“跨语际”教学和写作中的问题并提供了解决方案，专门研究机构干预方法和应对措施；机构干预涉及评估系统（Katie

---

① 勃兰特（Brandt）（1998）最初将赞助商定义为“任何代理人，无论是本地的还是外地的、具体还是抽象的、有无读写能力，都能够支持、教导、调整以及招募、规范、抑制，并通过某些方式从中获利”（167 qtd. in Scenters-Zapico 183）。哈维舍（Hawisher）等人（2006）通过引入中国术语“关系”（guanxi）来扩展这一概念，以提供“关于这种关系如何在一个日益网络化的世界中发挥作用的更复杂、具体和全球化的视角”（634 qtd. Scenters-Zapico 184）。

② 霍伊舍（Hawisher）和赛尔夫（Selfe）称“学校、家庭以及越来越多的互联网是人们获得数码文化的窗口”（633 qtd. in Scenters-Zapico 190）。

③ 森特斯·萨皮科（Scenters-Zapico）创造了术语“cubbyhole gateway”，指的是 on-the-job gateway，被视为“低声望和死胡同”（low-prestige and dead-end job）（192）。

Malcolm)、评估方法（Asao Inoue)、行政结构（Dylan Dryer and Paige Mitchell）以及计划政策（Chris Gallagher and Matt Noonan)；而回应部分则侧重于通过跨学科方法（Christine Tardy)、不断变化的语言思维（Thomas Lavelle）以及更新课程和沟通实践（Kate Mangelsdorf）来跨越语言意识形态、教育学和语言实践的不同领域中的分歧。这本论文集揭示的是学者们渴望找到解决“跨语际实践”问题的方法，以及填补语言教学和写作的制度、程序和教学领域的空白。

三、教学法领域

许多学者对课堂教学法进行了研究。在《走出单语舒适区和走进多语世界：写作课堂练习》（*Moving Out of the Monolingual Comfort Zone and into the Multilingual World: An Exercise for the Writing Classroom*）中，乔林·汉森（Joleen Hanson）称，“跨语际实践”使写作课程的教学法更为有用，因为它通过收集线上信息“欣赏并建立在多语种学生的修辞资源之上”（207）。在文章“*And Yea I'm Venting, But Hey I'm Writing Isn't I': a Translingual Approach to Error in a Multilingual Context*”中，艾美·克劳尔·拉诺（Aimee Krall-Lanoue）演示了教师可以应用的“跨语际”策略来应对学生写作中三种常见的错误类型（例如，时态、错误的词语选择以及句法问题)。根据彭尼库克的观点，南茜·鲍伊亚什认为，主流文化教育学中的“跨语际性”的制度化取决于“写作课程与社会语言学景观的特殊性紧密结合”（96)。在她的文章“*When 'Second' Comes First—to the Eye? Sociolinguistic Hybridity in Professional Writing*”中，安尼塔·潘迪（Anita Pandey）提出了用于教学指导的术语“跨语际话语①”（*translingual discourse*)，因为它包含了多种非常有用的表达方式（“When”219)。以हिंदी为例，印地语拼写②将英语等同于四个完整字母，潘迪通过概述一个话语框架“STEPS”强调教学“跨语际”写作理解的重要性。“STEPS”代表结构、主题、礼仪、目的以及风格③（216)。在《制定跨语际写作教学法：两国两门课程的结构

① 斜体为原文中的。

② 此为印地语一词的原始形式。潘迪指出，“跨语言英语”［*translanguage*（*d*）*English*］形成了第四个“混合英语圈”（circle of *hybrid English*)，需要加入卡齐鲁（Kachru）的三层世界英语圈。

③ 斜体为原文中的。

和挑战》(*Enacting Translingual Writing Pedagogy: Structures and Challenges for Two Courses in Two Countries*)中，威廉·拉利克(William Lalicker)认为两种写作课程是具有“跨语际性”的，不仅是学生的语言背景，课程的设计也是多种多样的。通过这样做，“跨语际修辞互动”将核心放在国际学生写作课程的教学法上(52)。与专注于语言差异的拉利克相比，布鲁斯·霍纳关注所有言语的固有差异，因为他认为“跨语际的方法将语言视为持续的、始终新兴的实践产品”，从而在不同的空间和时间位置产生新的含义。(88)这个过程反映了“跨语际”教学法背后的能动性，霍纳在他的文章《迭代中的语言中介教学：重写差异》(*Teaching Translingual Agency in Iteration: Rewriting Difference*)中进行了阐述，该文章提供了双重翻译作为批评将语言视为稳定“符码”概念的方法。在她的文章《破坏社区学院中的单语意识形态：跨语际工作室方法》(*Disrupting Monolingual Ideologies in a Community College: A Translingual Studio Approach*)中，凯蒂·马尔科姆(Katie Malcolm)认为，教学实践应该被赋予“帮助学生认识到他们的语言差异是传播和创造知识的迭代资产”(103)。劳拉·冈萨雷斯(Laura Gonzales)在她的文章《多模态、跨语际和修辞类型研究》(*Multimodality, Translingualism, and Rhetorical Genre Studies*)中提出“跨语际”学生写作课的多模式教学法。

1.3 文学领域中的“跨语际性”

“文化跨语际性”(Kellman, *Translingual Imagination* ix)或“跨语际文学”(Kellmanand Lvovich, “Literary Translingualism” 3)近几十年来逐渐流行起来，引起了研究多主题学者的注意。它“已成为多学科的保护伞，跨越陆地、语言、文化和方法，有助于理解一些现代世界的基本问题，如文化认同、世界主义、国家地位、语言多样性和创造力”(Kellman and Lvovich, “Introduction” 403)。

尤伊斯·克里奇(Uys Krige)(1910-87)是第一位在文学领域提出过语言概念的评论家。在他的著作《孤儿的沙漠》(*Orphan of the Desert*)(1967)中，克里奇将“跨语际性”定义为个人的重塑：

> 通过学习另一个人的语言，你通过失去自己从而发现自己，你在某种意义上变成了两个自己，你得到第二个角色或个性–或者你至少改变了你的性格或个性，因为你通过你的知识来思考和感受他并理解他的语言。通过这样做，你可以扩大你的意识领域，提高你的意识，增强你的感知能力（133–134）。

克里奇从南非堡垒的角度反向解释了巴别塔的诅咒。在克里奇之后，越来越多的学者们开始讨论文学领域的“跨语际性”的问题；然而，他们主要关注的是“符码转换”活动，而不是“符码啮合”活动。为了澄清“跨语际性”的内涵，我想在文学批评中将这两类事件分开从而明确“跨语际性”的定义与应用。

1.3.1　“符码转换”的“跨语际性”

一、刘禾（Lydia Liu）的定义

最有影响力的学者之一刘禾，在她的《跨语际实践：文学、民族文化和跨语际的现代性–中国》[*Translingual Practice: Literature, National Culture, and Translated Modernity – China*（1900—1937）]（1995）一书中讨论了“跨语际性”的问题，她将“跨语际实践”一词定义为“新词汇、意义、话语和表现方式在宿主语言中产生、传播和获得合法性的过程（26）。她提出了“跨语际实践”的概念，从而“提高了重新思考跨文化表达的可能性以及东西方之间语言调解的形式”（xv）。她认为，现存的西方统治和本土抵抗的后殖民范式无法说明她在中国近代史和文学中遇到的现象和问题。

通过论证西方国家不再统治被殖民者而后者并非仅采取一种可能的抵抗方式（xvi），刘认识到，翻译和“跨语际实践”的功能不仅是通过抵抗的方法体现的，也通过统治与挪用（appropriation）（23），她同时也认识到了这些对于探索后殖民时期文学现象的重要性。她专注于修辞策略、翻译、话语形成、命名实践、合法化进程、修辞和叙事模式，这些模式对19世纪下半叶中国现代经验的历史条件产生了影响（xviii）。换句话说，她认为“跨语际实践”是一种新的方法，可以更新比较文学和文化研究中使用的主要方法论（xviii）。

但刘禾所进行的是一种历时研究，而不是一种共时研究，正如刘所宣称的“跨语际实践”，主要是“单向而不是相互的”（19）。通过使用主体/客体的（host/guest）二元结构，她试图同等重视两种语言，用这种方式推翻了西方的权威；然而，她的焦点仍是片面的，特别是对于宿主语言来说（27），研究外来的叙事手法，如自由的间接风格和第三人称叙事，正如中国文学作品中的“跨语际”的叙事模式（106）。

二、凯尔曼的定义

对于“符码转换”和“符码啮合”，许多学者将这些术语搞混，忽略了它们的差异，认为这些术语是可以相互替换的。例如，里昂声称“符码啮合”与“符码转换”是一致的，因为它们都损害了传统语言和文化身份（102）。另一位著名的“跨语际性”学者是史蒂文·G. 凯尔曼（Steven G. Kellman），他认为“跨语际性”指的是“符码转换”活动，即将语言视为一个独立个体而无交互的“符码混合”现象。

这在凯尔曼的“跨语际性”分类中得到了明显地反映。他在他的《跨语际想象》（*The Translingual Imagination*）（2000）一书中进行了分析：说一个人是单语的“跨语际者”，指的是“那些只用一种语言而不用本地语言书写的人”，另一种是双语者，即“以不止一种语言撰写重大著作的作者”（12）。“泛语言（Panligualism）成为跨语际冲动的极致表现”（114）。根据凯尔曼对“跨语际性”的定义，作者总是使用多种语言，他认为“跨语际想象”是存在的，是因为许多作家讲英语作为第二语言来创作小说。跨语际的转换（transaction）在文学史上经常发生，而凯尔曼声称这对于任何对文学、语言以及二者之间关系感兴趣的人来说都具有极好的指导意义（xi）。

在术语层面上，“文学的跨语际性”是指作者用多种语言或至少是用非母语写作的现象（ix）。“跨语际性”是一种“具有从中心向四周辐射功能的工具”，因为凯尔曼认为，“跨语际者”是调解员，他们作为翻译和经纪人是很重要的，且将自己定位在作者语言与读者语言之间的位置（32）。尽管如此，每个讲话者都是“跨语际者”，他们在语言中穿梭，而不是像凯尔曼所说的那样同语言俱进，他的“跨语际”的分类并不令人信服，因为“跨”（trans）的本质是横穿语言之间的距离，而非在作品中使用了多少种语言。

即使在“符码转换”的范围内，“跨语际性”也没有被完整地分析。在《特殊问题简介：文学跨语际：多语言认同与创造力》（*Introduction to Special Issue*：“*Literary Translingualism*：*Multilingual Identity and Creativity*）中，凯尔曼和勒沃维奇（Lvovich）认为，自20世纪80年代以来，人们仅把“跨语际性”作为一门学科进行了研究，仅从20世纪90年代开始，并在过去十年中得到了很好的阐述：

> 直至20世纪后期，用多种语言或仅用L2语言写作的作者才受到了持续的学术审查。对贝克特（Beckett）、纳博科夫（Nabokov）和伊萨克·迪内森（Isaak Dinesen）等个别作者的语言转换进行了分析，直到《诗人的语言：文学中的多语言》（The Poet's Tongues：Multilingualism in Literature）（Forster，1970），才对“跨语际”现象进行了全面研究的尝试。然而，伊丽莎白·克罗西蒂·博约（Elizabeth Klosty Beaujour）的《外来语：“第一次”移民的双语作家》（Alien Tongues：Bilingual Writers of the“First”Emigration）（1989），雅克·德里达（Jacques Derrida）的《另一种单语或者原来的假体》（Le monolinguisme de l'autre ou la prothèse d'origine），约翰斯·金纳（John Skinner）的《继母的语言：新英语小说简介》（The Stepmother Tongue：An Introduction to New Anglophone Fiction）（1998），史蒂芬·G·凯尔曼的《跨语际想象》（2000），玛丽·贝塞梅尔（Mary Besemeres）的《翻译自我》（Translating One's Self）（2002），和多丽丝·索默（Doris Sommer）的《双语美学：新的感伤教育》（Bilingual Aesthetics：A New Sentimental Education）（2004）。最近对“跨语际文学”研究的贡献包括布瑞恩·伦农（Brian Lennon）的《巴别塔的影子：多语言文学，单语国家》（In Babel' Shadow：Multilingual Literatures，Monolingual States）（2010）和亚斯敏·伊尔迪兹（Yasemin Yildiz）的《超越母语：后单语条件》（Beyond the Mother Tongue：The Postmonolingual Condition）（2012），以及文学文本中关于语言和自我的影响深远的学术补充，由多语言学者安尼特·帕弗兰克（Aneta Pavlenko）（2006，2014）和克莱尔·克拉姆施（Claire Kramsch）（2009）……由于“跨

语际性"的诗歌和小说数量激增，并且随着他们学识的增加，任何这样的名册都具有临时和不完整的必要性（Kellman and Lvovich "Literary Translingualism" 4）。

"跨语际性"在凯尔曼讨论的基础上得到了发展，该定义将文学领域中所有的"跨语际实践"都视为"符码转换"活动。

三、其他的"跨语际性"定义

在《艺术与愤怒：论政治与想象力》（*Art and Anger: Essays on Politics and the Imagination*）（1996）一书中，作家伊兰·斯塔万斯（Ilan Stavans）称，这种语言是"存在于两个现实之间，在留白，在边缘存在的……作为一个边界的居民"（xi）。此外，在众所周知的著作《翻译的丑闻：关于差异的伦理》（*The Scandals of Translation: Towards an Ethics of Difference*）（1998）中，劳伦斯·韦努蒂（Lawrence Venuti）提出了"跨语际性"（translingualism）一词及其激进主义内涵，以决定翻译研究中的内容和方式（qtd. in Donahue 151）。这种观点正确发现了"跨语际性"与文学翻译之间的内在联系。

卡伦·李恩惠（Karen An-Hwei Lee）在《亚洲离散的英语文学》（*Anglophone Literatures in the Asian Diaspora*）（2013）一书中，主要从象征和实际翻译的角度分析了"跨语际性"的特征，从而探索文化意识的动态。她研究的文学作品包括了大西洋两岸的亚洲和英语"跨语际"迁移，以及语言的政治和诗学及其表现。她专注于"离散①"的定义，以说明"两个灵魂共同的梦联结了东西方之间的中断，居住在一个混合空间之中，即一个大都会中以及全球化的多中心和多种语言环境中"（254）。

虽然李（Lee）在20世纪90年代对"离散文学"的研究中限制了自己，但阿德里安·万纳（Andrian Wanner）评估了21世纪活跃的"跨语际性"俄罗斯作家并研究他们写作中的"离散文学"。在他的著作《走出俄罗斯：新的跨语际离散小说》（*Out of Russia: Fictions of a New Translingual*

① 离散人群的概念由帕伦纳斯（Parrenas）和休（Siu）在《亚洲离散文学：新形式，新概念》（Asian Diaspora: New Formations, New Conceptions）（2007）一书中定义：1. 在不平等的全球政治和经济体系下，离开家乡流离失所；2. 在国外生活以及同时仍维持与居住国和故乡的关系；3. 集体意识和与跨越海外地区的家园流离失所的其他人的联系（Parrenas and Siu 1 qtd. in Lee xiv）。

Diaspora）（2011）一书中，温纳（Winner）通过分析安德烈·麦肯、弗拉基米尔·卡米内和加里·施泰因加特，这三位已然成为文学界的“超级明星”的作家，强调了俄语混合身份的“跨语际”构建（ 14）。他将史蒂文·凯尔曼对“跨语际性”的定义和分类应用于强调“跨语际性”的功能，作为帮助作家在市场中畅销的一种手段（5），而不是强调“跨语际性”作为阐明其机制与身份关系的主体。虽然他指出，俄罗斯的“跨语际性”作家，为他们的身份“量身定制”（tailored）以“满足各自东道国的具体要求”（meet the specific demands of their respective host nation）（190），但“跨语际性”只能作为达到作者成功写作目标的工具。尽管他阐明了“离散人群”和“移民者”之间的区别，但他没有详细阐述新世纪“离散人群”的演变。本质上，他仍属于双语和双重文化身份的范畴，这是指“符码转换”而不是“符码啮合”。

在21世纪的新背景下，“离散人群”的特征正在发生变化。如果文本和语境一直停留于旧场景中，那么“跨语际性”的研究就无法更新，在这种情况下，“跨语际性”以传统的方式起着其固定的作用。这种固定的功能已成为“跨语际”研究的主流，反映在学者对翻译的关注上。李和温纳皆是如此，李断言“跨语际性”想要表达的是翻译的文化意图，而温纳通过讨论翻译和自我翻译来表达他的“跨语际性”观念（15）。尽管它是“跨语际性”的重要功能，反映了文化杂糅和间隙接触区，但它限制了单一领域内的“跨语际”研究。这种分析缺乏对“跨语际性”的性质、形式和其他功能的全方位考虑。如果不讨论各种“跨语际实践”，就不可能弄清楚“跨语际性”的本质和未来的发展方向。

令人惊讶的是，“跨语际性”一词只出现在伯特·斯克鲁格①（Bert Scruggs）撰写的《跨语际叙事殖民与后殖民台湾小说和电影》（*Translingual Narration Colonial and Postcolonial Taiwanese Fiction and Film*）（2015）一书中。事实上，通过分析充满中日语言的台湾小说和电影，他只是运用了“跨语际性”的隐喻意义来探索翻译的功能，并讨论了身份和语言政策的问题。在这本书中，他阐述了身份、意识形态、阶级和性别的问题。他

① “跨语际性”这一术语在全书中仅出现在第133页。

提出了"乡痛症"（solastalgia）的概念，它指的是身份丧失，由此导致消极心态（136）。他用民族志的方法论，将殖民历史作为叙事方法，标志了"未来台湾文化或电影研究的后殖民干预"的新模式（Kleeman 458）。但是，对"跨语际"一词没有定义和阐述，这就导致读者对主题的认识感到困惑。

在《汇流叙事》（*Confluence Narratives: Ethnicity, History, and Nation-making in the Americas*）（2016）一书中，安东尼奥·卢西亚诺·德·安德雷德·托斯塔（Antonio Luciano de Andrade Tosta）使用术语"汇流叙事"（confluence narrative）来代替"跨语际性"，来指代"审查跨文化相遇的文本，如殖民、奴役和移民"（1）。托斯塔的书的重要性体现在它是"第一个强调和分析从20世纪80年代开始的重要性的文本，作为对美洲跨国民族认同进行批判性自我检查的一个阶段，更早地也更好地理解更大的半球美国身份"（10）。汇流叙事"重新描述了历史，以便审视与挑战其权威"，它提出了新的视角以及阐释历史的新的可能性。更重要的是，话语"从无特权的边缘转移到文化、历史和政治的中心，揭示美洲主流文化和边缘文化之间相互作用的历史"来质疑外围性的概念（5）。

这项研究从统治地位而非殖民的角度叙述了"汇流"。因此，很难从内部理解身份认同（identity），即第三世界的视角。更重要的是，文学批评中的"跨语际性"的定义与混淆"符码混合"和"符码啮合"的社会语言学领域的定义不同。

1.3.2 "符码啮合"的"跨语际性"

精确定位文学领域中应用的"符码啮合"至关重要，但是它总是与"符码转换"搞混。例如，凯尔曼的著作《切换语言：跨语际作家反思其作品》（*Switching Languages: Translingual Writers Reflect on Their Craft*）（2003）中提供的所有例子主要由三组作家组成，第一组是使用一种主导语言而非其母语的作家群，从弗拉基米尔·纳博科夫（Vladimir Nabokov）到安德烈·麦克尼（AndreïMakine）[1]；从库切（JM Coetzee）到哈金（Ha

① AndreïMakine 用法语写作，而非他的母语俄语。

Jin)[①] (ix-x)。第二组是那些用不止一种语言写作的英语作家，如乔治·施泰纳（GeorgeSteiner）用英语、法语和德语写作，或者像卡马拉达斯（Kamala Das）用英语和马拉雅语各写一些（xiii）。所谓的“符码混合”，是两个组的作者都关注，涉及的是一种作品中的一种语言，而不是将它们混合成一部作品。

伊恩·布鲁玛（Ian Buruma）认为即便我们想像巴别塔一样统一交流的语言，但却是无法实现的（22）。他分析了“符码混合”的原因，因为单语会造成身份缺失（10-11）；回顾语言发展史，我们发现语言从不纯粹（13）；像那些声称语言消亡意味着环境破坏的生物语言学家一样陈述当前的诉求（17）；并支持现在的做法，因为文化的产生并不一定需要单语，而“符码混合”可以产生像文学这样新的文化现象（19）。

相比之下，由 Gloria Anzaldúa，Esmeralda Santiago 和 Gabriel Okara 所代表的第三组作家在同一文本中掺杂了不同语言，讲述了一个不同的故事。就像 Gloria Anzaldúa 一样，作家们真正执行的是“符码啮合”行为而不是“符码混合”行为，因为西班牙语和英语之间存在着相互影响，形成了“协同作用”。这两种语言并不是简单地混合在一起的独立语言，相反，在对这两种语言中的语域都十分熟悉的情况下，Anzaldúa 阐释了“通过频繁符码转换建立的混合身份”（Kellman，Switching 43）。在埃斯梅拉达·圣地亚哥（Esmeralda Santiago）的案例中，她将西班牙语保留在她的英文书《当时我是波多黎各人》（*When I Was Puerto Rican*）（2006 年）中，通过在书后列出一个词汇表来方便英语国家的人理解。圣地亚哥说，她所说的语言是“一种由复杂的西班牙语和英语单词组成的方言，将其加入口语化的波多黎各表达，以这样的方式选择它们从而创造新词”（“Introduction” 132-133）。显然，第三组中应用的“符码转换”的内涵与前两组的不同。

然而，凯尔曼没有将“符码啮合”活动与“符码转换”活动区分开来，这些活动为彼此形成对比。前两种组作者属于“符码转换”的类别，其中语言被视为独立且固定的存在，各自分离，没有交互。由于这些小说家在小说叙事中过分强调自己的身份，语言于是被视为一个独立的主体，

---

① 哈金是来自中国的移民，用英语写作并获得美国国家图书奖。

被用作对抗主流意识形态的武器。然而，由 Anzaldúa 为代表的第三组作家进行了一种"跨语际实践"，这种实践始终具有流动性和创造性，施事性和混合性。对于那些小说家来说，语言被视为一个对象，从彼此之间的相互依存中演变而来。

在《不可思议的英语》(*Weird English*)(2004) 中，伊芙琳·尼明茜(Evelyn Nien-Ming Ch'ien) 称，将一种或多种语言与英语混合可以产生"一种新的文学语言"，这在政治上"剥夺了英语的主导地位"、美学上"恢复英语的经验潜力"，以产生一种"新的文学理论"(4-6)。因此，尽管尼明茜没有将其定义为"符码啮合"，这种新的文学语言仍是冲突和协作的结果。

罗斯玛丽·金 (Rosemary A. King) 在她的著作《边境融合》(*Border Confluence*)(2004) 中给出了定义:"包括美国西南部和墨西哥北部的边缘地带的边境地区在内，延伸了两千英里地缘政治边界的长度以及地理位置偏离城市的种族飞地如洛杉矶或拉巴斯"(xiii-xiv)。文化概念不受领土边界的限制，她的论点是基于边境作家 (those write historical romance, Hispanic bildungsroman, travel narratives and utopian literature) 和跨国主义①的。"边境合流强调了美国-墨西哥边界的重要性，这是边界地区意识形态差异的主要原动力，并揭示了边境地带是如何造就作者的体裁选择的"(xii)。"当边境文学中的空间在面对该地区历史和文学中所体现的他者领域时，空间在边界文学中呈现出来的形式最为突出"(ibid)。

金 (King) 称人物对文化冲击的各种反应，如适应、抵制、挑战、同情，取决于周围空间和地方的艺术渲染 (ibid xi)。她运用"边界汇流"(border confluence)，通过"分析人物起作用的地方的表现形式"和"本土或外国领土，临时旅行或永久定居的""出现在相对边界的空间角色"来探讨这些关系 (ibid)。金用地缘政治学作为分析美国和墨西哥交叉文学的起点，所以范围仅限于北美。还需有更深入的研究来判断是否"边界汇流"能够被扩大到全球语境当中去。

在这个跨身份认同的情况下，海克·保罗 (Heike Paul) 表示"语言

① "在一个'由全球政治经济力量驱动的人、资本、商品都跨国的世界'，跨国主义、移民、技术和传播的现代化进程使文化变得越来越去区域化 (Clifford 330 qtd. in King xiv-xv)。

和语言认同不被当作财产或者所有物，而是作为一个充满艺术可能性的世界”（6）。这种“跨语际实践”创造了一种新的思维方式。“跨语际性”已成为美国文学中的一种流行现象，“用英语以外的语言写美国故事，为美国研究领域增添了新的视角”（ibid 7）。保罗认为，将非英语语言和“古怪英语”语言文本整合到美国文学和文化中会产生：一、批判性读物和虚构文本；二、追踪历史谱系并实施当代理论化；三、展示了多语言问题如何与美国文化和文学研究的许多问题相互交叉（ibid 5）。同样，用英语而不用当地语言撰写关于印度/非洲的文章也能呈现出新想法。这些小说不仅可以拓宽我们对文学史的眼界，有时甚至会批判现有的假设和类目，但它也强调文化因素和现象（如“跨国主义”），并提供另类的、先前被边缘化了的立场与观点。

2010年后，文学批评中“符码啮合”的“跨语际性”理论研究更加为人所知，尽管它仍是以“符码混合”或“符码转换”的名义出现。最明显的证据可见于凯尔曼和诺沃维奇（Nvovich）撰写的《小说研究》（2016）中的“简介”部分，他们评估了第四十八卷所收集的关于“跨语际性”的文章和书籍，试图构建文学“跨语际性”的理论框架。例如，“跨语际性”被称为“破坏性机制”，在米歇尔·伍兹（Michelle Woods）的文章中，不论在内容和形式上都在语言之间创造“禁忌”；“跨语际范式”适用于小说分析，它揭示了阿妮亚·施皮拉（Ania Spyra）对中介语的分析和马鲁·拉希迪罗斯塔米（Mahroo Rashidirostami）的后殖民阅读中的“历史层次”和其他特征。梅利萨·维宁格（Melissa Weininger）和玛丽亚·劳雷特（Maria Lauret）运用“跨语际技巧”引申了她们的论文（405）中悬而未决的移民问题所带来的关于“故乡”“离散人群”“国家”和“创伤”的问题。

在这个系列中，米歇尔·伍兹的文章《在别处：跨语际的昆德拉》（*Elsewhere：Translingual Kundera*）阐述了昆德拉如何在他的法国小说中使用捷克语使语言变得“古怪”，“或昆德拉从一种语言转移到另一种时经常暴露出那些禁忌，而通常就是在这些禁忌中，才能找到特定作品的原创性。在语言之间工作的‘跨语际’作家，自己特别能够意识到语言是如何运作的，清楚它在写作中的作用，而不仅仅将其当作简单的语言”（428）。

在《库尔德作家的跨语际：阿里-阿什拉夫达维什的自传体小说〈多云年〉的后殖民解读》（*The Translingualism of Kurdish Writers: A Postcolonial Reading of Ali - Ashraf Darvishian's Autobiographical Novel Sa¯lha¯yi Abri¯* (*Cloudy Years*)）中，马鲁·拉希迪罗斯塔米运用后殖民主义的观点来阐述“跨语际性”的功能，即构建语言之间的辩证关系，因为“跨语际性”可以相互丰富彼此的语言和文化（464）。根据阿什克罗夫特（Ashcroft），格里菲斯（Griffiths）和蒂芬（Tiffin）的后殖民写作策略[①]，拉希迪罗斯塔米指出口头形态是“大部分后殖民写作中的中心本土模式”（466）。此外，“跨语际文学”还有几个特点：逐字翻译是“跨语际文学”的一个共同特征，它试图将口头叙事融入书面文本，同时保持口语感。后殖民文本中的其他“跨语际”特征包括：编辑入侵（如脚注）、注解式翻译或插入语式翻译，以及未翻译的单词、中介语[②]和句法融合（471）。它进一步表明，“跨语际小说”是“一种混合的跨文化文本，通过破坏其所写语言的规范来扭转语言层次，从而有助于肯定库尔德作家所创造的文本后殖民杂糅的文学”（postcolonial hybridity）（464）。

在《〈你自己的可恶成语〉：朱诺·迪亚兹在奥斯卡·沃伊的简短奇妙生活中的跨语际》（“‘*Your Own Goddamn Idiom*’: *Junot Diaz's Translingualism in the Brief Wondrous Life of Oscar Wao*”）中，玛丽亚·劳雷特称，“跨语际”词汇引出了“‘语言混淆’‘克里奥尔化’以及它作为文学话语基本特征的‘混杂化’”，这样“如果英国读者真的想读，他们就必须忍受”（498）。这里“语言混合”这一术语指的是“符码啮合”，因为“这样的创造性新词将英语与西班牙语进行了融合”从而创建“在该过程中的新东西”（496）。“跨语际文学”让“单词做好自己的事，因为翻译不会做这些事”（503）。通过“符码啮合”活动，可以利用“跨语际[③]美学实践”

① 阿什克罗夫特、格里菲斯和蒂芬（1989）称，口头传统和特定的叙述模式被视为边缘作家为了抵制同化而提出的颠覆性策略……具有保留书面文本中的口头意义的功能，这就造成了“一个融合和混合的文本”，形成了“中心语言和边缘语言之间的辩证”（41 qtd. Rashiidirostami 464）。

② “中介语”（interlanguage）是内姆塞（Nemser）和塞林格（Selinker）创造的术语，指两种语言的语言特征的融合。它被认为是“后殖民作家创作的‘跨语际文学’的共同特征”。

③ 斜体是原文中的。

来表现小说中的政治（ibid 508）。

《理解跨语际文本：奥尔加格鲁辛的〈苏哈诺夫的梦想生活〉中的俄语文字、名称和文化典故》（"*Making Sense of the Translingual Text: Russian Wordplay, Names, and Cultural Allusions in Olga Grushin's The Dream Life of Sukhanov*"）（2012）的作者朱莉·汉森（Julie Hansen）分析了在《萨哈诺夫的梦想生活》中由"跨语际"文字和文化典故所创造的隐喻。通过词序产生的特定双关语已经得到了详细阐述。汉森强调的是"跨语际性"作家在其文学叙事中采用的那些重要的"跨语际"策略。

在《通过跨语际叙事的文化调解》（"*Cultural Mediation through Translingual Narrative*"）（2011）中，丽塔·威尔逊（Rita Wilson）将"跨语际叙事"定义为一种探索，这种探索是"新的身份通过构建新的对话空间，其中语言选择位于由后殖民理论的传统二元论建立的对立模式之外：中心/边缘、自我/其他、殖民者/殖民地"（237）。"跨语际文学"的功能"主要不是务实的，而是审美和道德层面上的。它的目标更具象征性而非现实性：它象征着文化和语言的多样性、碰撞和交叉"（244-5）。"跨语际叙事"的主题是文化翻译，它被"概念化为跨文化交流的过程，通过在文化之间'翻译'来重塑思想"（ibid 238）。威尔逊阐述了"跨语际作品表明对翻译的理解不仅仅是故事结束后发生的事情，而是叙事本身的关键部分，是一个产生情节和意义的东西，这是必不可少的……在全球范围内塑造关系、身份和互动的文化翻译的具体过程"（235）。威尔逊不仅提供了"跨语际叙事"的定义，还提供了一系列要素以便进一步探索文学作品中的"跨语际性"。

在《移植主题：跨语际叙事中的自我翻译过程》（"*Transplanted Subjects: Self-Translation Processes in Translingual Narratives*"）（2011）中，威尔逊阐述了"跨语际性"作家翻译了他们所采用的语言："其他语言被嫁接的基础，创造了新的和原创的解决方案。'符码混合'调整了语言被污染和扭曲的跨文化遭遇"（132）。虽然威尔逊仍然使用"符码混合"和负面术语"污染"一词，但她表达了"符码啮合"活动的内涵和"跨语际叙事"的积极结果。

1.4 身份认同

"自我/其他、殖民者/殖民者或少数民族/优势文化"的二元结构不再能够代表后殖民时期的本土身份。诸如斯图尔特·豪（Stuart Hall）（1996）和霍米·K·巴哈哈（Homi K. Bhabha）（1994）等学者称"范式从将身份视为一个固定的文化实体转变为一种流动的感知，将这一观念视为建构和变革的主体"（Moura-Koçoğlu xix）。

根据斯图尔特·豪的观点，"离散人群"的经历如下：重新认识到异质性和多样性的必要性，通过"身份"的概念，生活在一起以及经历过。"离散人群"身份是通过转变和差异不断创造和重现自己的身份"（235, qtd. in Wanner. "Writing" 10-11）。

穆拉·高奥卢也认识到了"跨语际性"的流动身份。"不可否认的是，文化'他者'的比喻与21世纪全球社会的变革模式并不相称"（xviii）。引用阿尔君·阿帕杜莱（Arjun Appadurai）的已成为全球力量的术语"人种图景[①]"，这个莫拉·库库格鲁认为"身份话语"已被改变以获得新的内涵与认识。

对于那些无法找到能与其身份连接的语言的移民小说家来说，"跨语际实践"则是必需的。正如Anzaldúa所说"种族身份是语言身份的第二层皮肤-我就是我的语言"（"How to Tame" 52）：

> 对于既不是西班牙人也不是生活在以西班牙语为第一语言国家的人；对于生活在以英语为主导语言但不是英语国家的人；对于不能完全认同这两种标准的人……不是西班牙语也不是标准英语，除了创造自己的语言，他们还有什么可依赖的呢？一种他们可以将自己的身份与之联系起来的语言，一种能够向自己传达真实的现实和价值观的语言——一种词汇既不是西班牙语也不是英语（neither *español ni ingle's*）的语言，而是两者皆有。我们说的语言是方言，是模棱两可的，它是

① 阿帕杜莱将"民族图景"（ethnoscape）定义为构成这个变化的世界并影响政治的人的景观（41 qtd. in Moura-Koçoğlu xx）。

两种语言的变体（ibid 47）。

作为反对标准西班牙语和标准英语的秘密“反叛语言”，两种语言的“啮合”自然而然地产生了“跨语际性”。此外，Anzaldúa 使用“花衣少年①”作为例子来说明“跨语际性”被视为反叛的行为以证明他的独立性。“一个墨西哥人就是一个灵魂的状态——那不是心灵，也不是公民身份。既不是鹰也不是蛇，而是二者合一。就像海洋一样，动物们都不尊重边界”，因为反叛产生了“两种文化的协同作用，具有不同程度的墨西哥或英国的性质”（ibid 55–6）。这恰恰体现了“跨语际性”的本质，这种融合是与海洋无边界的“啮合”，不必确切地阐述“我”和自己身份。

为了通过“跨语际性”来澄清身份的复杂性，许多学者从各种视角进行了跨学科分析。塞拉芬·莫丽娜（1999）提出了“自传式民族志”（autoethnography），这种方法可以通过“跨语际实践”来构建本土身份。盖尔（Gal）和阿尔文（Irvine）认为，“跨语际”可以从语言人类学家的观点中标识出不同的民族身份（967，qtd. in Altdarez et al. 31）。在《全球流动时代的跨文化作家和小说》（“*Transcultural Writers and Novels in the Age of Global Mobility*”）中，阿里安娜·达吉诺（Arianna Dagnino）称，“跨语际”的作品通过跨文化主义或“文化超越”（cultural transcendence），“从更广泛的全球和文学视角促进和参与，并有可能成为一种新的想象和使用的认同方式”（2）。里昂认为“符码啮合”行为是反对“长者们相互保证的分离主义的规则”（the elder's rule of mutually assured separatism）的文化杂糅身份（102），而阿尔瓦雷斯、卡那贾拉亚、李永宗、李嘉伦和拉比反对他的观点，并认为一个人的民族身份是永远非静态且既定的，但它总是在不断发展，正在形成的和有规定的，并且“总是跨语际的。它们源于几个世纪的语言和文化接触。然而，为被标记为孟加拉语、韩语、西班牙语或泰米尔语②的混合文化资源和交际实践赋予了独特身份的是语言意识形

① “花衣少年”（Pachuco）是形容穿佐特套装人（zootsuiters）的语言，由英语和西班牙语的俚语组成。“‘Ruca’表示女孩或女人，‘vato’表示男孩或男人，‘chale’表示没有，‘simón’表示肯定，‘churr’表示当然，谈话是‘periquiar’，‘pigionear’意味着宠爱，‘que gacho’表示书呆子，‘ponteáguila’表示注意，死亡则用‘la pelona’表示”（Anzaldúa，“How to Tame”49）。

② 斜体是原文中的。

态"(33)。

在《跨语际身份：史蒂芬·海姆和雅科夫·林德的语言和自我》(*Translingual Identities*: *Language and the Self in Stefan Heym and Jakov Lind*)(2013)中，塔玛尔·斯泰尼茨(Tamar Steinitz)分析了德国人史蒂芬·海姆(1913—2001)和奥地利人雅科夫·林德(1927—2007)作品中"跨语际性"的心理影响，并表示"当作者在选择表现系统时，'跨语际性'会使语言与世界之间的感知联系断裂，导致小说中出现的'精神分裂，表现为精神分裂症或视觉重影'"(1)。斯坦尼茨声称"'跨语际性'既是叙事的一个特征，也是其中的一个角色，以及语言……并列，并根据另一个对其进行检查，创造了一个复杂的身份认同与身份识别的画面"(15)。斯坦尼茨认为翻译是机会也是损失，作为创造性的避难所(creative refuge)和与自我的脱离(8)，语言与认同之间的关系将显现出来(11)。

在她的著作《叙述本土的现代性：当代毛利文学中的跨文化维度》(*Narrating Indigenous Modernities*: *Transcultural Dimensions In Contemporary Ma-ori Literature*)(2011)中，米夏埃拉·穆拉·高奥卢(Michaela Moura-Koçoğlu)从跨文化的视角支持了本土身份：

> 本研究中提出的跨文化阅读将证明，穆拉对身份和不平等的言论绝不会拘泥于Pākehā的政治学。承认在现代性的全球背景下叙事改变了其框架，展示了"自我/他者"的界限如何进行碰撞，以辨别能传达本土身份话语的种类。正如文学分析所表明的那样，在当代文本中探索和协商毛利人身份的模式指向了现代版本的独立性(xvii)。

根据对毛利文学的具体文本分析，莫拉·库库格鲁建立了本土现代性与跨文化方法论之间的联系，后者被视为分析21世纪土著文学的新视角。

在《语言政治：家园的边界和以色列的跨语际文学》("*Language Politics*: *The Boundaries of Homeland and Translingual Israeli Literature*")(2016)中，梅利莎·温宁格利用凯尔曼的定义，将"跨语际性"视为"文学生产和消费的跨文化模式"(478)。维宁格认识到了"跨语际性"的功利主义机制及其"自我意识"的功能，即"与身份和家庭的联系"(480)。他认为，"跨语际性""从根本上改变了民族认同"(482)，而"跨语际"的技术破坏了犹太复国主义民族神话的稳定，导致“‘离散人群’重新装置他们的家园，并呼吁更新我们对以色列和犹太人与地方有关的身份的认识”（481）。

除了意识形态的考虑和对本土身份的阐述，许多学者都强调了身份与“跨语际实践”之间的关系。萨拉·P·阿尔瓦雷斯（Sara P. Alvarez）、苏雷什·卡那贾拉亚，李永宗（Eunjeong Lee），杰里·李（Jerry Won Lee）和沙基尔·拉比（Shakil Rabbi）（2017）在他们的文章《跨语际实践：民族身份及写作的声音》（“*Translingual Practice*, *Ethnic Identities*, *and Voice in Writing*”）中，结合他们自己的教学经验，他们称种族身份，而非先验，构造了与“跨语际实践”的辩证关系（33），并应该采用“主动”的态度来对待“声音、身份或民族以涉及身份表现”（45）。肯·海兰（Ken Hyland）（2012）通过作家的语言和修辞选择构建了理论和方法论工具来分析学术写作中的身份。

霍纳和特里尔特（Tetreault）（2017）声称，“跨语际性”可以帮助识别一些对语言关系和用户身份（user identity）的通用校正：一，承认存在多种语言作为交际情境的准则；二，这些语言之间定义界限的流动性；三，混合和改变不同语言将语言应用定位；四，针对语言失败的视角给予语言使用者的动能；五，为语言和语言使用者提供流动的身份；六，作为始终在更新的产物，语言实践在物质社会领域中的方寸（4-5）。

有学者甚至认为，对于语言学习的研究不能局限于上述方面，如此一来并不能代表“跨语际实践”的整体性。例如，塔迪认为“为了‘符码啮合’的‘符码啮合’行为是不够的——语言差异以及它的接受度必须被视为一种更大更复杂的生态社会系统的一部分”（183）。杰伊·乔丹（Jay Jordan）（2015）提出了一种“跨语际性”的唯物主义和生态学方法，因为他断言“扩大了的物质-修辞生态学（material-rhetorical）并不可能消除人类的能动性，甚至于将这种可能性嵌入其他方面”（372）。这一论点采用了后人文主义的语言方法。迄今为止，流行的术语“跨语际性”仍是不确定的，作为一种刚刚开始成型的实践（Mangelsdorf 205），应多进行研究以便能在不同的实践环境中阐述语言的异质性和身份的内在不稳定性。

1.5 喻体-隐喻的"跨语际性"

在某种程度上，"跨语际"的反思性思维模式可以体现在隐喻的景观中，因为各类作家都已经在使用"跨语际性"（Guerra and Shivers-McNair 21）。当"跨语际"的叙述者打算塑造一种新的身份时，喻体就起着至关重要的作用。

许多哲学家和文学评论家都试图用"跨语际实践"作为隐喻来阐述文学理论、文化和社会问题的主题，从而形成其寓言式题目的内涵。威尔逊指出，"跨语际叙事探索了移民的隐喻维度，作为双重想象和批判意识的一种形式，其中边界是构建新的思想归属形式的虚构维度"（"Mediating" 58）。此外，魏宁格尔（Weininger）使用"一个会说话的房子"的比喻来将"跨语际小说"喻为"仅由语言构成的富有想象力的空间"，其"旨在消除语言和文化的界限，以产生新的东西"（487）。这个"说话的房子"是"通过一种创新的'跨语际性'，用所有语言讲述故事，重新构想家园与'离散人群'之间、内外之间、包容与排斥之间对立关系的模式"（491）。

当佳亚特里·斯皮瓦克（Gayatri Spivak）分析尼采对隐喻①的定义时，她阐明，隐喻的功能对于身份的构建至关重要，因为不同事物之间的同一性构造，正如他的文章中使用的原始短语是 *Gleich machen*（使平等），"请注意德语单词'Gleichnis'——意向、比喻、相似、比较、寓言、格言——一个整体上对比喻实践无误的指代"（an unmistakable pointer to figurative practice in general）（Liu 4）。尼采本人已经"通过德语和其他语言的隐喻等式变成了另一种幻觉。双语词典行业的蓬勃发展取决于这种错觉的坚韧性，即它的权力意志"（ibid）。

为了解构这种幻觉的基础，刘打破了在两种不同语言之间等同意义的存在，并将其与权力意志联系起来，这是"跨语际实践的政治"的偶然性（8）。"越过语言界限的分析范畴的跨越，就像任何其他的跨境或违法一

---

① 尼采攻击了"语言是相称的，它们之间自然存在等价物"的假象，指出"不平等的等价物仅仅是语言的隐喻功能，声称真理"，即"人们已经忘记它们是幻觉的幻觉"（Liu 4）。

样，必定会引起有争议的权力主张的对抗”（7）。此外，基于巴赫汀的“异语”，刘提出了“图形式阅读”作为“跨语际”叙述的一个特征，它是“一种在文本本身内表现或表现出来的[①]编码阅读”，并且其中“意义不固定在起源的地方，而是能够被有效利用以理解完全不同的情况”（127）。她研究过“进口的”叙事技巧，这种技巧被视为叙事的“跨语际”模式，如第三人称叙事和自由间接的风格，这种技巧被应用于20世纪90年代初中国文学中。

除了哲学和政治方面的考虑，许多其他学者将隐喻直接与“跨语际”的具体实践联系起来。卢和霍纳认为隐喻，如翻译和重新谈判，可以用来分析“跨语际实践”。例如，他们借用朱迪思·巴特勒（Judith Butler）的比喻“作为施事的迭代”（iteration as agentive）来提供“跨语际”研究的工具（30）。格拉和西弗斯·迈克乃断言，修辞情境和散漫的语境（rhetorical and discursive situations）可以通过将“跨语际性”视为一种比喻来澄清（20）。在他的文章《跨语际作品的来龙去脉》（“*The Ins and Outs of Translingual Work*”）中，托马斯·拉维尔（Thomas Lavell）运用“定向动力学”的比喻来描述“跨语际实践”的工作，其中包括“向心”和“离心”动力学。“向心”动态指的是“向内转的作品，要么明确规定、表达或完善了有关语言本质的‘跨语际性’的信念，要么在有竞争的情境下明确地唤起这些信念”，而“离心”则意味着“向外转的作品，挑战单语的表现形式”（192）。他利用这种比喻来对比拉卡托斯（Lakatos）的“硬核与保护带之间的静态空间区别”，他称之为“不完美”的类比。

> 首先，在拉卡托斯的例子中，假设一个完整且完全连贯的“核心”，对于像“跨语际”写作研究这样的新兴领域而言可能过于深刻。然而，如果“跨语际性”在任何语义上都很重要，那么一些核心的承诺（commitment）必须围绕在对语言资源的表演的、施事的理解，以及它们如何在社会环境中发挥作用。其次，像“跨语际性”这样的应用研究项目的目的不同于牛顿物理学这样的基础研究项目，因此，从核心“跨语际者”（translingualist）的承诺（commitments）中产生的

① 斜体是原文中的。

作品被很好地解释为“不是保护带，胜似保护带。”(192)

拉维尔利用“跨语际性”的定向动力学来分析霍纳、马尔科姆(Malcolm)、德赖尔(Dryer)、米切尔(Mitchell)、加拉赫(Gallagher)和努南(Noonan)的研究，这些论文收集在《交叉的分界：探索跨语际写作教学法和课程》(*Crossing Divides*：*Exploring Translingual Writing Pedagogies and Programs*)(2017)中。

1.6 印度与南非作家的小说

1.6.1 跨地域研究的原因

值得一提的是，一些学者已经开始研究20世纪文学领域“跨语际实践”的动态。在奥特马·艾特(Ottmar Ette)的著作《世界之间的写作：跨地域研究和居无定所的文学》(*Writing-Between-Worlds*：*Trans Area Studies and the Literatures-Without-A-Fixed-Abode*)(2016)中，他致力于确定超越国家与世界文学之间陈旧区别(worn distinction)的“跨语际”的运动模式(9)。他将文学写作语境中的“跨语际实践”定义为“作者在他或她的作品中作为一个整体和单一文本在不同语言之间来回移动”，一个“永无止境的语言横断的过程”(34)。根据这个定义，艾特的“跨语际性”的概念仍然属于“符码转换”的范畴；然而，他对“跨语际”写作的解释却变成了“符码啮合”的概念。他的阐述建立在两个基本假设之上：第一个是“文学总是在运动的”，“动态的而非安置好的”，它在20世纪的各种边界上自由移动，以迁徙和多语事实为特征。第二个是“文学文本编码了这种时空运动的模式，并将它们存储在服务于生存和共同生活的‘生存知识’的形式之中”(ibid xiii-xiv)。换句话说，艾特开始将“跨语际动态”(7)当作一种始终充满杂糅特征的实践行为。

根据本书的译者，薇拉库茨金斯(Vera Kutzinski)声称艾特将文学文本视为“文化多样形式的未开发资源”，而并不在于“知识作为产品、对象或信息，而是作为过程[①]”（Ette xiv）。

> 艾特“居无定所的文学”的概念抛弃了民族文学或世界文学的排他性逻辑。正是佛朗哥·莫雷蒂（Franco Moretti）所谓的“问题”是寻找“新的批判方法”。“居无定所的文学”，即不属于单一国家语境的文学，是理论上的“问题”，因为他们“横断”“横切”，否则无论是国家还是纪律，都会担心意识形态的界限和概念的边界。这个过程的德语动词是“queren”（“交”），它表明在文学研究和其他方面的非系统的、无序的交叉，不安、妨碍和扰乱惯例和分类系统的行为。艾特的批判方法的观点并不是将反叙事构建为“对民族文学的一种（可地域化的）的防御”和其他正统观念。相反，他的目的是“记述地理文化和生物政治的变化，以及伴随这些变化的文学美学的发展。无论是从民族文学还是世界文学的视角，都无法让我们通过这种转变进行思考并给予他们充分的描述。”（xiv-xv）

艾特对文学的定义是“由无数边界标记和删除构成的高度复杂的内部世界”，与“跨语际实践”的概念相呼应，具有“非系统的、无序的交叉，不安、妨碍和扰乱惯例和分类系统的行为”的相同特征（8）。也就是说，在尊重语言和文化差异的基础上，“共同生活的知识”在世界范围内是另一个“迁徙世纪”的自然规律。

从“跨地域”研究的角度来看，艾特对“跨语际”文学的研究意义在于他加强了民族文学的动态遍历性和其之间的相互影响，这与比较世界文学不同。正如他认为“居无定所的文学有长期渗透到民族文学和世界文学之间的空间，这些空间不能简化为民族文学的总和。毫无疑问，它们的重要性将在21世纪得到发展”（186）。总而言之，艾特从地缘政治和生物政治层面讨论了“跨地域”研究的“跨语际实践”，但他没有从社会语言学的角度说明。

1.6.2　印度与非洲作家的“跨语际”小说

在凯尔曼的著作《切换语言：跨语际作家对其作品的反思》（*Switc-*

---

① 斜体是原文中的。

hing Languages: Translingual Writers Reflect on Their Craft）中，他分别给非洲和印度作家两个章节的篇幅，来表明这是两个大部分的跨语际写作。早在一九九七年，库班查达尼（Khubchandani）就已经讨论过在印度出现的"跨语际性"，但他认为这是一个"符码转换"事件。"印度语言和英语的复合双语制（两种或多种语言在融合语境中用于指代相同的环境事件）导致了进一步升级了这一过程的'符码转换'"，并且"已经开始应用到了许多当代作家的先锋派文学中"（Revisualizing 177）。在分析"跨语际"时，库班查达尼强调了印度语中存在的悖论，这种悖论"表现在出于身份目的的高雅语言内容与将语言作为交流手段的语用考虑之间的不断扩大的鸿沟"（Revisualizing 176）。这很适用于"跨语际"研究的文学和语言领域之间的分歧，前者更多地侧重于身份，而后者主要支持交流。

除了印度，库班查达尼还评估了南亚（特别是印度）和非洲国家的文学领域。他声称，"身份危机在大部分印度和非洲的英文写作中都有所体现。像奇努阿·阿切贝（Chinua Achebe）和芭芭尼·巴达查里雅（Bhabani Bhattacharya）这样的作家，他们以自己公开的独特世界观而闻名，他们经常表达他们的挫败感"，但是有一些"非本土英语变种的迹象通过识别非洲英语，南亚英语等的多中心的[①]（*polycentric*）而变成了一种'复合的'身份表达"（Revisualizing 61）。

不同地区和国家都有不同的"跨语际实践"的修辞，许多学者对"跨语际性"的修辞特征进行了研究。卡那贾拉亚将"跨语际"的语言和修辞属性描述为流动性、杂糅性、能动性以及对意义和结构协商的态度（"Place" 588）。康纳（Connor）提出了"跨语际"写作的"跨文化修辞"，指的是"影响写作情境的文化、社会和教育因素"（304）。在一年内对多语移民进行了26次定性生活历史访谈的研究后，丽贝卡·洛里默（Rebecca Lorimer）采用"修辞调整"（rhetorical attunement）这一术语来描述她的意向，这种意向被定义为"一种用语言表达语言多样性的方式，并且引发有关意义的谈判来实现交际目的"（163）。

此外，很多学者突出"跨语际"交流的修辞作为特定的空间（certain

① 斜体是原文中的。

space)，这涉及“再文本化”过程的伦理价值（Mao；Mountford；Wible；Young）。芒福德（Mountford）将“修辞空间”定义为“交际活动的地理，可能包括文化和材料的配置，不论是有意或是偶然的空间”（41）。毛（Mao）将这些空间描述为修辞的边境，亚裔美国人的修辞仍然是一个复杂的谈判过程，由于其杂糅性（“Rhetorical”433），无论从内部还是从外部都是复杂和相互补充的。莫里斯扬（Morris Young）提出了“克里奥尔话语”作为亚裔修辞，这是一种实践，这种实践是本土的、系统的以及在社会、文化和政治语境下都非常有效用的象征性资源（Mao and Young 3）。莫里斯扬进一步称，空间隐喻在亚裔美国人的修辞中很重要，因为“亚裔美国人对付旅行和移动、遏制和社区（containment and community），以及想象中或者真实的地理”（“Neither”60）。扬强调，“地方、历史和经验创造了紧急的情况，这种情况需要穿越时间和空间，是对亚裔美国人的修辞法”（61）。通过调查“世界社会论坛”中的修辞实践，威布尔（Wible）提出了一种不同的修辞教育（rhetorical education），可以使来自不同语言和文化社区的人们参与到全球的讨论中来（40）。

毛履鸣（LuMing Mao）将“跨语际实践”定义为“话语和表达模式”，源于“两种或两种以上话语和文化实践在全球交流语境中的动态互动”，这种互动经常以权力不对称为特征，充满了不理解、误解和/或完全沉默的历史的“话语和表达模式”（“Redefining”55）。毛履鸣分析了“红歌[①]”的中式修辞学，他指出，“共产党和普通中国老百姓似乎都在重建和接受同一种修辞，这种修辞是他们自己的，不受当前全球化资本主义的影响。”（ibid 48）在这一事实上，他将“本土修辞”描述为“由本土和外生的共同作用的创造性过程所产生，以及本土人破裂的过去出现在全球当下感受的杂糅性修辞”（49）。因此，需要将“跨语际的文化素养”置于更大的历史、文化和社会关系的背景下，而不是仅仅是语言规范和文本结构（Canagarajah，Literacy 6）这样狭窄的范围。换句话说，本土修辞是一种移动的实践，应当与其他修辞传统联系起来。

对于印度作家来说，他们必须应对印度次大陆的各种英语。库班查达

① 红歌指的是“红色文化”，这是毛泽东时代的歌曲，包括《东方红》《没有共产党就没有新中国》（Mao，“Rhetorical”47）。

尼认为：

> 自殖民时代以来，印度的英语本土化发展一直是人们关注的主题，当时印度很多的英语被贴上了标签：“有时轻蔑地”说它们是洋泾浜英语（Pidgin English）、管家英语（Butler English）、Boxwallah 英语、Cheechee 英语、Baboo 英语……在 19 世纪下半叶著名的《霍布森-约翰逊》（Hobson-Jobson）中就遵从了印度英语的细微差别。近年来，人们已经进行了许多语言调查，以捕捉使用中的英语类型的语言变异[①]现象（Revisualizing 65）。

印度作家有在多种当地语言和英语之间进行“跨语际实践”的优势。对于非洲作家来说，他们自然地将英语和非洲语言之间的平等互动行为看作是“跨语际”写作。布林克（Brink）回顾了英语成为南非（“English”213）的正式书面语言的历史，并解释了为什么“南非荷兰语作者可能会发现在这个阶段不管用南非荷兰语或是英语，都比之前更‘自然’”（ibid 216）。“如果有这样一种情况，除了他们自己的语言，南非荷兰语的作家变成用英语写作，它不是暗示着一种逃避，而是一种积极和创造性行为的探索”（ibid 217-218），通过这样的说法，布林克阐述了“符码啮合”活动的潜力，然而他没有找到“跨语际”小说的实用方法。例如，布林克也尝试了一些“跨语际写作”的试验，表明他对“跨语际实践”的兴趣。他表示在《风中的瞬间》（*An Instant In the Wind*）（2008）中，两种语言在很大程度上自发地与主要人物所代表的两个经验领域相关联，这是非常了不起的。

简而言之，“符码转换”意义上的“跨语际性”已经在文学批评领域得到了广泛的研究，然而，“符码啮合”意义上的“跨语际性”尚未得到充分讨论。在 21 世纪，越来越多参与“跨语际性”研究的学者试图从不同角度对其进行分析，无论是实际的“跨语际”现象还是比喻性的表征。尽管“跨语际性”不是新事物，但它在后现代已经形成了新的特征和功能，需要给予进一步关注以及在不同领域进行更多研究。霍纳、卢、洛伊斯特和蒂姆伯尔声称对“跨语际实践”的研究仍处于“开始阶段”，“根

① 斜体是原文中的。

据定义，它将需要许多的想法和能量”（310）。在这篇综述中，大多数学者认同的观点是将差异视为优势或者不足（difference-as-resource/deficit）。尽管大多数学者对“跨语际性”的研究是在日常交际、课堂教学和出版学术写作等领域，但是学者们慢慢开始透过各种视角讨论了“跨语际”、身份认同和形象特征。

值得一提的是，许多学者关注目前的“跨语际性”，因为它可以“量化”少数民族语言并在过分强调差异时“忽视”同一性（Milson-Whyte 125; Matsuda, Wild 132）。他们呼吁采取更具反思性的思维来执行“跨语际性”。就像哲学家奥斯汀（J. L. Austin）曾经观察到的理论化实践一样：“我们必须不惜一切代价避免过度简化，如果不是他们的职业，人们可能会把这种职业病称为哲学家”（Austin 38）。

尽管无法以简单的方式实现“跨语际性”的理论化，但我们仍须继续这一棘手而艰难的旅程，最终完全理解它。就像松田所说的那样，作为一个相对较新的术语，“跨语际性”仍在寻找它“自己的意思”（478）。当然，应该更努力地发展“跨语际性”，不仅是在上述的体裁中，也应在其他很少被人们触及的类型中。到目前为止，从“符码啮合”的角度尚未有探索小说写作中的“跨语际实践”的。很少有人研究分析 21 世纪“跨语际”小说中“符码转换”到“符码啮合”的新变化。

作者想通过引用布林克关于绘画的比喻来总结第一章：

> 如果画家要制作一系列红色基调的作品，然后用蓝色调重复一遍，那么可能会发生同样的情况：我可以想象不同的颜色会对各自的作品施加不同的“逻辑”，甚至要求形状和纹理的变化。从这种双重体验中回归，画家可能会比以前更多地了解红色和蓝色：通过蓝色的使用加深对红色的理解，反之亦然（“English” 219-220）。

结果远远超出了对红色和蓝色作为两种独立颜色的深入思考。由于红色和蓝色产生紫色，具有成为浅紫色或深紫色的潜力，这种绘画过程具有创造性和流动性，就像“跨语际实践”的工作机制一样。作为一本“跨语际小说”，它在这个动态过程中产生了新的创造。

第二章　方法论

2.1　理论框架

2.1.1　“符码转换”或“符码啮合”

在《跨语际实践：全球英语和国际化的关系》（*Translingual Practice：Global Englishes and Cosmopolitan Relations*）（2013）一书中，卡那贾拉亚回顾了“跨语际”理论的文献，试图建立一种“跨语际实践”的模式。首先，他从反对单语和现代主义假设的学者入手，认为这是对现代性或“现代主义全球化”时期所应用的模式的破坏。他运用了罗伊·哈里斯（Roy Harris）的观点（2009），挑战了“语言是一个具有预定意义的固定系统”这一观点，发展了整合主义语言学的模型，因为语言资源是相互关联的，并与其他符号资源相结合来产生意义。此外，彭尼库克和马科尼揭示了殖民和传教的动能（agency），而布洛马特则揭示了商业和民族国家利益的动机。

卡那贾拉亚支持“跨语际性”的前提条件，即“‘跨语际性’的标签突出了范式转换的两个重要概念。首先，沟通不局限于单一的语言；其次，沟通不仅限于文字，它还涉及多种多样的符号资源和生态可供性（ecological affordances）”（*Translingual* 6）。对于第一种情况，“语言不必与其他语言产生争执，他们在交流中是相互补充的”，“一种语言对另一种语言的影响可以是创造性的、有启发性的，使发声成为可能的”（ibid）。卡那贾拉亚放弃了二元思维模式，即“一种导致对沟通和能力的还原导向的二分法”，因为意义源自“在当地情况下的谈判实践”。

此外，他还引用了库班查达尼（which can be translated as “region”）对克什特拉（Kshetra）的本土化比喻来捕捉群体（community）的本质。正如克什特拉“可以被想象成彩虹的光谱带，不同的颜色为了实现共生而相互交融，对应渗透的过程中的密度差异”（84 qtd. in Canagarajah, *Translingual* 39）。这一概念代表了“该区域不同人民之间的团结感，在他们中间创造一种‘集体现实感’（a sense of collective reality）”（ibid）。卡那贾拉亚强调了库班查达尼关于区域的概念，这与西方的区域模式形成了对比，在这里的定义是：一个由不同的人通过法定政策结合在一起的混合区域……不同于为了群体认同而牺牲个体差异的群体，南亚群体在保留群体差异的同时，也与其他群体形成一种总体的群体取向（Canagarajah Translingual 39）。虽然克什特拉的模型概括了一个区域统一性的本质，即统一性中的多样性，但这条“彩虹”是静态的，并不能表现出后现代群体中该区域的动态属性。

要识别“跨语际性”交际的核心，就必须对“跨语际性”交际在新时期的特点进行筛选和分析。卡那贾拉亚试图总结和综合那些想要重建后现代性或“后现代全球化”时期的“跨语际”模式的学者们的各种理论，这种模式的特点是具有不可预测性和多样性。在彭尼库克的著作《语言作为一种本地实践》（*Language as A Local Practice*, 2010）中，彭尼库克通过采用不同资源组合的社会实践将形式和意义理论化。然而，这种观点忽略了交流的交互性，可以通过语言意识形态学派来解决（Kroskrity, 2000; Silverstein, 1996; Agha, 2003），为权力和意识形态在意义和传播塑造中的作用提供了一个更加务实和社会性的导向（qtd. in Canagarajah, Translingual 28）。也就是说，符号学资源的产生离不开权力和意识形态的语用运用，而权力和意识形态被视为特定的语境。

事实上，库班查达尼在他对印度次大陆本土化进程的阐述中混合了“符码转换”和“符码啮合”的用法。

> 在过去的两个世纪里，英语已经被强大的部分人内化在次大陆的区域环境的语言投影和“非本土”的情感，作为一种通过频繁转换语言而揭示的语言思考，以及一种文学创造性表达的工具，例如，通过使用英语创造新的细微差别（在文学和非文学领域）（Revisualizing 64-65）。

库班查达尼将"符码转换"与文学手段的创造功能进行了比较，证明他的"符码转换"概念强调创造新事物的功能。而"符码啮合"是近一个世纪来学者们很少讨论的新生事物，可以说是"符码转换"的新发展。这在一定程度上可以解释他为什么把这两个重要概念混在一起。

创造性语言的动态性可以通过"跨语际性"来阐述，这体现在语言多样性与符号学多样性的对比上。"Glossodiversity"指的是：

> 在多种语言之间满足交流的目的（Halliday；Kramsch，"Traffic"99；Pennycook，"English"34）。对彭尼库克来说，语言多样性的话语、主题或文本总是处于一种相对即时可译的状态，总是倾向于让自己在任何语言中都是透明的。彭尼库克将这一概念与"符号多样性"（semiodiversity）进行了对比，在这一概念中，意义和符号位于既为并列又彼此互异的代码中，形成相互关联的复合体，他将其称之为一种语言生态。这种语言生态对从代码到代码、"一面"到"另一面"的翻译不具有感受性，因此这一过程对它来说既有利又有弊（Gramling 358）。

格拉姆林声称"符号学多样性和语言学多样性之间，不透明和不可说的语言生态与自由市场和普遍的符号学透明性之间存在着张力"（ibid）。更具体地说，语言多样性讨论的是语言的多样性，而符号学多样性研究的是语言内部的各种意义。

在特定的语境和符号资源之间，是社会群体之间在有限空间中发生的一种不平衡、艰难的协商过程。在他的《全球化社会语言学》（*Sociolinguistics of Globalization*）一书中，布洛马尔特"持一种单边的权力和意识形态的观点，认为来自某些不太强大的群体的指数不适合流动"（qtd. in Canagarajah，*Translingual* 29），而卡那贾拉亚则认为，社会空间是开放的，尽管权力很大但仍可以重新谈判。正如玛丽·路易斯·普拉特（Mary Louise Pratt）所创造的、经常被引用的术语"接触区"（contact zone），它指的是被殖民者和殖民者之间的文化界面："文化相遇、冲突和斗争的社会空间，往往是在高度不对称的权力关系的背景下"（"Arts"34）。在这些领域发展起来的新体裁是"'跨语际'，表现出不同或相互竞争的术语的啮合……然而，她所提供的重新谈判的权力和为话语寻求空间的可能性是有益的，而不是基于实践的，它不是协作的，而是更加具有冲突性和压力的”。事实上，冲突和协作功能都是谈判的特征，不应该被忽视或过分强调。

然而，谈判的性质是很难确定的，因为它是一种不稳定的、不确定的实践，发生在那些权力关系不平衡的人之间。Lave & Wenger（1991）和Wenger（1998）构建了“实践共同体”① 的模型（*communities of practice*），它形成了一个灵活的、流动的，在跨地区协作与交流的接触区域中成员关系开放且不断变化的群体（qtd. in Canagarajah，Translingual 30）。然而，“实践共同体”模型“对共同体之间的权力差异并不十分敏感”（31）。西里尔斯（Cilliers）（2010）提出了“动态系统”理论，该理论解释了“一个系统如何既能变化又能有结构，既能流动又稳定，又能分层、多模式、多尺度又能发挥作用”，拉森·弗里曼（Larsen Freeman）（2011）声称“语言能力可以实现成功的交流，同时还可以继续学习、变化和重组”（ibid 31）。然而，这种动态系统理论“在重新定义系统上过分强调……忽视了社会性和务实性”这将“实现精神与物质、个人与社会、形式与实践的传统二分法”（ibid 32）。也就是说，应该考虑到动态实践，并与群体之间的特定权力关系相匹配。

在《翻译语言实践与新自由主义政策：非洲技术移民在以英语为母语的工作场所的态度与策略》（*Translingual Practices and Neoliberal Policies: Attitudes and Strategies of African Skilled Migrants in Anglophone Workplaces*）（2017）一书中，卡那贾拉亚在其语言政策中将新自由主义的不一致性进行了概括。由此可见它符合了发展中国家和移民的利益，但它对某些群体的压迫和回报大于其他群体（28）。相比之下，“跨语际实践”为技术移民创造了共同的精神（32），这是一种实践，它作为直接和间接形式的抵抗，构建了以服从和颠覆的协商为特征的群体空间（30）。

“整合主义语言学”的模式更适合于解构主义而不是重建主义，因为它没有提供人们如何在社会实践中创造意义的洞见。在实践中，以卡那贾

① 此处的强调是原文中的。

拉亚为基础的两组术语需要我们特别注意：一组是“多语言”和“跨语际”，另一组是“符码转换”和“符码啮合”。

1. “多语言”与“跨语际”的区别

术语“多语言”将语言标记为“即使是在接触的情况下，也是独立的且维护自身的自主的”，而“跨语际”一词将语言资源一如既往地认识为“移动的和接触的，产生新的语法和意义”（Canagarajah, *Neoliberal* 4）。

> 像“多语言”（multilingual）或“多语种①”（plurilingual）这样的术语使语言在某种程度上处于分离状态，即使它们涉及到了多种语言的共存。从他们的观点来看，能力涉及了每个人使用语言的不同部分。同样的，在读写能力中，不同的语言可能在文本中占据不同的空间。然而，“跨语际”一词使交际能力不局限于单个语言的预定意义，而是在特定的互动中融合不同语言资源以构建新的意义的能力。能力不是不同资源的算术加法，而是一种变革性的能力，它可以整合资源并创造新的形式和意义。同样地，“跨语际”这个术语将文本实践视为混合的且突现的（emergent），它促进了语言之间创造性的张力。这个术语也帮助我们超越了单数、多数或单数、多数的二分法（Literacy 1-2）。

卡那贾拉亚将“跨语际性”与“多语言”和“多语种”区分开来，因为他认为语言是动态的，具有融合和创造性的功能。此外，他认为单语和多语的二元理论已经过时，如果人们仍然在二元对立的问题上纠缠不休，就不可能在抵制有效的社会变革，以及为边缘群体的利益采取关键行动方面取得进展（Canagarajah, *Neoliberal* 57）。由于“单语意识形态”对不断变化的环境并不适应，那么在技术发展和社会流动的大背景下，“跨语际性”可能会取代它，在后现代时代占据主导地位。

在他的著作《写在世界之间》（*Writing-Between-Worlds*）中，艾特也对这两个术语进行了清晰的区分，因为“多语言主义”（multilingualism）指的是很少或没有重叠的不同语言和语言空间，而“跨语际”指的是一种

---

① 此处的强调是原文中的。

或多种语言之间难以区分的高度的相互渗透（34）。他进一步声称，“我们需要把文学语言和文学领地理解为‘外国’语言和‘外国’文化的迁徙空间，在这个空间里，我们把‘外国’看作‘我们自己’的一部分，但同时又不失‘外国性’”（58）。

在讨论约科·多和田（Yoko Tawada）的作品时，艾特强调了“间隙空间”的能动性与创造力。“约科·多和田，她穿梭在德国和日本之间，她以很多种不同的方式在这两个种类的文学作品之间进行了交叉，这一概念是在她自己在横贯西伯利亚的铁路上移民到欧洲的背景下，被翻译成灵魂运动的隐喻”。通过这样做：

> 在运动中的不仅仅是一个作家和她的文学。她的灵魂、她的文字，都失去了固定的归宿，它们已经成为越来越复杂、反向运动的不可阻挡的一部分，在这个速度各异的网络中，它们不再是一个固定的参考点。但这种损失也再次成为（文学）创作的推动力。我们在这里有无尽的编排，不仅存在于不同的空间和时间之间……同时也存在于母语和外语之间，这种摇摆不定让多和田“总能发现语言网络中的黑洞”。然而，最重要的是：“从这些无言的空洞中产生了文学。”（185-186）

艾特的短语“没有固定的住所”（without a fixed Abode）触及了“跨语际”的本质，因为它频繁地在语言之间流动，在探索语言黑洞中具有发现新意义的潜力和能动性。

2. “符码转换”与“符码啮合”的区别

塞拉芬·莫丽娜（Serafin M. Coronel-Molina）和贝丝·萨缪尔森（Beth L. Samuelson）（2016）在文章《语言接触与翻译语篇》（*Language Contact and Translingual Literacies*）中清晰地明确了“符码转换”与“符码啮合”的差异。它们给我们提供了语言接触方法的鸟瞰图，系统地总结了语言接触过程中关键术语之间的关系。他们声称“语言接触发生在两种或两种以上不同的语言、变体，甚至是来自不同语言背景的人跨时间和空间相互作用时”，最常见的结果是“符码转换”“混合语言”等（379）。“符码转换”的定义是“双语或多语者在两种或三种语言中交替运用”，它

“发生在句子或话语层面，而‘符码混合’发生在单词或语素层面”，是一种“无意识的过程”（380-1）。他们强调“符码啮合”事件，即“在日常交流中使用一种语言的地方、方言或口语变体的结合，以接纳和阐明存在和看待世界的许多地方和全球的方式”（ibid）。

因此，小说文本是一个典型的由“符码转换”和“符码啮合”组成的案例。因为小说的文本中不仅有书面话语，而且不时还有对话形式的交流。“符码转换”可以被理解为口头形式的“一种共同的‘身份协商’策略，以建立与对话者的团结”，而“符码啮合”则可以理解为对书面文本中“霸权‘标准’语言的一种反抗行为”（ibid）。研究小说体裁对分析“跨语际”现象有着重要的意义。

许多学者都提出过的“符码转换”模型和它的历史已经得到了尼勒普（Nilep）的检验，他将其定义为“为了在互动中将对话语境化从而选择或改变语言元素的实践”（1），然而，尼勒普认为“符码转换”不能“指定语言交替的广泛的功能，也没有定义任何符码之前的确切性质的相互作用。符码产生于互动，当话语的各方这样对待它们时，符码就变得相关了”（ibid 17）。“符码转换”是一种隐喻，用来指代在特定语境中不同语言规则的区别。

刘禾所关注的现象属于“符码转换”的范畴，而不在“符码啮合”的范畴。尽管她声称自己观察和分析的现象属于后殖民时期，但她所研究的文学作品仍然属于殖民时期。在这一时期，作家试图反抗殖民者的统治。她主要强调的现象是翻译，翻译被认为是最重要的“跨语际实践”的形式（25）。她“对语言间最初的语际接触所产生的翻译和话语实践情况进行了调查”（26）。刘指出，20 世纪初中国现代散文文体的 21 种创新源于“通过翻译接触欧洲语言和日语”（17）。然而，这些外来词反映了对汉语单向的丰富，因为所分析的文本和词汇主要是汉语，而不是汉语同时对其他语言的影响。

刘禾所说的 19 世纪末现代汉语中所谓的“双向”作用和日语借词属于历时研究的方法，因为日语词汇主要在 19 世纪末借用了汉字，而汉语词汇则是在 20 世纪借用了日语（18）。从本质上说，她强调的是“跨语际性”迁移过程中的权力斗争，是“客体语言被迫遇到宿主语言，它们之间不可约的差异性便展开了争斗，当前被引用或挑战、模棱两可被消解或是被创建，直到新的单词和意义出现在宿主语言本身里”（Liu 26-27）。她这样做只是强调了宿主语言所产生的新颖性，仍然涉及宿主/客体的二元结构，其中宿主处于表达和分析的中心。这就是殖民时期的特点，正如她的书名所示：1900 年至 1937 年间中国文学的现代性。

那么我们的注意力应该从历时性研究转移到共时性研究，还是两者兼而有之？这种研究重心转移背后的真正意图是什么？历时性研究关注的是空间的概念，就像刘对二十世纪日语外来词的分析一样，十九世纪日语外来词首次出现在汉语中。她将自己的研究领域命名为“历史跨语际的语言景观①”（historico-translingual landscape），从而“重新获得建构的，通常情况下是偶然的，语言等值的根本历史性意义”（259）。在分析《阿 Q 正传》的文本时，刘主张“跨文本写作的主体性”（subjectivity in crossing-writing）（69），主要关注只受日语、英语、波兰语等语言影响的汉字（73）。她认为，“中国作家大量地从英语、法语、俄语、德语、日语、波兰语和其他文学作品中借用，希望这些借用能够重振他们自己的语言，发明一种新的白话文，出于严肃的目的，以取代古典语言”（106）。这种“主体性”没有考虑到汉字在同一过程中对其他语言的影响。她的探索显然属于历时性的主观研究，而不在共时性客观研究的范畴。

甚至在共时研究领域，20 世纪许多关于“跨语际”的研究都强调其变异的历史发展，而不是其共时的意义，也不是其与他人的空间功能和关系。就像拉克曼·库布查达尼对弗格森（Ferguson）的“双言现象”（diglossia）概念的评价一样：

> 弗格森（1959）的“双言”概念强调社会对语言资源的功能划分，强调语言在空间上的轮廓，而不是时间上的轮廓。但是在过去的三十年里，许多关于“双言”的研究，尽管声称要检查语言的情况，即总的来说，语言的空间特征是由描述的关注点所引导的语言变异历史的描述与追溯（Revisualizing 81）。

① 斜体是原文中的。

这恰好反映了刘的研究，我认为他对"跨语际性"的研究是一个历时性的研究。换句话说，共时研究是一种只关注时间特征的研究，而不关注时间和空间功能之间的相互作用。这一文学研究的缺陷揭示了"双言"或"多语主义"与"跨语际"之间的症结和差距。

库班查达尼指出了共时研究的重要性。共时研究一方面强调"普遍性"，另一方面强调"多样性"。在当代背景下，后形式方法提倡以大众文化为基础的研究的重要性，使边缘人、次等人的"特殊"能力能够应付普遍存在的"主流"语言现象（ibid 32）。"普遍性"与"多样性"的结合，在一定程度上是指同时关注时间维度和空间维度的共时性研究。这就引出了"跨语际"的关键本质，例如管弦乐队的比喻：

> "它主要是一个'协同'系统，其中许多独立来源的元素以复杂的方式进行运作，以适应时间和空间的需要。交流行为的多面性充其量可以比作管弦乐队。在这样一个管弦乐队中，所有的符号子系统利用语言（和非语言）的线索、参与者的角色和身份、有意识的态度、无意识的情绪、价值结构、参与的强度等，都在信息的创造和感知中发挥着作用。每一个言语行为都被赋予了内在的目的。Speech 之所以值得我们注意，不仅在于它揭示了什么，也在于它隐藏了什么。"（Khubchandani Revisualizing 68）

管弦乐的比喻清晰地展示了"跨语际性"的本质，即在互动的"符码啮合"过程中产生新的东西。乐团中的每个成员都扮演着他或她应有的角色，在此过程中，形成了一种作为整体表演的综合力量。没有贯穿整个过程的强烈互动和相互渗透，这是不可能成功的。

在后现代社会中，许多学者都强调在每一种同时发生的情况下产生力量的时间空间概念。这些力相互影响着中间空间当中的两个对象，形成在"符码啮合"的过程中。与"符码转换"相比，"符码啮合"具有全新的内涵。虽然里昂（2009）反对"符码啮合"活动，因为它的"杂糅性"和违反"长辈的相互保证的分离主义规则"（the elder's rule of mutually assured separatism）（102，qtd in Canagarajah，*Translingual* 200）中，大多数学者都对"符码啮合"事件进行了定量分析（Canagarajah 2006；Matsuda

2013；Young，2004）。松田认为“符码啮合”可以看作是“态度的符码转换”[①]（134）。更明确地说，卡那贾拉亚认为“‘符码转换’的方法仍然保持着权力的差异，在设想变革方面没有走得太远”，这只是“模仿不说话”“扮演白人”，甚至是“给那些双语者表演”（*Translingual* 112）。杨的强调如下：

> 在转换的符码中可能存在着力量的不平等。而且，转换符码的人不需要在两种语言中都有同等或高级的熟练程度。它们可以因为表演的原因而转换，这代表着语言学中研究的广泛社会功能之外的微妙的身份和价值。为了捕捉“符码啮合”能够实现其表演意义，以及能够在语言学家理解的“转换”中抵御更结构化方式话语的迷人之处，创作者采用了“符码啮合[②]”这一术语（qtd. in Canagarajah，Literacy 9）。

和杨一样，卡那贾拉亚认为它是“一种多语言融合不同语音编码的模式，是‘跨语际实践’的一种实现”（*Literacy* 113）。

米歇尔·卢纳（Michael-Luna）和卡那贾拉亚认识到“符码啮合”作为一种混合过程的重要性，巴赫汀将其强调为“分层”，布洛马特（Blommaert）将其强调为“分层同时性”（qtd. in Canagarajah，*Translingual* 113），也是出于同样的原因：

> “‘符码啮合’为作者提供了一种同时满足这两种需求的方法，即规范（norms）与话语（voice）。他们并没有大量使用自己的英语，而是以一种适当的方式使用。在使用SWE（软件工程师）时，他们能够向读者表明他们对精英体裁（elite genres）和规范的精通度。然而，由于重要的修辞和表演化的原因，他们以有节制的方式带来了自己的语言，这代表了他们的身份和文本的多元化。”（113）

对于卡那贾拉亚来说，“符码啮合”代表了“跨语际实践”，它具有三个重要的功能。第一，通过读者喜欢的符码和约定俗成，抵抗来自内部的话语。第二，具有变革性，向新的可能性和创造性的指标性转变。第三，

---

① 松田使用了应用语言学意义上的“符码转换”一词，意指语言的混合（“Wild” 135）。

② 此处的强调是原文中的。

包括其他符码在内，“社会化”产生了能动性以获得更多的所有权和学术写作中的话语权（113-4）。巴赫汀所主张的“异语现象”，就像上文所讨论的“双语现象”模型一样，遵循的不是一种“符码啮合”，而是“符码转换”的模式。从本质上讲，它仍然受到权力差异和结果变化的困扰，因为它是模仿而不是说话。它不能通过“扮演白人”来实现权力的改变。

支持啮合特征的学者也强调了文本的多模态性。“符号学”是指字体、图像等表面特征，属于面向产品（product-oriented）的视角。此外，“跨语际文学”的修辞指的是与身份目的的深层功能相关的对象、参与者、情境和利益。在此基础上，阿特金森（Atkinson）、丘吉尔（Churchill）、西野（Nishino）和冈田（Okada）提出了“多模态”，即多种交际生态、模态和符号系统的统一。“一致性将注意力从语法或语言系统中作为意义的轨迹上转移开，并指出社会因素在整合不同的意义符号资源方面的活动。”（Canagarajah，*Literacy* 6）。许多学者从沟通领域的不同角度分析了这种方法，以说明模式是如何与符号看齐的（Hanson；Milu；Mao；Morris Young；Milson-Whyte；Ayash；Scenters-Zapico）。

一些学者认为，“跨语际”与“多模态交际实践”之间的联系还有待进一步研究，例如，凯特·曼格尔斯多夫（Kate Mangelsdorf）在她的论文《语言差异与翻译语言的规定》（*Language Difference and Translingual Enacates*）中提出了自己的观点。卢和霍纳（2016）采用了一种方法来研究“跨语际”，即“差异作为所有话语的规范，将其视为语言间和语言内部的翻译行为、媒介以及在主导的惯例和偏离规范的重复过程中的模态”（208）。卡那贾拉亚在其著作《翻译语言实践：全球英语与世界关系》（2013）中将“跨语际”定义为“一种战略实践的形式”（4）。他用“跨语际”这一术语将语言关系用一种更具动态性的术语表达出来，语言的混合是“符码啮合①”（1）。他进一步将“跨语际”重新解释为“移动的符码的谈判”和沟通是一种异质的东西，“词汇有可能融入另一种语言，但同时仍在声音、价值观和身份认同方面发挥重要作用……它对语言系统和

① “符码啮合”是许多学者提出的一个术语（Canagarajah 2006；Young，“Nah，We Straight” 2009；Young and Martinez 2011），卡那贾拉亚将“文本”定义为“从各种符号学资源和社会互动中产生，从最广泛的生态资源中汲取的”（*Translingual* 13）。

符号资源采取了更加动态的导向，移动符码可以自由融合，在实践中具有重要的意义和新的指标性”（11）。重要的是他认为每个人都有“跨语际”的能力（8），他进一步认为这种基于实践的“跨语际”能力是一种表演能力，符号资源应该与不断变化的社会和物理环境保持一致，这样才能成功地进行沟通（33）。随着符号资源的不断涌现和多样化，新的文本总是会以一种不可预测的方式随着环境的不断变化而产生。

2.1.2 身份认同

身份认同是“跨语际性”研究的一个重要课题。身份的多元维度有助于把握现代性语境下所观察到的各种特征，可以归结为三个方面：1. 本土特征；2. 混合性质；3. “符码啮合”的本质。

第一，就本土化特征而言，我们应该关注 21 世纪“跨语际”现象的发展。更具体地说，“符码转换”和“符码啮合”在不同时期的身份感知上是不同的。如果说“符码转换”的写作代表了想要进入统治社会并被统治社会认可的移民的身份，那么“符码啮合”的写作则代表了移民在统治社会中所拥有的一种更加独立和自信的本土身份。史蒂芬·米克（Stephen Muecke）将现代的不同质性定义为“对殖民带来的快速变化的创造性适应，即美学、社会或技术上的适应”，通过这种适应，“本土民族能在构建现代本土自我意识中把握能动性”（39, qtd. in Moura-Koçoğlu xxviii）。蒂翁（Thiong）还宣称，“语言之间相遇的质量存在于过去和当今世界，因此在特定时间在另一个方面的主导性是由所涉及国家之间独立的存在与否和质量决定的”（169）。换句话说，“符码转换”是殖民时期的产物，在殖民时期，殖民地国家被殖民国家控制，他们没有独立权，而“符码啮合”属于后殖民时代，届时被殖民地获得了独立。

这种身份转换在小说的语言关系中得到了清晰的反映。许多小说家利用小说“符码转换”中的“扭曲”（distortion），希望通过这种“扭曲”看到“英语能吸收多少扭曲”（Jin 83），并“把自己提升到一个更高的层次”（Stavans, “Autobiographical” 113）。这表明，小说家利用“符码转换”的机会进入了占统治地位的社会，在这个社会中，他们的母语与统治地位的语言并不平等。

相比之下，在“符码啮合”的写作中没有任何扭曲，因为这些“跨语际”的作者寻求两种处于平等竞争环境中的语言之间的交互，而不认为他们的母语来自较低的层次。例如，安扎尔杜阿（Anzaldua）在著名的文章“如何驯服野生的语言”（*How to Tame a Wild Tongue*）中指出：

> “当其他种族放弃了他们的语言，我们就保留了我们的语言。我们知道生活在主导的北美文化的重锤之下是怎样的。但是，我们除了计算这些打击，我们还计算了几天、几周、几世纪、几代，直到白人的法律、商业和习俗在他们创造的沙漠中腐烂，被漂白。谦逊而骄傲、安静而狂野，墨西哥野人在我们做生意的时候，会走过破碎的灰烬。顽固不化，坚持不懈，像石头一样无法穿透，但拥有一种延展性，使我们坚不可摧，我们的美施蒂加斯（mestizas）和美施蒂索斯（mestizos），将继续存在。”（57）

“跨语际者”可以发展出一种具有特定价值的新身份。玛丽·布可兹（Mary Bucholtz）和基拉·霍尔（Kira Hall）将身份定义为“在互动的地方话语语境中出现并循环的一种关系和社会文化现象”，而不是固定的社会类别中的稳定结构（585-86）。它集合了咸水和淡水相互作用的结果，即咸水的自然形成。当河流汇入海洋时，汇合区就形成了一种新的水，它既是咸水又是淡水，或者就其新的特性而言，它既不是咸水也不是淡水。“跨语际性”的形成也是一个相似的过程，它是一种互动的、动态的、使二者以新的身份合二为一的实践。

在《翻译语言实践：全球英语与国际关系》（2013）一书中，卡那贾拉亚通过来自内部的话语展示了新的指向性的生成过程（114-5）。通过认识到土著人或当地人总是被克立特里亚化，卡那贾拉亚巩固了南亚（Khubchandani 1997）和非洲（Makoni 2003）对殖民前实践的历史研究，他支持教育和文化的传统，这些传统涉及“语言和文化资源的网络，包括殖民者的文化资源”（Literacy 2）。此外，通过说明技术移民，他认为“跨语际实践”作为一种“习惯于向他人敞开心扉，改变自我以理解其他观点和翻译视角，并根据需要采用不同的身份或观点”（Neoliberal 47）。

人们认识到，“边缘人可能具有不同的身份和符号资源，但也表现出情境化的身份……民族和传统语言的建构性应使社会群体更能容忍和尊重他人的身份”（57）。卡那贾拉亚认为，种族认同可以通过“自我风格化”等策略性语言实践来获得，“自我风格化”指的是“从一个语言能力不强的群体中毫无意义地挪用词汇、语法或语音符号，仍然可以帮助一个人获得合法的身份”（“Styling” 126）。这种“自我风格化”的过程对于散居的群体来说是非常必要的，目的是为了民族认同，解决“不同身份的紧张关系，构建新的自我”（134）。

虽然卡那贾拉亚指出了实现民族认同的具体策略，但还需要从包容的内生作用及其在小说等各种语境中的体现等方面进行进一步的阐述。特别是为了研究社会中地位较低群体的新特征，必须密切解释它的分层过程。为了更好地理解“跨语际”，应当分析和总结身份的具体形式。从“跨语际实践”的角度来看，民族和传统语言应该被重新定义，因为它们并不是“没有语言和文化的接触”（*Neoliberal* 56）。传统语言是由与其他语言和文化的接触而产生的混合和流动的资源构成的（Language 2）。因此，民族认同应该放在发展的整体语境中来考虑其背后的意识形态。

由于“跨语际实践”的模式重构尚未完成，对其同一性实践的研究还有待深入。而当代许多学者认为，“‘跨语际实践’的产生是由于全球化、移民、数字通信以及跨国经济和社会网络的发展形成的”（Rampton，2008；Pennycook，2010）。然而，卡尔弗特（Calvert）（1998）认为，相对于当代，前现代性时期的多元语言形式更为灵活。此外，卡那贾拉亚将“当前的‘跨语际实践’”定位于“当前的移民和离散文学的语境中”（37）。卡那贾拉亚借鉴了阿特金森的“社会认知”理论，关注环境和实践，因为“语言和人类能力的意义创造潜能是通过对齐和适应的过程产生的，它并不存在于语言或认知系统中”（32）。这种“跨语际实践”的重构之路并不易走。没有对小说写作策略的可预测性和分析，卡那贾拉亚就不能指出一条理论的路径来指导人们如何在小说写作的不确定性背景下成功运用“跨语际实践”。

第二，许多学者都阐述了在身份问题上的“杂糅性”。霍米·芭芭（Homi Bhabha）认为，“杂糅化”是一种社会过程，是一种实践，而不是一种产品或一个个体。这是一个社会过程。它不是关于具有不同文化品位和时尚的人(“Interview” 39)。“杂糅性”被认为是“一种战略性的重新谈判的形式，以抵制可能会让演讲者/作者沉默或丧失权力的主导价值观和规范……”（Canagarajah，Neoliberal 9）。潘迪还提出了语言上可移动和混合的身份的出现（“Introduction” 4）。

对于“跨语际”学者来说，他们分析了在这种混合的过程中，一套语言、价值观或身份是如何在与主导规范（Canagarajah，*Negotiating Translingual* 60）相关的情境下协商的，在这种混合的过程中，“跨语际”形成了一种新的身份，作为一种创造性的“去地域化”的路径。“跨语际叙事”不是通过采用另一种语言来逃避的幻觉，而是通过跨越两种或两种以上的语言，实现两种新事物的融合。

1. 定 义

从生物学上讲，“杂交种”是“两个不同基因构成的个体杂交产生的后代”，在19世纪占主导地位（Young，Colonial Desire 6）。从文化上讲，“杂交种”代表殖民者和被殖民者，即“两个象征性的极点”（Yazdiha 32）。“杂交种”是概念立场的一部分，其对立面是“纯洁性”，如果种族和种族纯洁性是有问题的概念，那么“杂交种”必须被视为一个有问题的范畴（Molasky 67，qtd. in Lee 173）。格洛丽亚·阿纳杜阿（Gloria Analdua）声称她是一个“边境”的女人，而混合语言是一种“边境的语言”(preface)。

托斯塔认为：

> 拉丁语“confluere”的意思是“一起流动”，在英语中这个词指的是合并的行为或过程……“Confluence”指的是不同的民族、语言、文化、文学传统和历史在不同的历史时刻因接触和摩擦而相互交融的方式，导致了目前各大洲复杂多样的民族文化……“Cultural confluere”是人类错位、相互作用和联系导致的美国的集体身份（或多身份）发生变化和转变的结果。“融合叙事”是历史小说的一个分支流派，它根据一个或多个美国民族的文化遭遇来审视美国的民族身份（1）。

其特点是：它们是历史小说，他们怀疑历史的特点是遗漏和排除，关注的是处于次等压迫地位并与国家主导社会斗争的群体。他们拒绝将殖民地的遭遇视为国家的“奠基”时刻。因为这个国家是在它所经历的每一个文化融合的时刻中形成和改变的，所以它处于一种永久的“再地域化”的状态（ibid 3）。

在“接触区①”的基础上，“融流叙事”描述了权力斗争因种族、民族和阶级而复杂化的冲突关系。一个“融合叙事”描绘了“接触区”：“它……不仅是聚集的空间，还是冲突和斗争的场所”（ibid 3），侧重于感知的多元性和复杂性。“融流叙事”的情节围绕着两种截然不同（但互补）的文化互动展开（ibid 5）。它涉及对殖民者和被殖民者的描写，被殖民者当作“他者”。“融合叙事”所描绘的第二种文化互动，是在这些不同的“他者”融入这个国家很久之后发生的，使这个国家的空间更加广阔和全面。这些“他者”仍然被视为“他者”，即使他们在国内已经成为“我们”。

2. 内 涵

托斯塔在下文中清楚地解释了“杂糅性”的深层含义：

> 特别是拉丁美洲的话语，圣地亚哥认为……在一个“中间”的空间发展，因为在它“渴望成为”大都市的同时，它也通过“破坏性地转移欧洲规范和再预测欧洲人输出到新世界的既定和不可改变的因素”。“中间”一词指的是野蛮与文明、地域与现代、边缘与大都市之间同时发生的吸引与拒绝的运动，它们所描述的这些运动都是特定与普遍之间的交战，即边缘与中心之间的交战（Tosta 15）。

“杂糅”的含义呼应了“跨语际”的本质，雷杰·饶（Raja Rao）在他的小说“*Kanthapura*”（1938）的前言中说：

> 一个人必须用一种不属于自己的语言来传达自己的精神。一个人必须传达某种思想运动的各种阴影和遗漏，而这种思想运动在一种陌生的语言中看起来是被虐待的。我用“外国的”这个词，但英语对我们来说并不是真正的外国的语言。它是一种知识分子用来包装自己的

① 该术语的定义在玛丽·露易丝·普拉特（Mary Louise Pratt）的文章《接触区的艺术》（“*Arts of the Contact Zone*”）中。(34)

> 语言——就像之前的梵语或波斯语——但不是我们的情感构成部分。我们都是天生的双语者，很多人用自己的语言和英语写作。我们不能像英国人那样写字，我们也不应该。我们不能只用印度语写作。我们已经把这个大世界看作我们自身的一部分（vii）。

正如饶的观点所示，"跨语际者"不能只用他们的母语写作。他们必须用两种或两种以上的语言写作，这就形成了他们的混合身份。这是双重的"疏离体验"，因为它触发了"一个远离本土文化和占主导地位的英国人的新角色"（Kellman 38）。这种双重陌生感不仅反映了政治上的影响，也反映了情感上的依恋。这些作家使用的语言一是殖民时期的语言，它统治着整个世界，而另一种语言必须是自己的母语，充满了归属感。它们在同一文本中矛盾的存在，为语言的整体性和作者的新身份创造了条件。

"杂糅鸿沟"产生了殖民主体，并将其次等地位铭刻了下来（qtd. in Tosta 70 original 1995，58-59）。此外，刘禾等学者也对这种新身份提出了质疑。但是，她的新主张是由主体和客体语言之间的互动所产生的协同作用形成的，在"跨语际实践"的语境中，主客之间是客观的，新的东西是双方同时共有的，而不仅仅是给宿主语言带来的。所涉及的两种语言是平等的，这是后殖民时期的特点，也就是说，它绝不是一种单向的行为，而是一种双向的路径，影响着两者，每一种行为都可以同时被看作是主体语言和客体语言。因此，两种语言之间并没有严格的划分，在这一过程中，新事物的出现形成了一种新的身份，丰富了两种语言。

3. "符码啮合"现象

"符码啮合"（此术语被凯尔曼与"符码转换"一词相混淆）事件"在墨西哥裔美国作家中尤为突出，他们通过写出既不完全是西班牙语也不完全是英语的句子来维护自己的混合身份"（Kellman 15）。这就是所谓的西班牙式英语，它是由墨西哥人格洛丽亚·阿纳杜阿（Gloria Anzaldua）、洛娜·塞万提斯（Lorna Dee Cervantes）和桑德拉·西斯内罗斯（Sandra Cisneros）（ibid 42）进行的内部的"符码啮合"。在其他语言中也可以看到类似的内部"符码啮合"的作品。例如，肯尼亚小说家大卫·梅鲁（David Maillu）的结合了英语、斯瓦希里语和坎巴语的马卡罗式散文（macaronic prose）。

这种“符码啮合”现象显示了作者的混合身份。比泽尔（Bizzell）提出“杂糅”的特征主导着文化素养的讨论。当印度和非洲的作家试图在写作中使用两种或两种以上的语言时，“符码啮合”的事件就总是会发生，因为这些句子既不完全以英语为特色，也不完全以作者的母语为特色。印度和南非有各种各样的地方语言。例如，在印度，除了印地语和英语这两种官方语言之外，在不同的邦还有100多种地方语言和21种官方语言，如阿萨姆语（印度最东部的印支雅利安语）、孟加拉语（西孟加拉邦）、旁遮普语、梵语（古印支雅利安语方言）、乌尔都语（印度北部）等。非洲也有大约2000种语言，仅在南非就有11种官方语言，如南非荷兰语、英语、恩德贝勒语、北索托语、索托语、斯威士兰语、通加语、茨瓦纳语、文达语、科萨语和祖鲁语。印度和非洲的作家可以用一种以上的语言写作，这似乎是很自然的，显示了他们“杂糅”的性质。通过这样做，这些作者可以宣称他们的“杂糅身份”。换言之，“杂糅”是“跨语际”小说最突出的特征之一。

各种语言之间的“符码啮合”活动创造出一种新的语言，用比泽尔的话来说就是“边界语言”。在这里，“边界”一词详细说明了“杂糅”发生的地方，它可以创造新的事物，或者仅仅是一种新的声音。通过展示一种新的语言，就可以产生一个新的身份或一个新的自我。同一物体的两个身份就是“杂糅”的创造性结果。

一开始，是殖民主义将欧洲的统治带到了被殖民的世界，许多文学作品都是用英语、法语和葡萄牙语写成的，而非当地语言。后来，一种后殖民民族主义将土著语言反向编织成了殖民语言。正如凯尔曼所主张的，这种对母语的刻意选择被认为是“公共身份的断言”（42）。当然，这个身份肯定是混合的。

随着时间的推移，各种概念在新的语境中得到了新的解释。正如罗伯特·杨（Robert J. C. Young）所说的那样：“‘杂糅’是19世纪的词汇，侧重于对生物学的理解，但它后来又变成了我们自己的东西。”在19世纪，它被用来指一种生理现象，而在20世纪，它被重新激活来描述一种文化（6 qtd. in Tosta 94）。霍米·芭芭认为“所有形式的文化都在不断的融合过程中”，他将其构建为“殖民力量的产物，它与产生它的力量所对立，改变了权力的权威”（112 qtd in Tosta 70）。当它与殖民势力斗争时，它就走上了解构主义的道路。当它以产品的形式出现时，它就通过重构成了新的东西。因此，“杂糅性”具有“去区域化”和“再区域化”的过程。安吉·奥霍夫特（Ankie Hoogvelt）曾指出，后殖民时期的话语“因其介于两种文化之间、跨越两种文化以及由此产生的协商差异的能力而享有作为一种优越的文化智力的‘杂糅’而受到推崇和优待”（158 qtd. in Tosta 70）。即使在21世纪的今天，这种“杂糅”也能在这种新背景下带来新的东西。哈吉·亚齐迪哈（Haj Yazdiha）解释说，这种混合代表了“两个象征性的极点”，即殖民者和被殖民者（32，qtd. in Tosta 67）。

作者的方法论部分是基于后结构主义对混合身份的讨论。在这一过程中，两种语言和表现形式共同创造了新的意义，意义形成的积极作用不断显现。李认为“后结构主义者在这个过程中不断构建一种身份作为一种非中心的、多元的主体，混合身份并非简单地存在于两种文化之间，而是构成了一个既非一种文化也非另一种文化的间隙性的第三点”（8）“杂糅种可以被描述为各种形式的部分认同的共存，而不凌驾于其他认同之上。这种‘杂糅’的概念似乎开辟了一种新的组合文化形式的可能性”（Parker 25，qtd. in Lee 8）。

在霍米·芭芭《文化的位置》（“*The Location of Culture*”）中的《新事物如何进入世界：后现代空间，后殖民时代和文化翻译的试验》（*How Newness Enters the World：Post-modern Space，Postcolonial Times and the Trials of Cultural Translation*）一文（1994），他分析了翻译的隐喻，使得后殖民批评能够将“文化概念化，在一个永久的‘杂糅’过程中，否定原始文化的本质主义，并产生一些不同的、新的和不可识别的东西，如离散文化中的部分和多重识别”（Lee 8-9）。在这个过程中，“文化通过反复和翻译的过程来表现，经过这些过程，文化的意义就被间接地传达给另一个人”。这消除了任何本质主义者关于文化固有真实性或纯洁性的主张”（58，qtd. in Tosta 70-71）。芭芭解释说，“殖民的‘杂糅性’不是在两个不同的文化中的宗谱或者身份的问题，这可以解析为一个文化相对主义的问题，”因为“‘杂糅性’是殖民地代表和个体化的一个问题，它逆转了殖民主义者所否认的影响，使其他‘被否认’的知识进入主导话语，并疏远其权威的基础——其谈判的规则”，换言之，就是“‘杂糅性’是颠覆性的，扰乱了殖民话语，破坏了殖民话语，以及‘殖民地差异’”。

相比之下，“文化嫁接”就是一个更具包容性的概念。玛丽·露易丝·普拉特所定义的空间，是“不同的文化相遇时，冲突和应对对方，经常处于高度不对称的支配和从属关系”（*Imperial Eyes* 4）。费尔南多·奥尔蒂斯的（Fernando Ortiz）“文化嫁接”是指：

> 已经在古巴形成的高度不同的现象，是发生在这里的极其复杂的文化变形的结果，没有这些知识，就不可能了解古巴民间的演变。对于奥尔蒂斯来说，古巴真正的历史是它错综复杂的跨文化历史。首先是旧石器时代的印第安人到新石器时代的跨文化，而新石器时代的印第安人由于无法适应西班牙人带来的文化而消失了。然后是源源不断的白人移民的跨文化……与此同时，从非洲所有沿海地区源源不断地涌来的非洲黑人正在进行着文化的转变，这些都是他们从原来的社会群体中抢夺过来的，他们自己的文化在这里存在的文化的重压下被摧毁和压垮……还有其他起源各异的移民文化来到这里……总是施加影响，又被影响（98 qtd. in Tosta 95）。

托斯塔认为奥尔蒂斯将这个定义扩展到了“殖民时期之后发生的融合”（95）。此外，弗兰克·舒泽·安格勒（Frank Schulze-Angler）认为芭芭定义的“杂糅性”“不足以解决当代英语文学中构建的多重身份”，他还“提出了一种超越解构‘他者’话语的跨文化视角”（150 qtd. in Moura-Koçoğlu xix）。

作者认为，与20世纪末相比，21世纪的汇流特征更具活力。20世纪90年代末，人们欢迎全球化，因为全球化给生活在世界各地的人们带来了利益。然而，越来越多的人清醒地认识到21世纪初它对第三世界的负面影响。许多学者强调，在这种“杂糅”的过程中，以一种新的身份和新的文化形式创造了新事物

例如，威尔逊声称，“随着年龄的增长，我们也会在一段时间内变得跨文化，从而来调整我们自己的概念系统，并遵循将移民行为的复杂性转变为构建文化认同的复杂性的观点的转变”（“Cultural Mediation” 247）。

此外，"跨文化视角成为翻译写作的主要潜台词"（"Transplanted" 123）。然而，它缺乏对这种新特性的更具体的探索。它应该被看作是人们不得不被动地接受消极的冲突，还是人们可以拥抱和积极地利用，并使社会发生变化积极的东西？在这种新的生态离散的背景下，需要进一步阐述"杂糅"身份的心理影响。

值得注意的是，在汇流的过程中也可以带来积极而不是消极的变化。"杂糅身份"有"更积极的内涵，在过去几年里被自豪地用来吹捧混合文化起源"。"两种话语之间的和解或妥协而非斗争，也会发生在风格层面"（Lee 145）。因此，它是消极力量和积极力量的混合体，这里需要强调后者在 21 世纪的背景下导致的合作。从 21 世纪全球公民的角度来看，世界主义与高度多元化正在成为一个热门话题。

"世界主义模式"可以使人们"保留他们的差异，在全球接触区建立群体"（Canagarajah 15）。戴维·赫尔德（David Held，2002）提出的"文化世界主义"概念强调了"站在一个独特地点之外的能力……和调解的传统"（58）。在非洲和印度，人们反对遗忘，因为他们认为殖民是身份认同的一个重要方面，他们强调记忆对于当地群体和族群的自我意识是很必要的。记忆迫使他们面对自己的过去，以一种更加务实的方式经营自己的现在，从而对未来充满希望。雅克·高夫（Jacques Le Goff）认为，由集体记忆引起的"集体创伤"具有"历史间断的主要形式：重大事件（革命、征服、失败）"的特征（146，qtd. in Tosta 102）。

2.1.3 喻体研究

喻体是"跨语际"小说的另一个重要主题。威尔逊探讨"跨语际性"的比喻功能时，她认为"跨语际叙述探讨的隐喻维度的迁移是一种双重的想象力和批判性意识边界，边境是来构建新形式归属感一个虚构的思想维度"，因为我们用文学建造桥梁，通过这座桥梁使人们与文明相遇（"Cultural Mediation" 246）。当刘禾探讨鲁迅的从医学专业向文学写作的转变时，她指出，"医学和解剖学上的比喻主导了文学现代性的争论，使文学和医学之间产生了微妙的同源性，这种'隐喻'的类比有助于增强五四文学的医学的治愈力"（50）。在这里，隐喻对于质疑和完善社会和文学作品中存在的问题是很有帮助的。

1. 三个因素之间的三角关系：“跨语际性”“喻体”和小说文本

（1）由于“跨语际”已经发展到各种类型的作家的作品中（Guerra and Shivers-Mcnair 21），它不仅适用于大多数学者研究的学术写作和课堂作业，而且其他类型的写作，如小说，也可以通过“跨语际”进行分析。

（2）对于小说来说，比喻对于分析文学作品尤其有用，因为文学作品在形态和手法上都充满了比喻。如果采用比喻的方法，可以对浸入式比喻的文本进行分析，再经过系统的研究工作，就可能会得到显著的结果。

（3）更重要的是，“跨语际”可以被看作是一种隐喻或比喻，这样可以更好地理解小说中复杂的场景。许多提出“跨语际”的学者借用其他学科的比喻来反对“单语主义”或“多语言主义”，如罗西·布瑞多蒂（Rosi Braidotti）、盖拉（Guerra）和西弗斯·迈克乃等。布瑞多蒂将“比喻”定义为对主体性的一种政治上有根据的描述，它使我们“以不同的方式思考主体，创造新的框架、新的形象、新的思维方式”（1）。盖拉和西弗斯·迈克乃利用凯伦·巴拉德（Karen Barad）的“纠缠”和“绕射”概念[①]，形成了回应语言差异问题的新兴动机词汇（26）。

就“跨语际性”而言，可以用地球的公转和自转的比喻来说明它与“多语言”的对比。“多语言”关注语言之间的差异，就像地球的公转表明了地球和另一颗恒星太阳之间的关系，而“跨语际性”强调了语言本身的差异，可以比作地球自转，谈论的是其自身的运动。“多语言”研究的是“符码转换”现象，“符码转换”现象通常忽略语言作用的空间关系，而“跨语际”则密切关注“符码啮合”的情况，即强调语言本身的动态性和能动性的时空联系。

更重要的是，这个比喻进一步说明了“跨语际性”和小说之间的关系。

对于“跨语际小说”来讲，一方面，“跨语际”可能是小说的主角或主

---

① 巴拉德将“纠缠”（entanglement）定义为“缺乏独立、自给自足的存在”。存在不是个人的事情。个体并不预先存在于他们的相互作用。相反，个体是通过和作为他们相互联系的内在纠结的一部分出现的（*Meeting the Univers* ix）。她进一步将差异视为“纠缠”，即“对因果关系进行根本性改写时产生的切割效应”，而不是“客体和主体之间的绝对边界，在这里和那里、此时和彼时、关于这个和那个”（“Diffracting Diffraction” 173-174）。

题；而另一方面，可以通过语言、符号学、修辞学等多种形式的“跨语际实践”来进一步设想和实现它。这种“跨语际”的双层结构可以用地球自转的比喻来进行生动的描述。作为“跨语际小说”的实际实践，各种“符码啮合”在语言、符号学、修辞学等领域呈现一种线性的特征。而作为“跨语际”小说的主人公或主题，时空叙事的传递体现了“跨语际性”的主体特征和流动特征。对于“跨语际”小说来说，“跨语际”不是一种特征或镜头，而是一种“存在于其内部活动的东西①”（Being in its intra-activity）。

“跨语际小说”的比喻是嵌入在“跨语际实践”中的，就像盖拉和西弗斯·迈克乃认为的那样，“跨语际”范式及其比喻并不在语言实践之外（29）。因此，我们不难将“跨语际实践”看作是一种比喻的表达，是一种运用各种战略来实施各种形式的能动性。由于“跨语际”关注的是语言差异②，因此“跨语际”对小说的研究应突出其在小说结构和叙事中的内在性、流动性和可协商性等特点。需要进一步探讨的是：一、“跨语际”特征在小说结构中的具体体现；二、“跨语际”在小说中的运用策略，无论是在教育学、学术写作还是日常交际等其他文体中，用的都是一样的策略。

2. 翻译作为“跨语际性”的隐喻功能

当鄂洋（Eoyang）举例说明中国文学的英语翻译时，他声称：

> 贝托尔特·布莱希特（Bertolt Brecht）的戏剧异化效应，或称“Verfremdungseffekt”，也在翻译中发挥着作用。在这个效应中，认同或识别（identification or recognition）的对立是一个单独存在的维护或异化，适用于阅读翻译的过程中，不论是实际的还是比喻的，中国文学的“dim emblazonings”（暗淡的装饰）的翻译是“以暗示的方式，通过陌生的事物来营造熟悉感；反之，通过熟悉的事物来营造神秘的陌生感”（Eoyang 110）。

“通过将熟悉的事物注入陌生的事物中，这些描述创造了翻译神秘而疏

---

① 量子物理学家凯伦·巴拉德（2007）阐述了“存在于其内部活动的东西”。她在《遇见一半的宇宙：量子物理学与物质与意义的纠缠》（*Meeting the Universe Halfway: Quantum Physics and the Entanglement of Matter and Meaning*）一书中（178）中运用了几个图形来说明物质与意义的时空关系。

② 许多学者分析了“跨语际”的对象，其目标是语言本身的差异，而不是语言之间的差异（Guerra and Thors McNair 20；Horner、Lu、Royster and Trimbur 301）。

远的效果，一种尽可能不失真的效果，就像精神的幻肢和意义的表面一样”(Lee 104)。芭芭甚至认为它是矛盾和颠覆的场所：也就是说，模仿的话语是建立在矛盾的基础上的。为了有效，模仿必须不断地产生它的滑移、过剩和差异。这种被我称为模仿的殖民话语模式的权威因此受到一种不确定性的打击，即模仿作为一种差异的表征出现，而这种差异本身就是一个否定的过程(Location 86)。这正是将两种语言融合为一种的“跨语际实践”，在这不可思议的过程中，身体和心理的变化所体现出的颠覆性的潜质。

在研究“跨语际实践”的过程中，翻译是不可忽视的，因为它是“跨语际”最重要的场所，也是“跨语际性”最重要的比喻功能。正如威尔逊所阐明的：“‘跨语际’经验的翻译性质在语内和语际翻译的自我认知中也很明显……它主导了叙事空间，在偶见的语言能力不足所导致的幽默轶事中可见一斑”(“Cultural Meditation” 245)。关于翻译最著名的论点之一是瓦尔特·本雅明提出的经典隐喻：

> 那么，它对翻译和原文关系的重要性又有什么意义呢？这里通过一个比喻可以让人理解，即圆的切线。圆的切线是通过切点正切于圆，而这个切点就是一个规律，根据这个规律，切线将继续沿着笔直的路径走向无穷，从这个意义上来说，翻译也仅仅接触到原文的切点上，从而通过语言的自由表达，按照忠实的原则，追求自己的道路(Benjamin，“Task” 80)。

本雅明还声称“语言之间的相互关系”可以触发“某种活物（something living）的转变和更新”（72），这正是“跨语际”叙事的功能。

像本雅明一样，很多学者利用“跨语际”现象来分析翻译问题，比如刘禾、李凯伦，伯特·斯克鲁格[①]。他们认为“跨语际实践”是对实际翻

① 刘禾在她的《译语实践研究：文学、民族文化与翻译现代性中国》(*Translingual Practice: Literature, National Culture, and Translated Modernity; China*, 1900-1937)（1995）中关注翻译，因为它是一个意识形态斗争的地方，这在“跨语际实践”中得到了体现。伯特·斯克鲁格在他的《跨语际叙事》(*Translingual Narration*)（2015）一书中运用了翻译的隐喻意义，举例说明了台湾小说和电影中同时使用了中文和日文，甚至在整本书中都没有提到“跨语际”这个词。李恩惠在她的著作《散居亚洲的英语文学：文学的跨国主义与跨语言迁移》(*Anglophone Literatures in the Asian Diaspora: Literary Transnationalism and Translingual Migrations*)（2013）中关注的是实际和比喻的翻译，只是把“跨语际”当作一种语言现象。

译的体现，忽略了翻译的性质、本质等形式。李凯伦探讨作家如何“使用隐喻的翻译来解决这些阈域和不连续的问题，以及第一世界的调查和第三世界的反对者之间的斗争是如何通过实际的和比喻的翻译在他们的作品中展开的”（xviii）。没有对“跨语际性”的详细和全面的分析，也没有正确地说明翻译和“跨语际性”之间的关系。伊莱恩·黄（Elaine Wong）在评论斯克鲁斯的《跨语际叙事》（*Translingual Narration*）一书时，她批评斯克鲁斯在阐释“跨语际”和翻译的关系之间没有区别：“翻译是一种话语工具，而‘跨语际’是一种话语实践和语言创造的手段……‘跨语际’包含的不仅仅是翻译，它是一种创造性表达的媒介，一种既能解放思想，又能扰乱甚至根除文化认同的媒介”（518）。

事实上，不能仅仅为了文学翻译而观察“跨语际性”。奥特马尔·艾特认为，我们应该更多地关注文学翻译和传播的现象，并从这一“外部”视角，阐明个人（国家）文学领域根深蒂固的实例。同时，我们需要将文学语言和领土理解为“外国”语言和“外国”文化的迁徙空间，理解为我们将“外国”视为“我们自己”的一部分而不完全丧失其“外国性”的空间。尤为重要的是，探索写作是如何以跨国界或跨地域的方式在其他地方建立起一种家的感觉，并通过这种方式改变和丰富宿主（文学）语言的，瓦尔特·本雅明在《译者的任务》（*The Task of the Translator*）一书中就反映了这一过程。将这些过程仅仅视为文化同质化或“杂糅”的迹象，这在概念上是贫乏的。当代文学研究的关键任务之一，是应该更准确地记录和分析两极之间的多种运动模式（58）。

非此即彼的思维模式无法满足21世纪的新要求，因为我们遇到了不断涌现的“跨语际性”的实践。文学研究的焦点不是静态的主体，而是动态的主体之间的相互作用。因此，我认为“跨语际性”既要有现实层面的，也要有象征层面的，在这两个层面上，翻译都是最重要的体现，反映了“杂糅性”和组织间的“接触区”。正如霍米·芭芭在1994年出版的《文化的位置》（*Location of Culture*）一书中所指出的那样，“翻译作为一种挪用和杂糅的场所，通过揭示殖民话语的矛盾心理而破坏权威”（Lee xx）。然而，李恩惠所分析的翻译的文化意图，正是隐喻性的“跨语际性”想要表达的。例如，彭尼库克认为英语是“一种总是在翻译中的语言”（“English” 34)，因为“所有的交流都涉及翻译”（ibid 40)。多纳休还指出，“所有语言的使用都需要翻译，预期会运用到‘多语言的’（multilingual）和‘多种文字的’（polyliterate）办法”，因此必须以谈判的态度准备好进行调整（156)。

翻译本身就是一个复杂的“跨语际实践”的场所（Canagarajah 12)，它为交际实践的“去地域化”提供了有用的见解。翻译，即本雅明（1969）和德里达（1985）所争论的原文的“来世”，通常被认为是两个独立实体之间的谈判过程。然而，在“跨语际性”的生态语境中，翻译只是一阶观察的实践。一旦把这个个体的实践放到整体中，就可以达到二阶观察，这两个冲突方就会产生创造性协同。这两个目的之间的相互作用超过了它们中的任何一个，而这种相互作用所产生的协同作用才是“跨语际性”的真正本质。因此，如果忽略协同效应，就无法达到“跨语际性”。

由于翻译只是“跨语际实践”的核心功能，因此研究不应局限于传统的翻译分析范围。应该越来越多地关注“跨语际性”的实践，而不是理论的阐述。霍尔认为语境是动态的而不是静态的，它具有积极的能动性（“Local” 24)。只有通过对“跨语际性”实践的关注，才能抓住其本质。

2.2　方法论

本研究试图指出适应小说“跨语际实践”的具体策略和特殊层叠，以及这些策略是如何在社会语境中帮助意义建构的。就像布迪厄[①]（Bourdieu）（1977）定义的“惯习”（habitus）一样。一旦阐释了小说结构中的“跨语际实践”的结构和要素，就可以丰富“跨语际性”的理论。

2.2.1　研究问题

(1）在阿米塔夫·果许（Amitav Ghosh）的《饿潮水》（*The Hungry Tide*，2004）和查克斯·恩达（Zakes Mda）的《红色之心》（*The Heart of Red*，2000）中，比喻是如何体现“跨语际性”的?

---

① 根据“惯习”的概念，卡那贾拉亚将一组特定的品位、价值观和性情的技巧定义为“语言意识、社会价值观和学习或交际策略”（179)。

(2) 这两部小说是如何描绘身份的?

(3) "跨语际小说"如何以及为什么反映了"符码啮合"?

(4) 这些小说如何以及为什么能够反映出"跨语际性"的"物体间性"关系?

2.2.2 "物体间性"的视角

1. 材料具有能动性

语言可以作为研究对象的个体材料，许多学者从人文主义视角扩展到后人文主义视角来分析这一"个体"的物质①,"个体"物质本身具有能动性。盖拉和西弗斯·迈克乃声称后人文主义的"个体"概念指的是"语言使用者和使用中的语言，毕竟，'跨语际'挑战了语言的概念，因为人们在离散系统中的操作强调'语言实践的动态性和情境性'"(26)。与朱迪思·巴特勒(Judith Butler)和福柯(Foucault)认为能动只是属于人类领域的观点不同，物理学家凯伦·巴拉德提出了"行为中的能动"(agency-in-action),即在物质本身中看到能动的表现。"材料不是一种语言结构，而是一种后人文主义意义上的散乱产物，散乱的实践本身就是世界的物质(再)配置，通过它边界、属性和意义的确定得到了不同的实施"(*Meeting the Universe* 151 qtd. in Guerra and Shivers-McNair 28)。

隐喻的翻译可以作为一种反例，用"跨语际实践"中的能动性来例证材料的本质。翻译强调的是"主体间性"(inter-subjectivity)作为两个实体，可以从对方身上获得新的意义。焦点仍然在于各自的身份，被动地接受对方的影响。所以你仍然是你，我仍然是我，两个不同的实体仍在不同的道路上。相比之下,"跨语际性"则是两者相互作用的基础，这就形成了积极的合作，形成了一种整体，将二者合二为一，视二者为一体。如果其中任何一个消失了，这个所谓的"一"就不存在了。"行为上的能动性"的概念对"跨语际"的研究尤为重要，因为它有助于我们把"跨语际实践"看作是一种材料。盖拉和西弗斯·迈克乃认为，一旦能够认识到关系

① 凯伦·巴拉德从"自然的"(物质的)和"社会的"(散漫的)(discursive)纠缠的角度研究"个体"的概念，它借鉴了存在的量子概念作为一种后人文主义的概念(*Meeting the Universe* 132-133)。

中的能动（28），“跨语际”的研究就可以更加丰富（28）。翻译“能动性”不是一种属性，而是“处于其内部活动之中①”。这恰恰说明了“跨语际”的“物体间性”。

2. 莫顿与卡那贾拉亚的“啮合”比较

翻译与“跨语际”的区别在于原文与译文之间的互动，而这种互动又通过“物体间性”的概念得到了生动的阐述。早在1996年，布鲁诺·拉图尔（Bruno Latour）就写了一篇文章《论物体间性》（*On Interobjectivity*）。然而，他并没有对“物体间性”给出一个明确的定义。由肖恩·哈金斯（Sean Hargens）系统地解释了肯·威尔伯（Ken Wilber）的“物体间性”四象限模型②，探讨了原子和主体之间的对称关系。蒂莫西·莫顿（Timothy Morton）强调了对象之间产生意义层面的交互特性。在这里，互动产生了能动，能动是相互影响的力量，而主体与环境相互依存。

社会理论家吉登斯（Giddens，1979）用“结构化”一词来说明结构与能动之间相互依存、共同构成的关系，“社会系统的结构属性既是构成这些系统的实践的媒介，也是实践的结果”（69）。卢和霍纳强调这种“跨语际”的方法陈述如下：

> 通过突出结构和语言实践之间的相互依存关系，一种“跨语际”的方法可以将注意力转移到能动性的问题上，即个体语言使用者如何塑造和重新塑造标准化的规范、身份、世界以及其与他人和世界的关系。通过突出语言实践中个别实例的时间语境的特殊性，我们看待作者时，并不是以他们对紧急、可行、适当和稳定的“语境”或“符码”的接近程度、掌握程度或对其主导定义的调整程度来看的，而是一如既往地对它们做出回应并塑造它们（28）。

① 量子物理学家凯伦·巴拉德阐述了“存在于其内部活动”的概念（2007）。在她的著作《与宇宙相向而行：量子物理学与物质与意义的纠缠》（178）中，她用了几个比喻来说明物质与意义的时空关系。

② 威尔伯实际上区分了几种不同的人类和他们的社会，也区分了几种不同的生物体和他们的社会。层次是全息排列的，但是有机体和它们的社会是共同存在的，并不比其他的更高。因此，人类与社会的关系不同于细胞与有机体的关系，也不同于原子、分子与细胞的关系（12）。他没有分析与这些不同组织相关的细胞类型之间的差异，也没有注意不同种类的分子或不同种类的原子。

语境总是由实践塑造的，语境又成了实践的前提。这种相互依存的关系反映了语言间的“物体间性”，这是“跨语际性”的本质所在。

莫顿和卡那贾拉亚都强调“啮合”的概念，但是他们是从不同的角度来处理它的。莫顿为“未出现的生态”（ecology without the present）（231）提出了“啮合”的概念，强调“啮合”的动态性和多孔性。而卡那贾拉亚的“符码啮合”概念强调了包容、变革和来自内部的抵制（113）。他还指出：文本潜在读者群的扩大，有助于学生考虑自己相对于同龄人的修辞意图和话语（voice）。结果发现，学生们开始通过写作策略相互影响。虽然作业没有要求他们进行“符码啮合”，也没有给出任何形式的期望，但有趣的是，许多文章却开始明确地使用了“符码啮合”（185）。这体现了以“符码啮合”为特征的“跨语际实践”的自然过程。卡那贾拉亚在他的著作《作为翻译语言实践的读写能力：社区和教室之间》（*Literacy as Translingual Practice*：*Between Communities and Classrooms*）（2013）中阐明了“啮合”的概念，即融合所有必要的生态资源，创造新的形式和意义（2）。

卡那贾拉亚强调“主体间性”，认为读者和作者都应该参与意义建构的过程。他反对结构语言学“为了分析和控制意义而将语法从语境和表现中分离出来”，因为他认为读者应该参与意义的共同建构（129）。他同意德塞托（de Certeau）的观点，德塞托观察到自主读写的传统通过压制不同的共同构建文本的“策略”来帮助主导群体控制意义（129）。但是他不同意德塞托的观点，即“读者的诞生需要作者的死亡”。他阐述说“我们必须在谈判素养中保留演讲者、听众和作家和读者的作用①”（132）。然而，在二元主体性体系中，卡那贾拉亚的读者与作家相互尊重的观念仍然受到限制。

3. 时间-空间的连接

卡那贾拉亚强调的是“跨语际”方法对于认可在课堂上写作成果能动性的重要性。他注意到了文本的时空变化（spatio-temperal）：

---

① 卡那贾拉亚将谈判素养定义为“文本是在时间和空间上协商和共同构建的，读者和作家在塑造意义和形式上具有同等性，因此，它的表现不是预先构造，使文本的材料和多感官维度完全发挥作用”（132）。

一种纯粹的空间概念框架，其中每种语言都有一个属于某个社会空间或人群的核心，并且带有边缘偏差，这似乎注定了那些被困在中心的语言和那些被置于边缘的语言都将灭亡。相比之下，“跨语际”方法的时间-空间框架将传统的写作和非传统的写作都视为对语言的持续沉淀有贡献的行为（Lu and Hornor 31-32）。

很明显，卡那贾拉亚将“跨语际实践”作为一种工具来强调作家能动性的重要性。他所想要达到的是对所有讨论语法偏差学生的教学效益，其中包括“（1）帮助学生发展元语言感知的价值观和激发他们在语法规则和决定如何使用它们这方面的兴趣，”以及“（2）使学生能够有意义地使用的语法，而不是选择的或是凭借刻板印象”（Canagarajah 610，qtd. in Lu and Horner 33）。

卡那贾拉亚打算突出主体的重要性，即读者和作者，而不是文本本身的能动性。尽管他承认“沉默的可能性是存在的”（130），但他还是将全部注意力集中在了阐述“主体间性”的关系上。这种可能性是由语境的力量所推断的，语境可以发挥变革的作用，而这不能仅仅从卡那贾拉亚所强调的二元观点来解释，即“作者的能动性和读者在谈判旅行文本以获得意义时的创造性”（ibid）。例如，布鲁玛特使用术语“受限的移动性”（constrained mobility）来说明难以掌握文本跨地区移动的程度（*Grassroots* 194 qtd. in Canagarajah 130）。

相比之下，我想要强调的是“跨语际实践”的本质，它以创造一种出路和一种新的身份的能动性而感到自豪。这种能动性不是属于作者本人的能动性，而是语言本身的物质性和空间性。在文本的跨地域空间①中，写作的物质性和空间性是布鲁玛特（Canagarajah 130）强调的两个重要方面，它可以导致意义的变化：物质环境深刻地塑造了文化素养和交流能力。虽然地理或物理位置将文化素养语境化，但更有影响的是社会谈判和修辞交流，它们为创造力和理解力创造了另一种空间……某些地方被殖民的事实并不妨碍社会主体为重新谈判权力关系而构建修辞和“跨语际”的空间

① 卡那贾拉亚认为，“跨地域空间”是适应不同地区规范的空间，是充满变化和流动的顺序的索引性/指示性（indexicality）（171）。

(Literacy 6)。

因此，文本的“跨地域空间”可以为权力的协商创造意义，根据卡那贾拉亚的观点，不论是在殖民地还是非殖民地，通过用自己的民族语言写作：

> [许多本土作家]跨越了土著人和他们所接触的移民定居者之间真实存在和想象存在的各种边界。这些边界反映了所涉及的人的语言和文化的差异，但它们不是硬性规定的。相反，边界是多孔的，语言和文化实践在它们之间来回渗透（Reyhner 71）。

在这里，边界就是“跨语际实践”存在的“跨地域空间”。当“多语言主义”倾向于将语言、文化和身份定位为“无孔”和“同质”的实体来反映新殖民主义的意识形态时（Guerra and Shivers-McNair 22-23），“跨语际”相信语言和身份是“多孔”和“异质”的。

“跨地域”的运动是在各种对象相互作用的过程中发生的自然过程。时空元素可以通过重新语境化在新的语境中形成新的文本，它强调空间维度，即不同语境中的不同意义（Lu 30）。另一方面，新文本是由语境、语言和身份的时间维度塑造的，这是彭尼库克在其著作《语言作为一种地方实践》（*Language as A Local Practice*，2010）中提出的“语言的沉淀”（125）的概念。对于能动性理论，彭尼库克将其称为“对我们所做的事情的有意改变，这些改变可能会随着时间的推移而沉淀下来”（*Local* 49）。“这种由于大量模仿而产生的沉淀不仅影响语言的形成，而且影响我们的主体性、生活轨迹、我们生活的世界，以及我们与其他人和那个世界的关系”(Lu and Hornor 31)。从这个角度看，能动性问题不能单纯用“主体间性”的概念来解释。换句话说，是能动导致了主体性和权力关系，它来自主体范围之外的空间。

例如，翻译作为原文的“来生”，在当下的时空中产生新的意义，这与原文和读者无关。通过对语境的双重建构①，翻译可以帮助建立另一种话语的索引，提供一种不同的精神气质。霍米·芭芭（1994）采用“双重

---

① “建构”是卡那贾拉亚用来说明“再语境化”的关键术语，“再语境化是‘跨语际’实践中谈判策略的四个组成部分之一”（*Translingual* 79）。我将在下面的章节中详细阐述。

视觉”（double vision）一词来指代翻译的双重意识。弥尔森·怀特还将这种“双重意识”应用于讲克里奥尔语的牙买加人身上，他们能够灵活地运用符码，使牙买加语与英语相结合（122）。灵活的翻译作为“跨语际性”的重要功能，体现了文本在新的时空语境中产生新的意义的能动作用。这种充满不确定性和创造性的翻译过程是一个“物体间性”的过程，它关注的是文本中不同时空的对象之间的互动，而不是作者与读者之间的主体间的互动。

此外，这种“跨语际性”的“物体间性”的过程也可以通过“跨地域”空间的机制来阐述，即“跨语际”的“监狱”。在福柯的《纪律和惩罚：监狱的诞生》（*Discipline and Punish*：*The Birth of the Prison*）（1979），他认为监狱，以其内部机制的压迫和惩罚，可以带来对囚犯几近全面的控制（129），因为监狱就构成了“两个世界之间的空间”，即犯罪和恢复美德之间的空间（123）。借用福柯的“监狱”概念，我认为在“跨语际”文本的“监狱”中可以产生一个新的“跨地域”空间，即两种语言之间的空间。这种“跨语际”的“监狱”的内部机制是对作者母语的压制和对读者中占统治地位的语言的惩罚，它几乎可以对所使用的语言拥有完全的权力。这个监狱构成了两种语言之间的“跨地域”空间，用来弥补自由使用语言的“外部”缺失。

有许多案例表明，“跨语际”文本是一种“监狱”。范·武伦（Van Vuuren）在分析 Ujebe Masokoane 于 1982 年写的《来自牢房的呐喊》（*A Cry from the Cells*）一书时，他声称该书生动地描述了监狱中酷刑的残忍：

> 对酷刑的暴力描述与对充满泪水的垂死双眼的意外结论形成了鲜明对比。在这首诗中，南非荷兰语的使用仅限于“Baas!”它有效地表达了那些受强者摆布的人的无能为力，以及囚犯之间的高效沟通……他的语言是一种巧妙的手段，有力地传达了这种语言在南非监狱语境中的双重意义（35-36）。

这首诗中南非荷兰语的使用是如此的自然，但在情感上却是如此的煽情，体现了意义创造的“跨语际”功能。范·武伦的例证说明，作品不能单纯从符号学的角度来分析，越来越多的学者开始关注语境（42）。作为一种“精明”的手段，“跨语际”实践在不同的语境中都具有生动性，因为它有助于跨越时空差异不同的两种环境。当然，在“跨语际”语篇的“监狱”中，对强势的殖民者的语言和弱势的被殖民者的语言并没有“犯罪”和“美德”的推论，而只是想揭示被采用语言背后的权力关系和心理倾向。

由于“跨语际”的理论化尚未解决，目前还没有完全成熟的叙事方法能够全面地描述“跨语际实践”。无论是从主位视角（以会话分析为代表），还是客位视角（以语用学为例），都不能充分说明“跨语际”英语的问题，因此，卡那贾拉亚试图将二者结合起来，进一步走实践性的道路（*Translingual Practice* 77-78）。由于在“接触区”没有相同的规范来解释预先构建的含义，“能力需要合适的谈判策略和互惠实践。传统的基于预定义语法结构的模式无法解释‘跨语际’交际的复杂性”（173）。他定义了“跨语际”英语的规范、策略和构成意义的要素，以“变异、不可预测性和偏差”为准则，运用“创造性和适应性”策略进行谈判，以“语境、参与者和文本的生态”为基本要素（ibid 79）。卡那贾拉亚试图通过具体的案例研究来探索和验证“跨语际”英语中的谈判策略，这在“基于实践的对话世界主义①”中构建了新的意义，其特点是“互动与谈判”（196）。此外，在斯皮瓦克“战略本质主义”的概念的基础上（1993），采用次等的斗争，卡那贾拉亚超越了“贱民”（subaltern）的范围，在更广泛的离散群体和生活方式的现代化的边境，提出了“战略建构主义”（strategic constructivism）一词（200）。

文本和言语不仅能反映“跨语际实践”的现象，小说的文本也能反映“跨语际实践”现象。虽然卡那贾拉亚强调了它在教育学和读写文本中的应用（152），但从小说的结构角度来看，“跨语际性”还没有得到充分的研究。虽然卡那贾拉亚强调文本与外部之间的“主体间性”，但“意义是由人、物、时空、环境和文本生态中的相互作用产生的”（151），但也应讨论“物体间性”，因为对象本身就是创造新事物的能动性。事实上，卡那贾拉亚在接触区建构了两个主体，即作者和读者，因为他相信“对于那

① 斜体是原文中的。

些积极与作家进行意义谈判的人来说，在文本、形式和内容的构建方面进行合作，是他们在他们所处的沟通环境中共同创造的”（151）。它只以对话的形式进行讲述，而不是以文本的形式。在文本中，作者无法参与谈判的过程，因为他们永远不知道读者是谁，也不知道他们所处的语境。在这种情况下，“主体间性”是没有根据的。根据卡那贾拉亚的说法：“基于实践的视角将上下文（或位置）视为自身的生成性。当地环境中的特征和条件对产生的含义和形式有影响”（27）。

新语境在生成的过程中总是会产生新的形式和意义。语境作为媒介，可以促进旧模式文本与新生成意义之间的协商过程。这一过程应视为“物体间性”的建构。

2.2.3　矢量化

1. 定　义

奥特马尔·艾特（Ottmar Ette）在他的著作《在世界之间写作》（*Writing-Between-Worlds*，2016）中定义了没有固定的住所（Abode）的“文学”，想象主要是矢量性的，一段时间以来已经在国家和全球文学之间的灰色地带建立了自身（83）。在这里，他提出了文学分析的一个重要视角，即矢量化。他认为，

> 因此，今天我们的注意力应该集中在作为世界文学特色的运动和迁徙上。我们需要一个完整的运动诗学来帮助我们解读当今许多作品背后的矢量想象的各种各样和复杂的文学形象。除了文学主题和内容外，矢量化还包括各种（再现）运动形式。在全球范围内，它也延伸到广泛的读者和他们的运动中。因此，我们不能再以一种没有反映的、不自觉的方式对文化进行“地域化”，这绝不“仅仅”适用于非欧洲或所谓的后殖民的象征性结果（symbolic production）。相反，我们必须将文学的生产和接受矢量化，以理解始终在运动的文化，并能够发现在实际运动模式中历史累积的系数（59）。

根据艾特的定义，矢量化是文学作品中进行“跨语际性”分析的一种合适的方法。

矢量化是21世纪文学批评的本质，各种文学作品的“跨语际实践”层出不穷，需要从动态而非静态的角度进行分析。正如艾特进一步强调的那样，作为一种“跨语际实践”的形式的翻译过程包含了“一种以行程为结构的运动时空交织”。这种编织作为一种理解的空间模式，可以在其他空间和时间中被重新体验，也可以作为一种生存知识转移到自己的生活叙事结构中（60）。这正是文学作品在新时期所做的事情，为我们理解生活提供一个新的空间和不断变化的知识。

2. 内 涵

艾特认为，分形几何的空间模型和批判想象为我们提供了一个新的视角，其特征是“空间、时间和运动以大量裂缝为特征的不连续关系”：

> 我们的目标不是绘制（新）的地域，而是通过量子几何的洞见来构想矢量的空间。这个特殊的空间是由历史上积累起来的运动模式组成的，我们可以随时调用这些模式，在这些模式中，旧的模式要么出现在“下面”（below），要么以新的运动的形式出现。通过这种方式，矢量空间的功能就像一个运动的仓库，这些运动构成了量子几何形式的分形图案和网络。两者都不能通过传统的时空观念得到充分的[①]解释。自然科学可以帮助人文主义者用欧几里得和牛顿的逻辑学和理论，从不同的角度来思考相同的研究对象。这种新的视角与文学作品中的“跨语际实践”相关联，这正是本文所研究的重点(105)。

3. 意 义

为了阐述“无固定住所的文学”，也就是我所说的“跨语际小说”，艾特举例说明了“不同比喻中的矢量想象”，为我们提供了一种超越指称的证明功能的审美途径（62）。在这种情况下，矢量化被作为一种有用的方法来说明文学作品的“跨语际性”。艾特对其打破“跨地区[②]”（TransArea）研究传统思维方式的意义解释如下：它将集中于横断和动摇这些熟悉

① 斜体是原文中的。

② 艾特强调了“跨地区”研究的任务，“分析半球框架，即超越区域、国家和国际的思维模式和解释性模式，通过与跨学科对话的方法，尤其是跨学科的思想和过程进行对话，使持续的学科专门知识得以发挥作用。因此，‘跨地区’研究总是依赖于移动关系的多重逻辑的发展，而这些逻辑，就其本身而言，塑造了单一性和特殊性，每一个都有其顽固的特性。”（106）

的参考点的运动。它关注的不是空间，而是空间路线。它不会画边界，而是移动和跨越它们。重点不在于放弃研究对象的学科建设，而在于将其相互联系，使研究对象超越传统的区域研究，而不仅仅是单个研究结果的总和（105）。

路线的焦点不同于空间的焦点，它着重于物体的动态和运动，研究物体之间的相互作用和相互关系。这就是“跨语际性”的本质，用艾特的话来说，就是“文学以一种不寻常而又壮观的方式呈现出的实验性质：文学变成了对自己物质本体的实验”（302）。在诗学和病理学（poetic and the pathological）的滋养下，艾特认为写作“把身体变成了一个地方，在那里，有关于生命的知识、以生命为目的的知识和生命中的知识的不同领域、形式和功能可以作为生命过程的一部分诗意化”（303）。这就是为什么应该从矢量的角度进行更多的文学研究，生命的过程提供了不断涌现的“跨语际实践”。

第三章 “跨语际性”的潮汐喻体

阿米塔夫·果许《饿潮水》中的动力学（2004）

“跨语际”从未从社会、文化和政治背景脱离开来。由于语言本身需要被视为生态关系中（Canagarajah，Neoliberal 52）人类和物质发展的整体概念，所以也应从“生态汇款[①]”的角度来看待“跨语际性”的现象。在小说的整体布局中，“跨语际性”现象也可以从“生态传送”（ecological remittance）的视角来审视。“跨语际”文本具有“扩展的空间维度，能让读者和参与者对其视觉和美学元素具有敏感性”（Canagarajah，*Literacy* 109）。为了观察这种空间维度的视觉动力和美学信仰，我将小说《饿潮水》视为具有动力学功能的人体，其结构由骨架（情节）、静脉和动脉（字符）、单词（语言）、血液（环境）都表现出“跨语际性”的本质。“跨语际”的英语，就像人体一样，应该被视为一种整体，总能产生新的血液，以在一个物体间的过程中滋养着我们的日常交流/生活。受约翰马赫（John Maher）（2010）创造的“流动种族”（metroethnicities）一词的启发，以及托斯塔[②]（Tosta）（2016）所谓的“融合叙事”（confluence narratives），我想提出一个“汇流种族”（conflu-ethnicities）的概念来描述“跨语际”的动力学特征。小说《饿潮水》的章节结构，以过去和现在的

① 卡那贾拉亚使用“生态汇款”一词来区分为新自由主义利益服务的物质汇款。他认为，“社会汇款”指的是促进物质发展的网络和价值观，而“生态汇款”则进一步推动了整体发展观念（Neoliberal 35）。此处借用这个词来分析小说的结构和叙述。

② 第 30 页介绍了“流动种族”的概念，第 87-88 页对“汇合叙述”进行了解释。

两条线索为特征，作为其本土人物思想的“跨语际性”框架。

一、结构上的“跨语际性”：潮汐理论的动力学

1. 引 言

阿米塔夫·果许的《饿潮水》（2004）包括两个主要故事：现位于印度最南端的孙德尔本斯地区（Sundarbans）的生活，以及在莫里希纳（Morichjhāpi）岛上发生的历史性的大屠杀。根据这些故事，这部小说分为两部分：jowar（退潮）和 bhata（洪水）以及六十六个子章节。

故事位于浪潮之乡，它有着“危险的美丽和异质性”，能够“抵抗殖民化”（Hoydis 294）。果许提到《饿潮水》是关于“家族历史”的，围绕着莫里希纳大屠杀这一在孙德尔本斯被人们遗忘的历史。根据马利克（Mallick）的说法，“西孟加拉邦首席部长乔蒂·巴苏（Jyoti Basu）描述莫里希纳是非法侵入国家森林保护区和指定用于保护老虎的土地”（115）。巴勃罗·穆克吉（Pablo Mukherjee）将大屠杀总结如下：

> 一九七九年一月至五月……共产党领导的西孟加拉邦左翼政府下令强行驱逐了数千名孟加拉难民，他们在被称为孙德尔本斯的潮汐红树林区定居在莫里希纳岛上。政府声称，这些难民非法侵占了“保留的”森林，该森林专门用于“世界自然基金会”赞助的保护老虎的项目。在一九七一年至一九七二年的独立战争之后，大多数莫里希纳难民从孟加拉国连续的难民潮中来到西孟加拉邦。（Mukherjee 148-49）

与果许的核心问题一样，慕克吉（Mukherjee）认为“任何研究帝国主义、非殖民化或全球化影响的尝试都需要考虑到‘环境’……以及‘政治-文化’方面……”（qtd. inHoydis 296）。对于慕克吉来说，《饿潮水》体现了“后殖民主义的‘生态’”（148），它呼吁一种“不一样的讲故事的顺序”（148）。

这部小说描绘了一个名叫尼尔马（Nirmal）的角色，他保留了一本笔记本，希望他的堂兄卡耐（Kanai）能够挽回他的过去。卡耐成为连接过去和现在的主角。《饿潮水》不仅展示了孙德尔本斯的陆军中尉的历史，

还讲述了当代三个人物的浪漫故事。皮娅（Piya）是一位印度裔美国人，他不懂印度的当地语言，弗克尔（Fokir）是孙德尔本斯地区的一名文盲渔民，他吹嘘自己对当地环境的了解，卡耐是一位德里商人，能流利地运用多种语言，成了皮娅和弗克尔之间的翻译。《饿潮水》是一部历史的、生态的和“跨语际”的小说，未来的救赎可以在过去成为可能。

2. 动力学理论：叙事结构分析

为了研究“跨语际小说”，我们首先应该把它们放在特定的语境中。受到普赖尔（Prior）的“层压文字文物”（Laminated literate artifacts）概念的启发，多纳休称“文本是其自身对话产物的痕迹”，因为文本不能脱离语境（153）。她进一步阐述了文本是“动态的”和“社会的”，因为“社会在文本中[①]。对文本进行复调阅读可以深入了解其作为文本构建的工作方式”（153）。对于“跨语际小说”，其结构制作是作为文本翻译运作的典型方式之一。

因此，我们应仔细考虑小说的结构分析。彼得·桑佐迪（Peter Szondi）声称“文学评论家的任务不是将文学作品纳入历史中，而是在文学结构中认识历史”（Thouard 31）。因为这里的结构作为一种具有重要意义的形式起作用，正如图阿尔（Thouard）进一步论证的那样：

> 看到形式上的历史性，就是拒绝任何敏感印象和知识框架之间的二元论……将形式和内容彼此分开是毫无意义的，因为再也不可能将它们合起来。相反，我们必须将形式理解为内容的自我运动（32）。

在彼得·松迪的《现代戏剧发展史》（*History of the Development of Modern Drama*）一书中，他赞扬了卢卡奇（Luka'cs）的观点，即“不是主体，而是形式，构成了文学的社会元素”（Szondi 79-80, qtd. in Thouard 32）。因此，形式本身具有更重要的意义，更适用于“跨语际小说”。

然而，“跨语际性”是作者在叙事上的考虑因素，通过将原作和翻译、过去和现在作为一个整体来形成小说的独特风格。通过将这两种力量置于“跨语际性”的领域，“协同作用”开始形成了小说新的“元叙事”（meta-

① 斜体是原文中的。

narrative）类型。正如齐泽克所说，身体的语言，即“主体内心以其自发的姿势和怪相表达”，属于语言学范畴的“能指的表象：某种身体上的元素所代表（一个姿势，一个怪相），表示该主体的非物质的内部”（208，qtd. in Lee 44-45）。结果是完全失败的表现形式：“每个能指的表象的表现都‘背叛’了主体，它误用、篡改了它本应揭示的内容”（ibid）。

因此，我认为身体的语言有其自身的意义，“背叛”主体的“失败”正是互动的前提条件和融入元叙事的潜力。我提出了一种“跨语际”的“潮汐理论”作为一种新的叙事方法，即果许的《饿潮水》中的动力学。在这部小说中，具体章节的设计通过叙述由卡耐领导的过去和皮娅所反映的现在，它反映了“跨语际性”的概念，形成了由过去和当代人物所构建的横向叙事。

这种叙事结构生动地类比了“跨语际性”的本质，即谈判的动态能动性和负面能力。(1) 其情节的动态能动性。变化的动力学是通过无休止的潮汐来表现的，这种情况每天都定期发生，因为太常见而无法被人们记住；(2) 性格的负面能力。它的否定过程通常反映在潮汐和浪潮中，因为洪水总是在潮起潮落之后，波浪总会被一个更加强大的浪潮所淹没；(3) 在其条件下的谈判过程。关键词“潮汐”向我们展示了谈判过程：当前一次潮汐回归时，后者的洪水激增，两个相互冲突的波浪重叠合二为一，与循环规则形成完美的合作。“自然”中的这种普遍现象生动地反映了“跨语际性”的本质。

首先，应该根据《饿潮水》的情节详细阐述“跨语际性”的动态能动性。“跨语际性”具有幻象般的性质，其中可以看到时空照明像海洋中的潮汐一样散发出来，被覆盖的历史可以通过小说的横向结构一次又一次地揭开，小说的横向结构分为两部分，即“退潮”的部分和“洪水”的部分。到现在为止，可以更容易理解为什么阿米塔夫·果许要为这个故事创造特殊的“退潮”结构了。果许打算利用退潮和洪水的循环来展现孙德尔本斯的隐藏历史，这证明了“跨语际性”的动态使历史总是能以更强大的方式带来新的阐释。

其次，还需要探讨“跨语际性”负容量的本质，以找出小说标题中出现“恶潮”的原因。在《饿潮水》的第一部分，“退潮：洪水”（*The Ebb*：

Bhata）中，就像"退潮"的过程一样，当故事逐渐展开时，尼尔马所经历的大屠杀的历史已被揭示；而在第二部分，"洪水：退潮"中，以"重新开始"这一章开头，否定了并以"饥饿地"（hungrily）吞咽来覆盖历史，就像发洪水一样，用新的解释重新诠释了过去。就在第二部分，卡耐关于尼尔马的笔记本（398）的故事否定了这场未被发现的大屠杀，或者重新创造了这场屠杀，卡耐必须依靠自己的记忆，因为笔记本已经消失在海中了，"他爬到自己的脚边，刚好看到笔记本在三十英尺外的水流中晃动。它在水面停留了几分钟，然后就消失了"（376）。

这种消极的能力并不消极，因为它的能动性总是能带来创造性的性格，如卡耐的回忆尼尔马的日记。卡耐试图写一篇关于尼尔马笔记本的故事，并在一家报纸（399）上发表，这种行为可以被视为对尼尔马叙述的否定。因为根据他自己的记忆，卡耐可以用自己的解释来重塑历史。"记忆可能和想象一样易变，"现实也可能和记忆一样短暂（Lee 70），卡耐必须依靠想象来书写尼尔马的故事。

卡耐的故事肯定是对尼尔马故事的揭露和报道，但卡耐的读者范围更广，在当今社会具有强大的影响力。就像波一样：有两个波重叠的部分，一定有不同的部分。后一波的新部分，恰似当今时代卡耐对历史更新的新理解和新力量，代表了"跨语际性"所带来的新东西，具有创造性和积极影响的特点。进入历史的循环，现在就成了历史的洪流，但随着时间的推移，它也将成为历史的退潮，被即将到来的必然也会变成退潮的事件所否定和改造。

历史可以以积极的方式更新，因为这种消极的能力呼应了齐泽克所定义的"崇高"一词的概念：

> 崇高的悖论是：原则上，将现象的、经验的对象与事物本身分开的鸿沟是不可克服的，也就是说，没有经验的对象的代表（Vorstellung），就不能充分地呈现事物（darstellen），但崇高是一个我们可以做到的对象。经历了这不可能以及这永久的失败后，表现了做不到的事情。因此，通过表现出的失败，我们可以对事物的真实维度有一个预感（203）。

在“跨语际性”的语境中，“永久性的表现失败”是指每一种语言的负面能力、“跨语际性”的叙述方法和跨国的本土化态度，因为它导致“同时的快乐和不快乐：它给我们带来不快，因为它对事物概念的缺陷，但正是通过这种不足，它给了我们快乐，表明了事物是真实的，在对比的伟大中，超越了每一个可能的现象、经验主义的经验”（Zižek 203，qtd. in Lee 59）。不快的快感效应确切地阐述了负能力的作用。崇高的悖论只能通过把事物看作一个整体来实现，即把原物和被译物视为平等的对象。因此，作为客体-客体的“跨语际性”，通过消极的互动实现了一种新的叙事方式，即通过不愉快和愉悦来获得崇高。

第三，作为谈判过程的环境。从小说的“退潮”结构入手，通过对“饥饿”潮隐喻的阐述，探讨了“跨语际性”的能动性和负面能力，分析了“跨语际性”的谈判本质。在分别叙述了皮娅前往孙德尔本斯的旅程和卡耐的叔叔尼马尔的过去之后，这部小说在卡耐与皮娅会面后，将两条线索结合成一个故事，见证了弗克尔的死亡，并重塑了孙德尔本斯的历史。他们在孙德尔本斯的经验使他们的谈判能够深刻地改变彼此的态度。

起初，卡耐对皮娅的看法是存有偏见的，因为皮娅虽然有孟加拉名字（12），却对当地语言一无所知，而皮娅则认为他是一个傲慢的人，他“太自满”和“以自我为中心”（13）。随着故事的发展，卡耐和皮娅都改变了彼此的态度。皮娅改变了她对卡耐的看法，从“过于专注于他人而忽视他人”变得“真诚”（219）。卡耐重新认识了自己，在他写给皮娅的情书中改变了他的偏见：产生这种冲动的情绪真是惊人的新奇。那么说我以前从未恋爱是真的吗？我一直以自己对世界的丰富和全面的体验而自豪：我曾经爱过，我曾经喜欢用六种语言说。现在看来，这就像是一个很久以前的自夸。在加琼托尔[①]（Garjontola），我对自己和世界了解得很少（353）。

卡耐在孙德尔本斯的经历使他对自己和自然有了新的认识。他变得更加谦虚，知道有许多事情超出了他的知识范围。同时，皮娅也改变了她对卡耐的态度。当尼莉玛（Nilima）问皮娅，卡耐是否愿意留在楼上的客房，皮娅回答说：“一点也不介意。事实上，让他回家是件好事”（399）。从单

① 加琼托尔是皮娅和弗克尔遇到风暴的地方。

词"家"推断皮娅不仅把孙德尔本斯当作自己的家，而且把卡耐当作自己的家人，欢迎他回来。

这不仅是因为他们对彼此的态度发生了根本性的逆转，而且他们对孙德尔本斯的感情也从漠不关心转变为深情的归属感。起初，卡耐只是去那里看尼莉玛，他会回到德里（Delhi），皮娅去那里寻找海豚，她会在完成调查后返回美国。最后，他们称孙德尔本斯是他们的家，并希望与尼莉玛（399）住在那里。听到"家"这个词，尼莉玛很惊讶，皮娅把它解释为"奥卡米拉所在的地方"。然而，尼莉玛强调，"家"是她可以"泡一壶好茶"（400）的地方。尼莉玛说出了皮娅不知道的家的真正意义，也就是家是家庭生活和聊天的地方。新的情绪表明，皮娅和卡耐以孙德尔本斯为家，并希望支持那里的土著居民的生活（398）。他们通过谈判过程改变了对孙德尔本斯的态度和感受。

更重要的是，这一谈判过程通过一次又一次地刷新历史，带来了新的创造。它可以被看作是一种"跨语际实践"，因为它到达了对本土化的汇合点，作为他们对生活的新态度。这种"跨语际性"解决并刷新了我们面前的历史，充满了在接触区创造新态度的积极作用。因此，《饿潮水》的结构具有"跨语际性"，导致了由动态的能动性和谈判、穿越历史和当下的负面能力所引发的创造性叙事。

二、从动态叙事结构看民族冲突

1. 里尔克诗歌分析：情节

雷纳·玛丽亚·里尔克（Rainer Maria Rilke）阐述了由"跨语际性"创造的新意义，在小说中引用了他的诗。雷纳·玛丽亚·里尔克（1875—1926）是一位著名的波希米亚奥地利德语诗人，其著名作品是《奥菲斯的诗集》（*Duino Elegies*）和《伊丽吉丝和十四行诗》（*Sonnets to Orpheus*）。他用诗歌和抒情散文来表达现代世界的焦虑和疏离。这部小说中的许多诗歌，在标题、结构、韵律、声音等方面，都有很强的"跨语际实践"的证据，这些诗歌元素可以看作是贯穿整部小说的一条河流。当伽利利利沙哈尔（Galili Shahar）评价席兰的诗时，他把它们读作"河流"，回忆起

“uneimlichkeit”的元素，“诗的陌生性，它来自外国，以不同的口音，逃避了英雄的、悲剧的（希腊）表现方式，把它变成了一个礼拜仪式的姿态，”因此意思本身被压缩，在那首诗变成了“一条河”，一股无尽的声音倾泻而下（89）。

除了“河流”的隐喻之外，沙哈尔对彼得·绍迪隐喻的评价也凸显了“跨语际性”：

> 这不是一个有争议的运动，而是一个有声的、一种声音的纹理，在诗的核心领域，它的韵律中盛行……绍迪把这首诗作为一个音乐文本阅读，其中不同的声音被浓缩成重复和反复的纹理，创造出多声部的场景。这些声音结构表达了存在的张力、现在与过去的张力、存在与缺席、孤独与别离，以及主观性与多元存在形式之间的张力。再说一次，我们正在处理的不隐瞒（保守/泄露秘密）的戏剧不是空洞的（审美的）符号戏剧，而是诗意声音的激进组合，诗词中的矛盾和词与音的回转，最终在礼拜式的作品中产生共鸣（99）。

在这里，绍迪的隐喻把诗看作是一段音乐文本，表现出“跨语际性”的创造性本质，即通过对各种符码的交织产生新的意义和效果。

我试着把沙哈尔的话运用到里尔克的诗中，里尔克的诗也变成了“一条河”，表现出各种声音和单词形式的“跨语际性”。里尔克的诗歌作为一条“跨语际隐喻”之河，可以作为小说的另一条主线，贯穿历史与现实，将尼马尔的经历叙述与皮娅的旅行联系起来。在《饿潮水》中，里尔克的诗歌共出现在十一个地方，其中九个地方来自尼尔马的笔记，两个地方出现在叙述卡耐的故事中。尼尔马笔记本中的九个地方都出现在叙述尼尔马经历[①]的历史事件的章节的末尾。而卡耐故事中的两个地方呈现了当前的事件：里尔克的诗在这部小说中出现的第一个地方来自卡耐在火车上阅读的几张纸，引出了潮水之乡“孙德尔班”（6-8），里尔克的诗歌最后出现的地方是在卡耐写给皮娅的信中（360）。随着里尔克诗歌从现在到过去，最终从历史回到现在，他的诗歌已经融入小说的叙事之中，因此，诗歌成

① 里尔克诗歌在《饿潮水》中出现的 11 个地方在第 8、69、165、193、206、216、235、275、278、287、360 页。

为小说叙事的重要组成部分。

为了说明诗作为叙事的重要组成部分的作用，应详细分析里尔克的第一首和最后一首诗。小说中出现的第一首诗是："我们，一直认为快乐是上升的……当一件快乐的事情降临[1]时，感受那种几乎令我们吃惊的情感"(8)。这首诗出现在第一部分第一节的结尾，完美地发挥了故事开头的背景介绍的作用，并且第一部分的标题带来了"洪水"这个关键词的深层含义，它指的是"退潮"。它告诉我们为什么这个地方被称为"退潮之国"，因为这是"涨潮时半淹没的土地，只有在'退潮[2]'时才生出森林"(ibid)。正因这种"退潮"，所以土著人"快乐"，因为他们可以找到一个生活的家园。

除了从小说的叙述中分析诗歌的功能外，诗歌还充当了多种功能的有力载体。小说中最后一首诗是来自里尔克的《杜伊诺的第三首挽歌》(*The Third Elegy in The Duino Elegies*)。它不仅把读者从尼尔马叙述的历史中带回来，而且用宝贵的记忆来表现卡耐现在的爱：

> "看，我们不喜欢花
> 只剩下一个季节；当我们爱的时候，
> 比记忆更古老的树液涌上我们的怀抱。哦，女孩，
> 就像这样：在我们的内心，我们不再只爱未来的某个人，而是一个激动人心的部落；不只是一个孩子，而是像废墟一样蜷缩在我们内心的父亲。
> 山，干涸的河床
> 以前的母亲，是的，所有这些
> 云端下无声的风景
> 或者明确的命运——女孩，这一切都在你面前。"(360)

里尔克的诗中表达的爱是延续数世纪的崇高的爱。因为爱"只有在无限中才能触及所爱的人"(Leishman and Spender 122)，死亡成为爱不可或缺的一部分。哲学家马丁·海德格尔强调，里尔克认识到"时间的缺乏"，

① 斜体为作者所加。

② 斜体为原文中的。

这“不仅因为上帝死了，而且因为凡人几乎意识不到这一点，甚至只能意识到自己的死亡”(96)。在这里，里尔克所传达的是对传统基督教对上帝和人类的解释的反对，通过这种阐释，他表达了对人类的新理解，以及对具有现代主义特征的不朽之爱。

通过引用这首诗，可以实现卡那贾拉亚的三个“跨语际性[①]”的功能。

第一，在情节的层次上起到了对抗作用。一方面，卡耐利用这首诗来表达他对皮娅的爱，并想赢得她的心。诗歌作为一种独立的文学形式，对抗小说的写作形式，突出其独特的特点。另一方面，尼尔马的梦可以用“跨语际”的对抗功能来传达。在这首诗的同一部分中，卡耐表示：“有人通过诗歌来生活。我叔叔就是这样一个人，而且，他是一个梦想家，他知道如何认识其他同类的人”(354)。这种以诗为生的人是独一无二的，就像诗的文本对抗其他形式的文本一样。在这两个关于卡耐和尼尔马的方面的最高点，他们都打算传达的关键信息是尊重历史和死亡。随着“其险恶的美丽和异质性”的“抵制殖民”(Hoydis 294)，应该揭示被遗忘的“家庭历史”——莫里希纳大屠杀。

第二，小说情节所起的容忍作用。作为一条线索，这首诗从尼尔马的历史叙述贯穿到卡耐的求爱，在故事的结尾将叙述的两个分支融合在一起。这种容忍功能表明了“跨语际实践”的融合，当一条河流的两条支流最终合二为一并流入海洋时，“在这些融合处，水延伸到景观的远边缘……用当地的语言，这种融合被称为‘*mohona*[②]’，这样一个奇怪的诱人的词，包裹在许多层欺骗之中”(7)。里尔克的诗是一层骗人的东西，把自己伪装成历史和现实的结合。

第三，它在身份建设中的转化作用。赖尔克在20世纪初被视为现代主义表达的诗歌创作中，将诗歌与散文结合起来，反对基督教的传统信条，主张人类的死亡使生、爱、死形成统一整体(Leishman and Spender 123)。同样，卡耐通过理解死亡的重要性，通过在写给皮娅的信中写下故事和诗歌，把生命与爱结合起来。在“迹象”(Sign)部分，当卡耐和弗克尔留在加琼托拉岛上时，卡耐害怕，但弗克尔在面临危险和死亡时救了自己的

① 根据卡那贾拉亚的理论，三个功能在第二部分：“理论框架”中进行了解释(第81页)。

② 斜体是原文中的。

命（329-330）。这是他第一次对死亡有更多的了解，并改变了他对福吉的看法。正如卡耐在信中所说，“我以前从未知道要确保别人的幸福是怎样的，即使它是以我自己的代价来实现的”（353）。

从“跨语际性”的角度来看，里尔克的诗可以看作是一个“符码啮合”事件，具有转换功能。克丽丝提娃（Kristeva）称，诗歌语言是通过模仿来进行转换的：

> 在模仿象征意义的构成时，诗歌的模仿不仅导致了表意功能的消解，而且还导致了具体的主题定位的扬音节功能的消解。在这方面，现代诗学语言比任何古典的模仿作品，无论是戏剧的还是小说的，都要走得更远，因为它不仅攻击表意（客体的定位），而且还攻击意义（表达主体的定位）（Revolution 57-58）。

当诗歌语言以小说的方式表达，而超越了模仿时，变化的意义自然地随着愉悦的感觉而流出：

> 牺牲在社会和象征秩序（symbolic order）中赋予了愉悦的生产限度，而艺术则规定了愉悦为渗透这一秩序而存在的唯一手段。在破解社会符号秩序、将其分裂开、改变词汇、句法、单词本身，并释放出由声乐或动能差异所承载的驱动力的过程中，欢爽以其方式进入社会和符号。与祭祀相反，诗歌向我们表明，语言通过欢爽来渗透社会象征，Thetic 并不一定意味着神学上的祭祀（Revolution 80）。

这样，诗歌就成了小说体裁中社会身份转换的另一要素。里尔克的诗歌表现了卡耐身份从自我的优越感到与其他少数民族平等的变化，这对一个人物的特征设计具有语言上的意义。

2. 河流交汇：环境

“跨语际性”就像阿米塔夫·果许想象世界中的理想主义形而上学一样，像孙德尔本斯地区的特征一样，孙德尔本斯地区是恒河河口的三角洲，分布在孟加拉国和印度西孟加拉邦的部分地区。

艾特还强调了孤立国家和非孤立国家的边界，这些国家经常“跟随河流和山脉的曲折，实际上也是分形的[①]”（88）。艾特进一步认为：

> 对岛屿边界的思考再一次指向了岛屿的双重特征：它既是碎片又是整体，一个支离破碎的“不规则”结构和一个消亡到永恒并致力于创造新的整体。那么，我们可以说，这个岛屿在从一个连贯的世界中分裂出来的状态，以及作为一个世界本身不断自我区分的完整性之间摇摆。自然空间和地理位置对岛屿作为文化空间的发展有着特定的影响，这一观点是中心理论的出发点之一（88）。

随着潮水的涨退，孙德尔本斯[②]号区域淹没并重新出现，其海岸线的不定性正是碎片和整体性的一个例子。作为一个文化发展空间，孙德尔本斯一定受其自然空间的影响，其运动从印度的主要地区“转变为一个生活世界和日常文化体验，这是两个非常分割性的维度，使我们能够从岛的主体部分（89）中思考分裂（分离）和自我相似的二元性。”显然，被分裂（分离）是指孙德尔本斯作为印度地方当局的流放营，在那里土著人被视为下等人，他们被虐待，甚至为了保护动物而被杀害。“我”意味着印度政府将孙德尔本斯作为该国的其他地区在管理。

岛的面貌总是在变化，就像文学作品中的“跨语际实践”一样，可以从矢量的角度来分析：

> 然而，面貌可能是假的：岛屿不是固定的、静止的物体，而是必须从矢量的角度理解的地方。它是一个多样化的、历史上累积的运动交叉重叠地方。它是一个力场，在这个力场中这些运动得以继续并被存储。因此，一个岛屿可以被定义为（和区域化为）一个运动的地方，其历史上存储的移动模式和矢量总是可追溯的（Ette 96）。

根据艾特的论点，可以得出三个明确的岛屿特征或“跨语际实践”，即多样性、移动模式和历史可追溯性。艾特进一步认为，可以提供一种

---

① “分形维度”是艾特引用克莱默的《混沌与秩序》（*Chaos and Order*）（1993）一书中的一个重要概念，艾特在《自然的分形几何》（*The Fractal Geometry of Nature*）（1983）中使用了曼德布洛特（Mandelbrot）的分形概念，这是一个描述“我们周围许多不规则且支离破碎的图案，并导致完整的理论”的系列形状（1）。

② “孙德尔本斯”群岛在英语中的意思是“美丽的森林”（8）。

"对过去和未来的回顾性理解"，其中每个岛屿都有自己的"矢量历史及其与未来运动和发展的相关性"（97）。因此，岛屿的存在很容易与过去相融合，这也可以与未来的变化联系起来。

其他学者如克里斯·邦吉（Chris Bongie）也强调了岛屿的比喻，这可以从两方面看到：

> 一方面，作为绝对特殊的，它是一个完全独立的空间，因此是一个传统上构想的和统一的身份的理想隐喻；另一方面，作为一个碎片，是一个更大整体的一部分，从中它被流放，并且它必须在一个（从未完成的）完成的行为中与之相关，也总是，可以说是一个前小岛失去了特别的东西。因此，该岛是一个具有封闭和开放双重身份的遗址（18，qtd. in Ette 107）。

这种"封闭与开放"的双重性完美地传达了跨国身份融合的矛盾心理和可能性。

此外，南亚人认为语言多样性是该地区生态的"自然"现象。蒂亚·巴蒂亚（Tej Bhatia）和威廉·里奇（William Ritchie）说："从定性和定量的角度来看，印度的双语主要是自然形成的，而不是靠规定主义的强迫"（794，qtd. in Canagarajah 38）。语言的融合反映了跨国经济的发展，具有"跨语际实践"的特点。在《饿潮水》（2004）中，果许的钱币创造了"Badabon"这个词，这是一个很好的"跨语际性"的例子，因为它"将阿拉伯语和梵语结合起来'——'bada'和'bon'，或'forest'。它诞生于两条语言河流的交汇处，正如潮水之国起源于恒河与雅鲁藏布江的汇合"（82）。来自两种不同文化的词的混合是一种典型的表现"跨语际性"的创造能力的方式。

除了这一典型的"跨语际"的术语示例外，还有许多其他实例显示了通过"符码啮合"事件创建的过程。语言、文化和文学形式都可以在现有的社会制度中找到新的出路。何伦（Horen）的语言就是一个例子，它是"一种奇怪的班格拉语，受到了阿拉伯语和波斯语很深的影响"（246）。通过把他在加琼托拉岛上的经历写在他的笔记本里，尼尔马记录下了当地的历史，它是由多种文化混合而成的，就像一本古老的小册子，里面有许多班格拉民间传说，这是一个传说，“以一种称为‘*dwipodi poyar*[①]’的诗体形式”，页面像阿拉伯语一样从右边打开，而不是像孟加拉语一样向左方打开（247）。此外，文学形式的“啮合”是表现出“跨语际性”的创造性形成过程的另一个方面。小册子上的字“看起来像散文，读起来像诗，一种奇怪的混合体……一篇非凡而精彩的散文，登上了一米的阶梯，为了超越平凡”（ibid）。

更重要的是，语言和文化的融合产生了以强有力的方式影响信仰和宗教的新的可能性：

> 潮汐国家的泥滩不仅是由淤泥河流形成，还由语言的河流形成：孟加拉语、英语、阿拉伯语、印地语、阿拉坎语以及谁知道还有什么？（who knows what else）它们流入彼此，悬浮在水流中的小世界就此涌现出来。于是我明白了：潮汐国家的信仰有点像莫霍纳（mohonas）大河中的一条，不仅是许多河流的交汇处，而且人们可以利用一个环形交叉的路口，从一个国家到另一个国家，甚至在信仰和宗教之间穿行（247）。

就像“莫霍纳”一样，所有这些“跨语际实践”形成了一个强大的交汇点，并为这个潮汐国家产生了一种特殊的性格和身份。

“跨语际实践”打破了形而上学叙事的连续性，破坏却补充、冲突也调解，打破了意象，但描绘了不同于传统叙事的“彩虹/潮汐/河流”（146），创造性地在一个饱受战争蹂躏的现代世界中寻找新的意义和身份。尤其是发生在最南端的莫里希纳岛[②]上的大屠杀（122）。在这些真理中出现的所有现代叙事都同时被相互冲突的翻译术语所颠覆。一个线性句子被横截成一个空间区域，在这个空间区域中，两个语言系统相互协商，以构建一个新的语言模式和整体的叙事风格。这样，读者就会被丢入一种陌生的语言和文化，然后又回到熟悉的意识框架中来。“跨语际性”本身远不只是翻译过程，在翻译过程中原文和译文是两个独立的

① “*dwipodi poyar*”是一种古老的诗体形式，它“带有押韵的对句，每行约有十二个音节，每一个音节中间有一个停顿或音顿”（Ghosh 247）。

② 莫里希纳岛在英语中是“胡椒岛”的意思。

主体。但是，在“跨语际实践”过程中，这两个术语相互依存，创造了一个新的意义语境。

3. 人物的“跨语际性”：皮娅和弗克尔

通过在情节和环境方面翻译词和新叙事的“跨语际实践”（68），应分析人物的“跨语际”特征。对于那些不得不在肉体上面对“跨语际实践”现象的跨国人物，他们也会在情感层面遇到这种现象。讨论杂糅性的时候，跨国人物发现他们必须接受作为“离散人群”的怀乡病①（Lee 9）。然而，这仍然是一种消极情绪吗？是否有可能转变为积极的或混合的情绪？为了理解这种情绪，应该阐述怀旧和慰藉的概念。

（1）“怀乡病”的定义

约翰内斯·霍夫（Johannes Hofer）是阿尔萨斯的一名医生，他将希腊语“*nostos*”（回家）和“*algia*”（痛苦的情况）结合起来，为1688年新发现的身体疾病（Santesso 13）创造了“怀乡病”一词。他评论说，这种疾病源于“对被召回的本土的一种不寻常的、从未出现过的想法。”几年后，约瑟夫·班克斯（Joseph Banks）写道，“现在［努力的团队］中最伟大的部分已经远远没有了对家的渴望，医生们已经将‘怀乡病’看作一种疾病”（ibid）。“怀乡病”更多的是“从时间的角度（一个人对过去的渴望）来想象，而不是从霍弗（Hofer）最初定义的核心空间或地理的角度”（15）。

事实上，“怀乡病”可以简单地“指抽象的情感，如渴望，其对象可能不被存在地记忆，但可能是集体的、理想化的记忆或回忆的对象”（scruggs 121）。换言之，“怀乡病”成了一种美学概念。

（2）“乡痛症”的定义

在千禧年之交，琳达·康纳（Linda Connor）发明了“乡痛症”一词来描述对消失的自然环境的痛苦或渴望：

> 与“怀乡病”相比，“乡痛症”与所经历的忧郁或痛苦有关，当人们认识到居住的地方和他们所爱的地方正在经历强行的转变时，就

① 凯伦·李（Karen Lee）分析了离散文学研究中的文化理论家，这些人“将连续性和分裂之间的紧张关系视为跨文化叙事和意识叙事的内在特征，即在杂化现象和双重意识现象中”（9）。

> 会有这种感觉。它表现在对一个人的地方感（sense of place）的攻击，对一个特定地方的归属感（身份）的削弱，以及对其转变的痛苦感（心理上的孤独感）。“乡痛症”不是要回顾一些美好的过去，也不是要寻找另一个地方作为家；它是一种剧烈变化的“生活体验”，表现为一种错位的感觉，以及被一种力量破坏，这种破坏是对从现在获得慰藉的潜力的破坏。简而言之，“乡痛症”是一种当一个人仍然“在家”时所产生的思乡情绪。

这是当一个人的家被彻底改变时所感到的慰藉的丧失，是在彻底的环境变化之后留下的空洞的凄凉。“乡痛症”是精神病学领域的一种疾病诊断，描述了自然环境对精神健康和身份认同的影响（Scruggs 115）。桑杰·肯纳（Sanjay Khanna）（2013）还认为，有“乡痛症”的人会感到文化环境的变化带来的痛苦，这些变化通常与文化身份的丧失有关，包括语言和祖先记忆等其他事物。

事实上，“怀乡病”和“乡痛症”都渴望他们认为曾经真实的东西。苏珊·斯图尔特写道：“‘怀乡病’的人们所追求的欲望，实际上是一种缺乏，这正是欲望产生的机制……‘怀乡病’所设想的重新结合的实现，是一种叙事的乌托邦，它只因其偏袒性、缺乏固定性和封闭性而起作用：‘怀乡病’是对欲望的渴望”（23）。然而，“怀乡病”依附于遥远的过去，而“乡痛症”源于直接的空间存在（Scruggs 114）。

（3）皮娅和“乡痛症”

在小说的结尾，皮娅决定留在孙德尔本斯（397）。皮娅是一位来自印度的美国鲸学专家，她最初计划是在这项研究之后回到美国，但因为弗克尔的死，她最终想留下来，因为她想通过提供教育机会来补偿抚养他的儿子（396）。更重要的是，她需要留下来，因为她得到了慰藉，这意味着她有了“怀乡病”，即使她还没有离开。当她还在孙德尔本斯的时候，她去看尼莉玛，表现出她把这里当作自己的“家”的想法（399）。这种情绪是她留下的根本原因，需要进一步分析。

皮娅在孙德尔本斯的遭遇对她作为一个“流离失所的人”的思考起到

了重要作用，彼得·绍迪[①]（Peter Szondi）在以色列执教一个暑期时表达了他的感受。“想家是件奇怪的事。一个人可以（再次）找到他的家，而不需要注意和接受它”（Zepp 11）。在小说的结尾，当皮娅来到尼莉玛的家时，她把它当作自己的家，自己却没有注意到自己的潜意识。她甚至不接受这个想法，因为当她回答尼莉玛关于她为什么将这里称为“家”的问题时，她挑了挑眉，用自己的工作当借口。这正是只有跨国的人才能体会到的“乡痛症”。

“乡痛症”的感情是出于皮娅对她自己本源的爱。毫无疑问，皮娅想弥补她父母感受到的损失：

> 现在，她回忆起她以前在哪里见过这样一条毛巾：它被绑在她父亲衣柜的门把手上，在她童年的十一层公寓里。在她青春期的那些年里，这种织物已经变旧了、破烂了，如果不是她父亲的抗议，她早就把它扔掉了……他说，这是他多年来的经历，几乎是他身体的一部分，就像他的头发和指甲；他的运气被编织在其中；他想不出要与之分离，扔掉这个（86-7）。

皮娅的父亲甚至保存了他们从印度带来的一条旧毛巾，并将其视为家的象征，“我们认为，尤其是印度孟加拉邦人，因为他们的眼睛总是向后转，朝向家”（250）。她父母的情绪是一种“怀乡病”，这是被动和悲伤的，也是当他们离开印度时的感觉。相比之下，皮娅选择留下是一个积极的行为，以弥补她自己的“怀乡病”。一旦她回到美国，这种感觉就会出现，因为她将孙德尔本斯当作她的家，但她不知道如何向尼莉玛解释这种心理变化（399）。与“怀乡病”相比，“乡痛症”更为积极。

除了对本源的热爱之外，皮娅对自然的热爱也是“乡痛症”背后的另一个重要原因。这可以从她与弗克尔的关系的角度加以阐述。皮娅热爱自然，因为她研究海豚，喜欢把大部分时间花在海洋上。虽然弗克尔是自然的一部分，他不会说与自然相反的人类社会的语言，但他大部分时间都花

① 彼得·绍迪，著名的德国文学学者和哲学家，原籍匈牙利。1965 年，他成为柏林自由大学的教授，在那里他领导了普通文学和比较文学研究所。他于 1971 年自杀，他的父亲是匈牙利犹太精神病学家和精神分析师。

在海上，与人隔绝。这可能是她爱上弗克尔的原因：即使他们无法用语言理解对方，他们也可以通过与自然的联系来理解对方的思想。“月光”这一节很生动地说明了这一点。在看到了月亮发出的彩虹之后：他们一动不动地坐着，就像动物们由于彼此的强烈意识而瘫痪一样。当他们的目光再次相遇时，他仿佛一眼就知道她在想什么。他伸手握住她的手，夹在他的手之间，然后，再也没有朝她的方向看，他走到船尾，开始在他的便携式炉子里生火（352）。

他们不需要语言来交流，因为海洋、月亮、海豚和大自然中的所有元素使他们的灵魂得以连接。当皮娅在孙德尔本斯，她可以接近海豚，接近弗克尔和自然。如果她留下来，就可以通过她与弗克尔或自然的“横穿的实践”（traverse practice）来实现与自然的融合。

从前面的分析可以明显看出，皮娅对自己的出身和自然的热爱，催生了强烈的“乡痛症”的情感，这是一种“怀乡病”，即使她还没有离开（399）。皮娅与弗克尔的互动产生了新的“乡痛症”的情结，他们都热爱自然，热爱本土的生活。“乡痛症”的感觉形成了孙德尔本斯人对于追求本土化的新态度。

三、结　语

这部戏剧性小说的结尾类似于《现代戏剧发展史》（*History of the Development of Modern Drama*）的理论部分：重要的是形式。“跨越身份界限的对话……从你阅读小说时获得的那种富有想象力的参与开始……谈话不必就任何事情达成共识，尤其不是在价值观上，它足以帮助人们相互习惯”（Appiah 85）。“跨语际实践”不是一个概念，而是小说中实践叙事和身份建构的一个原因。

因此，小说曾两次解散了它的客体（the novel has dissolved its object twice），将其复杂性结合起来，揭示了“跨语际性”的基本辩证结构。然而，结构不会一直是稳定的，而是在不断融合的。正是这种融合不仅令果许发展了“他者性”（Otherness）这一新的小说叙事，而且赋予了《饿潮水》其独特的形式和内容。潮汐的比喻和本土身份嵌入在动态叙事结构中，以特定的情节、人物和环境展示出来。这部小说被视作通过语言颠覆达到精神超越的过程，因为它提供了一种双重运动（double movement），它涉及个人和历史的经验。小说不能简单地简化为一种模型或被分类为文学分析，也不能通过其历史背景进行历史化或解释。因此，应该采用新的方法来探寻加密的“贯穿性”中的历史内容。

第四章 “跨语际性”的身份建构

查克斯·恩达《红色之心》中“跨语际实践”中的身份建构（2000）

如果小说《饿潮水》（2004）被视为一个反映了“跨语际性”本质的人体，那么小说《红色之心》（2000）可以被视为人类的言语能力，通过谈判策略反映“跨语际性”的基本功能从而达到自己的利益和目的。卡那贾拉亚提出的三种功能（*Translingual* 113-4）和四种谈判策略（ibid 79）在人物的语言和姿态中得到了充分体现。通过分析，作者试图概括出每一阶段谈判策略所运用的具体手段，以及如何通过小说体裁中的语言功能来建构民族身份。

一、小说描述

查克斯·恩达（Zakes Mda，1948-）是一位生于南非的著名小说家。他著名的小说《死亡方式》（*Ways of Dying*，1995）影响深远，反映了他的祖国严重的暴力现实。他的小说《红色之心》（2000 年）是另一部重要的作品，展示了南非的殖民历史，尤其是土著群体科萨（Xhosa）的历史事实。

《红色之心》描述了源自同一祖先西克夏（Xikixa）的两个族群，即屠大和屠二（Twin and Twin-Twin）之间的冲突，以及两个族群之间直到现代的长达数世纪的仇恨。在殖民者的欺骗和诱惑下，他们互相为敌，导致了惨无人道的杀戮和灾难性的饥荒。由屠大兄弟领导的“信徒”分支是被由殖民者操纵的假先知所欺骗的群体，而由“屠二”兄弟领导的“非信徒”分支则是一个坚持相信自己上帝的群体。近代以来，这两个群体都改变了对殖民者的态度：西米亚（Ximiya）作为“屠二”的后代，与“非信徒”的态度不同，他们过分强调殖民者的文明进步，忽视了自然和自由的重要性；而屠大的后代库克兹瓦（Qukezwa）则反对这一观念。“信徒”维护“本性”（Nature），与现代殖民主义形式作斗争，他们为了自由而战。

在回顾这段科萨人的历史时，主人公卡马古（Camagu）在那里待了多年后从美国回来，带领我们踏上寻找他的精神家园的旅程。在这段旅程中，卡马古对库克兹瓦的爱是连接南非过去和现在的另一条线索。从商业活动和迁徙运动到宗教干预，从环境保护和习俗保护到政治治理，小说勾勒出了一幅对话和冲突的地图，这些对话和冲突将过去几个世纪的殖民者和被殖民者、统治者和土著人联系了起来。通过宗教信仰、政治态度和环境意识将这两部分交织在一起，《红色之心》说明了对于当地居民的官方记录只提供了对南非人的肤浅的理解。换句话说，这种理解不能反映当地居民的真实生活。

“跨语际”叙事引起了我们对殖民时期的关注，揭示了国家的过去对其现在的影响。《红色之心》这部小说不仅讲述了20世纪末移民们来到南非的故事，同时也讲述了该国经历过的其他主要的文化冲突的历史。该小说是反映西克夏家族历史的民族寓言，以现实主义的方式阐述了西克夏家族的爱与恨。故事随着南非从殖民地到现代的历史的叙述不断发展。正因恩达通过一个批判的视角来看待非洲的历史和身份，他对土著人保护遗产的历史、文化和方式提出了质疑。“跨国者”（transnationals）作为几种文化冲突的产物，是小说中突出民族问题的根源。

《红色之心》是一部典型的非洲作家小说，其作品充满了生动的“跨语际性”的例子。南非有一百多种土著语言和11种官方语言，分别是阿非利卡语（Afrikaans）、英语、恩德贝勒语（Ndebele）、斯佩迪语（pedi）、索托语（sotho）、斯威士语（swati）、聪加语（tsonga）、茨瓦纳语（tswana）、科萨语（xhosa）、文达语（venda）和祖鲁语（zulu）。因此，南非被视为研究“跨语际实践”的完美实验地（Kellman, Translingual Imagination 39）。在这些语言中，至少有四种语言出现在了小说《红色之心》中，即：科萨语、祖鲁语、阿非利卡语和英语。但是，正如拉迦·拉奥（Raja Rao）所说，后殖民时期的作家必须用殖民者的语言写作，即使英语在情感方面对他来说是“陌生的”（Kellman 38）。因此，“跨语际性”一方面反映了国际影响，另一方面揭示了情感依恋。这部小说呼吁人们关注南非人口的多种族起源，并通过“跨语际实践”为冲突的可能解决方案奠定基础。

二、“跨语际性”的三个功能

根据卡那贾拉亚的说法，“跨语际实践”具有三个重要的学术写作功能：第一是抵制，读者倾向的准则和惯例的话语（a voice through the reader's preferred coded and conventions）；第二是变革，转变为新的可能性和创造性指标；第三则包容一些其他准则，“社会化”动能以获得更多的所有权和话语（*Translingual* 113-4）。这三种“跨语际”实践功能都可以应用于“跨语际小说”。作者通过将它们分别与小说《红色之心》相对应的方式，试图说明“跨语际性”与身份形成之间的互动方式。

第一，抵制。在“跨语际小说”中，抵制是指内部阻力，这是一种通过混合的符码和约定所表达的话语。通过将本土符码和主流符码相结合，“跨语际小说”可以通过典型的人物、物体、地点等名称传递出具有内在阻力的话语来表现身份。例如，在《红色之心》中，大多数人物的名字在小说的英语叙事中都体现了本土语言的特征，然而有些人名却是刻意用英文。这两种情况都形成了表达科萨身份的抵制。

一方面，在关键人物的名字中可以看到土著语言，如卡马古、库克兹瓦和西米亚。它们是非洲特有的名字，在发音和构词方面完全不同于英国的名字，如约翰·道尔顿（John Dalton）（9）和乔治·凯斯卡特（George Cathcart）（63）。西米亚是科萨人的名字，而库克兹瓦是科希霍人（Khoik-hoi）的名字。这些名字时不时出现，其本土特色给读者留下了深刻的印象。这些本土符码与主流符码的碰撞，反映了“跨语际实践”的重要功能之一，也反映了抵制主导语言、倡导本土身份的意图。

另一方面，科萨人的群体中也能找到英语名字，例如，诺恩格兰（NoEngland）诺佩蒂克特（NoPetticoat）、诺马纳吉（NoManage）、诺赛尔通（NoCellphone）和诺萨泰特（NoSatellite）（68）。这些科萨妇女的名字显示了妇女的从属地位和对殖民者的反抗态度。最明显的例子是“诺恩格兰”，它直接表明了科萨反对英国殖民统治的态度。“Nopettcoat”是双关语，从字面上看，是在说女性不需要衬裙，这可以进一步说明没有女人味。这个名字是为一位科萨妇女命名的，不仅表达了作者对女性身份和她们在社会中的传统地位的反对，而且表达了土著群体对殖民地控制的反抗。

另一个典型的名字是“诺马纳吉”，她是一名文化旅游的导游，向白人展示了阿玛索萨（amaXhosa）的风俗和文化习俗。她所穿的传统科萨人的（isiXhosa）服装是“笨重的”，因为这套服装“只在人们想看起来聪明漂亮的特殊场合才穿，而不是在他们辛苦和出汗的时候。游客为这些愚蠢的行为付出了沉重的代价”（96）。英文名字“NoManage”字面上的意思是没人管理的工作，而且，它具有一个讽刺的效果，因为这个女人满足了白人游客的需要，而没有真正考虑到本土文化，这对科萨人是“一种耻辱和羞辱”（ibid）。这些女性的名字是为科萨人而创建的，它与当地群体的其他科萨人的名字形成了一种“跨语际”的语境。它不仅反映了作者对殖民者的抵制态度，而且形成了抵制传统地位的新女性的身份。

因此，不论是英语叙事中所嵌入的具有非洲特色的词汇，或是在科萨地区出现的英语名字，都通过不同的符码形成了“跨语际实践”，在构词、发音、词义及其应用范围上具有阻力功能以及与主流社会对立的本土身份。

第二，变革。在“跨语际小说”中，变革意味着向新的可能性和创造性的转变，从而导致特殊的叙事和新的身份。在《红色之心》里，这种新身份体现在通过“符码啮合”事件形成的创造性的文字中。一个典型的例子是“Noma Russia”，这是一个创造性的词汇，它将科萨单词“Noma”和英语单词“Russia”联系起来。

首先，诺玛鲁西亚（Nomarussia）是一位女性，她在这部小说中扮演了一个隐藏的线索，将卡马古带到古罗哈（Qolorha）村（114）。为了找到她，卡马古去了很多地方，最后来到了主要故事发生地——科萨人的社区。尽管诺玛鲁西亚只出现在了小说的开头和结尾，但这个角色的作用却不容小觑。卡马古强调说：“是你把我带到这里来的。我梦见的是你”（264）。显然，诺玛鲁西亚扮演的是贯穿整个故事的主线，这是小说的基本叙事方法和重要结构设计。通过将两种语言的词汇相互交织，作者恩达运用独特的“跨语际性”的作用，在叙事中创造了一种新的索引性，自然地将历史事件嵌入到整个故事的讲述过程中。

其次，“诺玛鲁西亚”一词对科萨的女性有着至关重要的意义，它不仅代表了一个女性角色的名字，在小说中创造了一个叙事线索，而且还表现了女性身份的重要政治权利。“诺玛鲁西亚”不仅仅是卡马古一见钟情的那位女性的名字，还是许多科萨女性的名字。“诺玛鲁西亚是一个非常常见的名字……这一地区的人们开始给他们宝贝的女儿起这个名字”（63）。在这里，“诺玛鲁西亚”不仅是一个名字，令科萨人民铭记一个重要的历史事件，还作为一个象征，代表科萨妇女要求新的政治权利。历史原因是“诺玛鲁西亚”代表“俄国人的母亲”，因为俄国人在一八五四年的克里米亚战争（Crimean War）中杀死了乔治·卡思卡特爵士（Sir George Cathcart），他是“在姆兰杰尼（Mlanjeni）战争中最终击败了阿玛索萨备受憎恨的殖民地总督”（ibid）。因此，“诺玛鲁西亚”作为一个典型的“符码啮合”事件，变革女性身份以获得政治领域的平等权利。

此外，由“诺玛鲁西亚”带来的新的可能性，不仅属于女性，也属于科萨的男性。在小说的结尾，卡马古发现了他心中的“诺玛鲁西亚”，他如释重负，决定留在古罗哈（114）。他卸下了消极抵抗情绪的包袱，相反，为未来的发展，他抱着积极前瞻的态度保护自己的家园。从这个角度来看，“诺玛鲁西亚”既代表着殖民者对土著人民的创伤，也代表着卡马古想要找到的精神家园。通过这条线，卡马古终于找到了他的真爱和精神家园。

因此，“符码啮合”的术语“诺玛鲁西亚”展示了“跨语际小说”的变革功能。与殖民时期遗留的创伤所带来的负面影响不同，卡马古在这一语言转换过程中产生了对未来持积极态度的转变性的认同。

第三，包容。在“在跨语际小说”中，包容功能意味着包含了各种各样的符码，从而形成了"社会化"的能动性，从而为下属群体争取更多的所有权和发言权。由于"符码转换"活动的目的是以合作的方式进行口头交流，而"符码啮合"的过程在书面文本中体现了冲突的本质，这两种符码的共存反映了"跨语际小说"的包容功能。

在《红色之心》中，"符码转换"和"符码啮合"事件一同出现，发出了一种新的声音。更具体地说，它来源于人物与故事叙事之间的书面对话。在这部小说中，最常见的形式是人物之间的对话。例如，当库克兹瓦第一次见到卡马古时，她直接向他表达了她的爱：

> 她补充说："如果你需要我，我可以随时待命。""你什么意思？"如果你愿意的话，你可以给我彩礼①（lobola）。"
>
> "你叫什么名字？"
>
> "库克兹瓦·齐姆。"（56）

在这段对话中，"Lobola"是科萨的一个典型术语，这是南非的一个传统习俗，指的是男人为未婚妻的家庭支付结婚费用。这是一个"符码啮合"实践的例子，其目的是交流以及强调南非的独特特点。在小说中的"符码啮合"实践中，有很多类似的对话，都是恩达以斜体形式强调的。显然，将"符码转换"实践纳入"符码啮合"事件中为土著群体提供了机会，以直接的方式展示他们的传统、表达他们的身份。

包容功能的另一个典型例子是科萨术语"ubuthi"，它在英语中的意思是"巫术"，在小说中出现过多次。恩达在小说中为"ubuthi"提供了各种形式的翻译，如直译、自由翻译和解释，如下所示：但是，仍然有一些人紧紧抓住他们的乌布希②（ubuthi），并谎称他们已经摆脱了它。姆兰杰尼在他父亲的房子外面立了两个反巫术的柱子。要求那些怀疑有巫术的人在这之间走动。无辜的人们走过来。可怕的事情发生在了那些有乌布希的人身上，即便当他们接近神圣的极点（16）。

在这个特殊的例子中，同时出现了"ubuthi"的两种翻译类型，即直译为"巫术"和在上下文中的具体解释。它可以被视为包含"符码转换"

---

① 斜体是原文中的。

② 本文作者增加了斜体字。

和“符码啮合”事件的另一种情况。一方面，从翻译和交流的角度来看，科萨“ubuthi”和英语单词“巫术”两种语言的共存，形成了作者与读者交流的“符码转换”实践。另一方面，解释了“乌布希”的整个段落在叙事领域的故事讲述过程中是一个关键的情节，通过这个情节，无辜的科萨人被白种人编造的阴谋所冤枉。这一事件加深了科萨人的信仰者和不信仰者之间的冲突，在小说的情节设计中是不可忽视的。

因此，这是一个很好的例子，说明了“跨语际”小说的包容功能，包括交流用的“符码转换”事件和叙事设计的“符码啮合”实践，表达了对科萨习俗的所有权，并为土著人民赢得了话语权。为了给科萨人更多的话语并强调他们的习俗，恩达在小说中重复了两次“乌布希”的翻译：“是恶毒的灵魂和乌布希的作品，是巫术的作品”（51），“是你的乌布希，是你的巫术使他变成这样的人”（75）。同样，翻译与情节叙事并存，前者负责交流，后者强调冲突。对“乌布希”的反复解释和强调显示了包容“符码转换”和“符码啮合”事件的目的，以便在“跨语际”小说中为土著人民获得更多的所有权和话语权。

三、四种“跨语际性”的谈判策略

四种策略的定义

卡那贾拉亚定义了谈判的四个宏观战略。通过运用巴赫汀的理论（1986）“说话就是嫉妒，或者用自己的意图和历史来填充语言资源”，他认为嫉妒“是指在文本和谈话中编码一个人的身份和位置的模式”（*Translingual* 80）。“再文本化”（recontextualization）是指“以有助于理解和实现意义谈判的适当基础”的方式，与不同的符号学资源进行框架性的谈话（framing talk）（ibid）。他认为交互性是“通过采取互惠合作的策略，或通过‘有意的分歧或抵抗’来共同建构有意义的社会活动”，最后他认为“实体化”（entextualization）是“话语和可理解性的文本和对话的时空的生成过程”，具有“修辞和社会的目的”（84）。

卡那贾拉亚认为，因为考虑到话语在一个人的文本和谈话中使用移动符号资源方面起着关键作用，发声策略（envoicing strategies）决定了杂糅的程度和性质；再文本化策略构建了文本/谈话并改变了立场，为适当的谈判打下基础；交互策略被用来协商和管理意义创造的活动；实体化策略在文本/对话的时间和空间维度中配置符码，以方便和响应这些协商（79）。

这四种策略可以运用到小说的体裁中，这种体裁中充满了各种形式的言语，如独白、对话和小组讨论。

（1）环境策略案例研究（女性身份）

根据卡那贾拉亚的想法，每个人都有“跨语际”的能力。“跨语际实践”被称为天生的超越性能力（transcending birthright）。无论是本地人还是非本地人、单语或多语，都可以获得“跨语际”的能力（107）。即使是那些有着不同背景、不同语域和不同阶级的人，他们也有可能在不同的语境中获得“跨语际”的能力。换言之，卡马古作为一个双语者，不仅具有语言的“跨语际”能力，而库克兹瓦作为一个单语者也可以在接触区发展语言的“跨语际”能力。

通过“跨语际性”的环境策略，一种新的女性身份类型对“被动/攻击性和直接/间接”二元的性别刻板印象提出了质疑（102-3）。女性的身份特征是“间接/被动和更直接/抵抗策略的混合”（103）。这种女性角色的新身份在《红色之心》中很明显。为了识别特定的女性身份，应分析环境的谈判策略。

在社会和情感的维度上，《红色之心》中的女性角色应用了直接/攻击性和间接/被动的特征。例如，库克兹瓦直接向卡马古（56）表达了她的爱，但在科萨的传统中，她的这种直率是很罕见的。作为一个“前卫女孩”（58），库克兹瓦与西米亚形成了对比，后者是一所中学校长博昂科（Bhonco）的女儿，因为西米亚甚至没有直接要求卡马古最终娶她（227）。两位女主人公库克兹瓦和西米亚打破了殖民时期小说中对女性形象的刻板印象，这种刻板印象具有直接侵略或间接被动的二元结构。恰恰相反，西米亚在社会事务中积极文明，但在情感态度上被动而传统，而库克兹瓦则在参与社会活动方面更被动，却能更直接地表达自己的情感。

库克兹瓦和西米亚的这些混合的特征更为复杂和具有包容性，不能简单地用二元结构来概括。“跨语际小说”中的女性身份在语言和叙事两个维度上都能通过“跨语际实践”的环境策略得到清晰的表达，在这种策略中，文本和对话中的移动符号资源在叙事过程中构建了女性的话语。

(2) 再文本化策略的案例研究（本土身份）

框架和立场是再文本化的基本组成部分，这从库克兹瓦的行为中可以清楚地看到。法庭辩论这一关键章节将库克兹瓦的本土身份塑造成了对话的世界主义①，这正是一个接一个的分层过程，创造性地形成了本土身份的立场。

库克兹瓦非常大胆，他敢于上法庭，抵制权威。在该地区，这种行为是前所未有的。按照当地习俗，女人，更不用说女孩，永远不会出现在男人主宰的法庭上：

> “这是非常不规范的。”他抱怨道：“你在哪里见过这个年龄的孩子因为任何事情被指控或起诉？根据我们的习俗和传统，当未成年人犯罪时，是他或她的父亲或法定监护人受到指控。”
>
> “我二十岁了。”库克兹瓦说。
>
> “你还是个未成年人。即使你三五十岁，只要你没有结婚，你就还是个未成年人。”西克夏局长解释说。
>
> “这是旧的法律。”库克兹瓦喊道：“这法律是将中世纪的苦难强加于我们的肩上。在没有歧视的新南非，这是行不通的。”
>
> 库克兹瓦直接反对了男权的父权统治和白人的殖民统治。

根据卡那贾拉亚的说法，“虽然多语言致力于谈判意义并在意义建构中进行合作，但这并不排除在会话目标中出现分歧和抵制的行为”（*Translingual* 101）。在这种典型的法院背景下，原告和被告都打算在某种程度上达成协议，通过妥协最大限度地实现其利益和权利。然而，库克兹瓦将自己置于法庭上的防御性的争论中，强烈表现出她的“分歧”和“抵抗”。

“诺格洛萨（Nogqoloza）的树木不会伤害任何人，只要他们留在那

① “对话的世界主义”是苏瑞士·卡那贾拉亚在其《跨语际实践：全球英语与世界主义关系》（*Translingual Practice: Global Englishes and Cosmopolitan Relations*）（2013）一书中提出的模式。这种模式的特点是互动和协商。群体可以发展他们的合作倾向和价值观，而不仅仅是维持他们的差异和认同。它将权力视为对谈判和重新调整的开放（196）。当他创造“对话的世界主义”一词时，他将其作为“国际旅行、灵活的公民身份和晚期现代性的流动资本”（197）的特征加以巩固。

里。”库克兹瓦耐心地解释道，“他们是蓝桉树。我销毁的树木和光滑冬青一样有害。它们是马缨丹和荆树。它们来自其他国家……来自中美洲，来自澳大利亚……伤害我们的树木，它们是需要被摧毁的危险树木。”（216）

在博昂科抱怨未经许可不能砍伐蓝桉树之后，库克兹瓦争辩说：

> “然后法律必须改变。”库克兹瓦再一次解释道，“就像 umga 一样，篱笆树的种子得到了火的帮助。种子可以在那里躺十年，但是当火来的时候它会长大，它用了所有的水。在篱笆树下没有任何东西可以生长。这是一个敌人，因为我们这个国家没有足够的水。如果 umga 可以在未经允许的情况下被砍伐，因为它像野火一样蔓延，那么荆棘和马缨丹也应如此……光滑冬青也要这样，我砍了它们也没在长辈面前被骂。”（216）

库克兹瓦以直接挑战和反驳的姿态，为了当地人民的利益保护本土树木和鸟类，她的本土身份立场已经明确，以服务于“再文本化策略”。

（3）“互动策略”案例研究（政治认同）

“互动策略”是通过分歧和合作来表达意义的，这可以在卡马古与约翰·道尔顿（John Dalton）的激烈谈判中看到。这个谈判空间正是卡那贾拉亚所讨论的“多口音（polyaccented）、多语种和复数”的“跨地域”空间，因为“它超越了地方规范和指示秩序（indexical order），适应不同地方的规范”（163）。

首先，卡马古多年来反对道尔顿经营一个文化村，这个文化村打算向外国人展示科萨人古老的生活方式，他们在这一点上出现了分歧。卡马古认为这是“不诚实的”，是一个“虚构的过去”，“只是一个表演人们过去生活方式的博物馆”（247）。相比之下，卡马古提议运营一个妇女合作社群，旨在保护当今社会中的活文化，让阿玛索萨人自力更生（248）。但道尔顿不理解卡马古，便与他争论：

> “看来你打算反对我所有的点子。”道尔顿痛苦地说，“先是我的水利工程，早在你来到这个村庄之前，我就已经在这里成功地与诺马纳吉和诺瓦吉利（Novangeli）合作了，现在你把这个也搞砸了。”
>
> “我只是说我对你的计划有意见。你企图保持民风……重塑文化。

但当你挖掘出这些人埋藏的前殖民身份……这种已经失去真实性的前殖民身份……你是说他们现在没有文化……他们生活在文化的真空中？”（248）

经过他们的争论，全村人都在谈论这两个国家之间的“后遗症”。然而，在激烈的分歧之后，如果没有合作的部分，谈判就无法完成。

其次，当卡马古和约翰·道尔顿都想保护本土文化免受统治整个国家的“贪婪”之害时，他们之间可以达成合作。卡马古说：“我们的竞争很糟糕。我们的宿怨持续了太多年了。五年，将近六年。为了什么？没有什么！在古罗哈有度假营地和文化村的空间。我们必须共同努力。约翰，你必须快点回家。我们需要您在假日营地的专业知识。”

道尔顿呻吟着表示同意。他试图举起裹着厚厚绷带的手。

卡马古轻轻地握了握（277）。

最后，道尔顿放弃了他最初的文化旅游理念，转而帮助卡马古造福于科萨人民。卡马古将分歧与合作结合起来，为科萨人民在政治领域的利益和女性在社会舞台上的地位进行谈判。为了土著人民的利益，以开放的态度再革新身份。语言和姿态（各种生态资源）在意义和身份的谈判中起着关键作用。

四、实体化策略案例研究

在实体化方面，库克兹瓦采用了直接抵抗的语言编码策略和被动缺席（through passive absence）的姿态策略（gesture strategy）。一方面，她在法庭上所应用的编码策略直接地表达了她对殖民地控制和破坏的异议和反抗。由于外来树种的种植导致当地物种死亡（212-17），库克兹瓦砍伐外来树种的行为可以解释为对殖民地控制的抗议以及保护本土文化和遗产的诉求。她在法庭上的论点对殖民者进行了直接的挑战。

另一方面，她对卡马古的姿态策略将“没有声音”转化为有力的声音，从而呈现出一种女性的独立身份。如果卡马古真的不爱她（194），如果他不同意她保护土著遗产，那么她宁愿他别找到自己（203）。当卡马古对西米亚仍有感情时，库克兹瓦离开了，在他成功劝说村民停止开发项目后，她又出现了。这可以看作是一个典型的例子，她用强有力的缺席（powerful absence），以证明她的土著和社会身份。"'我们可以解决问题，古罗哈人，'卡马古呼吁道，'我们可以坐下来计划一下。外面有许多人喜欢与未受破坏的大自然交流'"（201）。在卡马古最终表现出与库克兹瓦一致的态度后，她似乎认识到卡马古的行为（203），即发展不能牺牲"享受海洋和丰收的自由，以及库克兹瓦强调的森林、鸟类和猴子"（103）。这种缺席和存在的背景表明它与不同的生态资源相一致，以达到库克兹瓦自己的社会目的。

由于实践是基本的且可生成的（Canagarajah 106），因此应制定库克兹瓦的实践语法。根据上述四大宏观策略，运用多维分析的方法，对库克兹瓦的"跨语际性"实践进行了分析：语音思考、环境与生态和物质资源、人际关系、文本/谈话的时空维度，这些都创造性地用于了后现代时期本土女性与政治认同的客观建构及其出路之中。

21 世纪新的身份特征

斯克鲁格斯（Scruggs）提出"将这些角色分类，尽管它们提供了一个有用的、对大量文本进行索引和思考的方法，但仍然暴露出许多批评家和知识分子缺乏参与和殖民地实践的归化"（97）。斯克鲁格斯认为：

> 在这种情况下，对一个有标记的女性身份的描述以及与之相关的角色，特别是新娘、妻子和母亲，通常被分配给殖民地妇女和男性的角色是由殖民地身份政治引起的。前殖民文化里，女性似乎经常被赋予保护、保存和能指的作用。这个角色与通常分配给被殖民者的角色不同，后者是对抗和驱逐殖民者，无论他们是为了定居还是做生意。这些原型反过来又预示着后殖民的理论和实践视野（90-1）。

20 世纪小说中女性人物形象的弱化被许多学者分析为是"强暴"，这是殖民地侵犯土著文化和文明的常见隐喻（Tosta 87；Youngkeit 141；Paz 204）。

朱迪思·巴特勒的理论认为，"身体不是一个'存在'，而是一个易变的边界和表面，其渗透性受到政治管制，这是性别等级文化领域的一种象征性实践"（139）。斯克鲁格斯还认为，女性在小说中所扮演的角色是由殖民身份所产生的，殖民地的男性被定义为在经济和政治领域与殖民者战斗的角色，而殖民地的女性则被描述为土著文化的保护者（91）。

帕基·查特吉（Partha Chatterjee）质疑一位妇女在印度的角色，并指出知识分子利用物质现代性作为抵制殖民和谈判非殖民化的手段。在《民族主义思想和殖民世界》（*Nationalist Thought and the Colonial World*）中，查特吉提出了一个框架“这个框架可以分析在反殖民主义统治和解决这些矛盾斗争中民族主义意识形态的矛盾拉力”（155）。这个框架包含了查特吉所说的两个领域：物质和精神。物质领域包括政治、经济、商业和文化生产。而家庭、家族、宗教和传统价值观构成了精神领域。简而言之，物质世界主要由男性主导，因此男性化，而精神世界则被解释为女性化。他解释说，随着印度革命者绘制出新国家的轨迹，他们越来越多地寻求采用和调整西方的物质力量来建立和捍卫自己的主权，同时保持传统的文化和精神价值观（155）。印度在殖民时代的小说就像查特吉描述的那样。虚构的与殖民者的对抗通常是男性主导的，但精神领域、家庭、宗教和传统价值观似乎是公认的女性角色领域（Scruggs 111）。

小说中人物的对比清楚地表明了这一点。在《红色之心》中，通过对女性角色的口头和视觉描述，强调女性机构不仅要抵制殖民压迫，还要抵制非洲阶级政权内的边缘化。在这样的背景下，库克兹瓦指的是一个承担着男性的任务或社会角色的女性，她的目的是为一个家庭、村庄、国家或一个被战争、殖民统治和仇恨所压迫的群体报仇。库克兹瓦不仅代表着被压迫人民的革命价值，而且代表着反父权的权力关系。与传统历史叙事中所描绘的温顺的女孩不同，库克兹瓦在身心层面都具有侵略性，她勇敢地骑马，积极地跳水，勇敢地走上法庭，从未有女孩像她这样做过。这一重要的事件表明，库克兹瓦颠覆了社会中的父权制度，并试图进行革命。库克兹瓦的信仰可以被理解为女性权力的来源，它反对社会对女性总是顺从的刻板印象。

然而，对库克兹瓦的描述也不属于传统的侵略性的女性形象①。从库

① 传统上，殖民小说中有两种女性形象。一个是完全听话，因为压迫；另一个是极端侵略，以打击殖民控制。

克兹瓦的性格中也可以看出，她不仅被描述成一个反抗压迫的侵略性形象，而且也是一个驰骋在自己世界里的豪爽形象，她的世界是通过她的话语与自然紧密相连的。小说中有好几次描写了库克兹瓦在海边的闲暇时光，那里是她的秘密故乡。她唱歌很快乐，她裸泳，大胆骑马，和卡马古在那里玩得很开心。例如，海浪的形状混合着库克兹瓦的歌声代表了符号化的欢爽流淌到语言中：

> *Gxagxa*（库克兹瓦的马）在粗糙的银色岩石上驰骋，这些岩石点缀着银色海洋上方的海岸线。她突然唱起一首歌，并弹起了她的乐器乌姆胡布。她一边吹口哨一边唱歌，许多声音从她嘴里传来。那像夜晚一样回响的深沉声音，那有着夏日潮湿夜晚沉重的声音。燃烧的声音像草原上的火焰一样噼啪作响，光的声音像雪花一样飘浮在阿马索夫山的山顶上。空洞得听起来像是山在笑，一股脑全都涌出来，好像整个合唱团都住在她的口中。卡马古以前从未听过这样的歌声。他曾经读过一本关于阿玛索萨山上那些擅长分音演唱的女人的书……但他没想到这个女孩会成为这趋于没落的传统的守护者（152）。

库克兹瓦演唱中的混合声音，可以看作是一种新的女性角色叙事，反映了一个“符码啮合”事件，构建了她的本土身份以保护科萨人的传统文化。

本尼迪克特·安德森（Benedict Anderson）提出，“民族”这一概念出现在“启蒙运动和革命正在摧毁神圣的、等级森严的王朝”的时段（7, qtd. in Tosta 98）。从这个角度来看，克劳迪尼·佩雷拉（Claudiany Pereira）认为，“通过违反规范和破坏制度所施加的束缚，个人将打破宗教团体、王朝领域（Benedict Anderson）和每种文化身份形成中所固有神话的既定力量”（147, qtd. in Tosta 92）。21世纪小说中的女性人物有着不同的特点，她们并没有被描绘成一些传统形象，即那些照顾家庭的、很少与殖民者发生直接冲突的形象。现在，她们被赋予了力量和多重特征，可以自由地出行，与白人进行面对面的谈判。更重要的是，女性角色既有女性特征，也有男性特征。

吉哈诺（Quijano）得出的结论是，“权力的殖民性”存在于当代的全球权力模式中（536, qtd. in Tosta 16）。然而，21 世纪的反殖民势力更加突出。当托斯塔分析美国小说时，他发现：

> “这些小说摒弃静态且边缘化（static periphery）的观点，因为边缘群体往往占据着一个灵活的位置，他们可以从其统治中废除核心，并将自己强加在对国家有意义的组成部分。然而，核心和外围并没有互换位置，融合的叙述摒弃了中心的概念，说明了一个乌托邦式的（utopian）国家结构是流动的和动态的”（18）。

这并不局限于美国文学领域，许多非洲作家的小说也突出了这一主题。

李嘉伦将“女权主义者的葬礼”（feminist funeral）的概念引入叙事语境中，从而来定位韩国女性的身份：

> “她重视女性在塑造自身集体记忆和民族主义历史中的作用。‘女权主义者的葬礼’不是贬低一个女人的死亡，使其几近在历史上被抹去或遗忘，而是进行文化复兴，以此来纪念一个女人在生活中所取得的成就……因此，‘女权主义者的葬礼’包括在实际的公共场合举行的仪式、媒体在印刷版和在线论坛上的报道、为女性提供当地和国际机会表达她们的想法、她们的不满，以及给予她们在传统上被剥夺的社会特权。这是一个在群体的环境中促进女性对社会公平的政治意识的机会。”（Lee 221-22）

作者非常认同李的“女权主义者葬礼”的概念，想将其植于非洲的土壤中。女性的身份不仅应该反映在女性的死亡中，就像诺玛鲁西亚的葬礼（267）一样，甚至在女性出生时都没有名字，因为她们的名字太微不足道了。也就是说，即便是女性的出生也是被否定的，更不用说她们的死亡了。

为了说明非洲女性的身份，作者研究了《红色之心》中的女性特征。在小说中，村里有那么多叫诺玛鲁西亚的女人，所以卡马古很难找到他最爱的女人。没有一个特殊的名字，一个女人怎么能以自己的特点生存？这也许是此小说的本质，暗示着未被表达的东西，它与一种消极表达的体验有关，即沉默的力量。隐藏的那部分才是本质，为命名提供了新的可能性。当我们读到这个未被命名的名字“诺玛鲁西亚”时，它提醒着我们失去了一大群女人（it reminds us the loss of a large group of women）。这种提醒也是对命名的一种祛蔽（un-concealment），一种新的希望。这正是“跨语际性”所存在的地方。

五、结　语

因为每个人都有潜力在接触区发展“跨语际”的能力，无论是单语的库克兹瓦还是多语的卡马古，尽管形式不同、特征各异，但都体现着“跨语际性”的现象。上述“跨语际”的宏观战略和功能，体现了卡马古在政治领域的尊重与合作的态度，以及库克兹瓦在社会舞台上的积极与消极的态度，为本土人民创造了新的民族认同。

所有的政治、社会和修辞维度都以尊敬、冲突或妥协的方式嵌入了语言和生态资源中：

> 当身份跨越时间（世代）和空间（文化）被翻了两倍、三倍，甚至多倍，尽管外界拒绝，但当内部差异不断扩大时，她在必要时敢于做一些事（dares-by necessity）。她敢于混合，敢于跨越国界，把所有被单语所压抑的东西引入语言、视觉和音乐形式中来（Trinh，Moon 14，qtd. in Lee 226）。

希勒佐纳·艾泽（Chielozona Eze）用“跨文化亲和力”一词来说明南非新兴的世界性想象（cosmopolitan imagination），这是借用了歌德的“选择性亲和力”[①]（elective affinity）（Benjamin，“Goeth” 219）的概念，他认为具有先天亲和力（爱）的元素（人类）将选择地结合在一起，而不去考虑既定的社会规范或礼仪（227）。歌德宣称他的小说是一种礼仪和社会价

① 《亲和力》是歌德1809年出版的小说《迪瓦赫沃德肖芬》（*Die Wahlverwandschaften*）的英文译本。它讲述了一对夫妇，爱德华和夏洛特，他们邀请上尉（爱德华的儿时玩伴）和奥蒂莉（夏洛特的孤儿侄女）与他们一起生活。爱德华和夏洛特之间产生了感情，他们在他们与上尉和奥蒂莉的关系中打破了在他们的社会阶层的行为准则。

值观，而沃尔特·本雅明则主张超越神话的可能性，他赞成“自由”的可能性。本雅明在艺术中找到了这种体验，通过调解，可以拥有超越神话的力量（ibid 171）。多中心的“跨地域”空间充分展示了社会与政治权力的超越，这其中“跨语际实践”的三种功能和四种谈判策略起着关键的作用。

第五章 “跨语际性”生成的积极态度

在讨论了“跨语际性”的本质和功能之后，应该从人们的态度维度来分析“跨语际性”中的新意。在创造性的“跨语际实践”中，新意总是能给跨国公司带来积极的态度。积极态度的阐述，有助于我们更好地理解“跨语际实践”对小说文本的影响。因此，积极态度的典型表现形式应该在这些小说中加以澄清。

一、对话世界主义中离散文学的创新策略

1. 客观性

值得一提的是，历史与现在都是被记忆所束缚的。皮埃拉·诺拉（Pierra Nora）声称，“记忆的转变意味着从历史到心理，从社会到个人，从客观信息到主观接受，从重复到记忆的决定性转变。”（15，qtd in Lee 147）然而，李嘉伦认为，通过将记忆和历史现实分配给同样模糊的存在领域，社会历史和心理之间的界限就介于记忆和历史之间了（147）。在这种情况下，内存和历史不属于主客体关系，否则，它们就被置于客体-客体（object-object）的领域中。

这是一个带有时空线索的横向结构，表现了过去与现在的相互作用，体现了“物体间性”的概念，过去与现在都被视为一个相互作用的对象，它们相互影响，把对方作为自己的一部分，从而建构一个新的整体。作者通过“跨语际实践”，运用“物体间性”，实现了用一种新的叙事方式讲述故事，对历史进行新的阐释。

克里斯托夫·金（Christoph König）在分析彼得·绍迪时，认为绍迪

在下面的陈述中将自己应用于文学对象：

> 绍迪背离了以文学为基础的主观性。1959 年绍迪和朋友翻译出版了保罗·瓦尔里（Paul Valéry）的一系列思考，命名为《风向标》（Weathervanes）。在为其题词时，他选择了这样一句格言：“句法是一种思维能力。”（“La syntaxe est une faculté de l’âme”）这个想法深入了绍迪自己的内心。瓦尔里的观点是，固有的句法限制使得心灵可以在诗歌中表达自己。换句话说，通过句法在艺术“世界”中创造的条件可以反映出头脑中当前的状况。这些不是任意的状况，绍迪强调句子的句法和词序，尤其是主语和宾语的关系，这使它成为一个关乎知识的问题。因此，他在瓦尔里和他自己的知识观念之间创造了一种平行，通过在他自己内部创造这样的状况，他能够识别像瓦尔里那样的文学话语和文学作品。没有什么比文学更能创造这些状况。绍迪通过在（文学）作品中对自己沉思使他的感觉更加敏锐。格特·马特科洛特（Gert Mattenklott）关于绍迪的“被形式压缩的能量”（“fotmgestauten Energien”）的言论是正确的。事实上，绍迪在这个对象中表现了自己，而没有明确地提到自己（78）。

因此，绍迪采取了面向对象的方法，因为他把自己看作一个对象，就像句子中的单词一样。反省地（reflexively），这个词具有“双重意义”，即“伤害他并适用于他”（König 78）。他把“他的‘存在点’”（他从瓦尔里处借用的一个术语）置于己外，并在审美对象中寻求回应（81）。在这里，对象被看作是一种形式，形成一种能量并在“物体间性”的过程中爆发出来。

德勒兹（Deleuze）和瓜塔里（Guattari）称主题或对象的识别发生在外部框架中：

> 如今，用来定义房屋的是“部分”（sections），也就是说，不同方向的平面，提供内容（flesh）的框架，即前景和背景、水平和垂直部分、左和右、直和斜、直线或弯曲。这些部分是墙壁，但也有地板、门、落地窗和镜子，这使得感觉（sensation）能够在自主的框架内独立。它们是感觉这一部分的其中一面。当然有两个伟大的画家天

> 才的迹象，以及他们的谦逊，那是一种尊重，几乎成了恐惧，他们接近并进入到颜色中，以及他们将深度所依赖部分或平面连接在一起的谨慎（*What is Philosophy* 179）。

框架本身具有触发两个人之间相互作用的重要性。这与客观性之间的相互作用相呼应，这可以被视为两个叙事平面之间存在的协同作用。

2. “跨语际实践”中的异化

翻译或者说译者是更倾向于异化策略还是归化策略呢？根据斯克鲁格斯的观点，在大多数情况下，翻译或者说译者应该是“透明的”，它表明“构成它的语言和概念早已归化。另一方面，异化则通过一些东西吸引人们的注意，比如特别时代的习语或解释短语或口语转折的脚注”（139）。就像沃尔特·本杰明（Walter Benjamin）对翻译的描述一样，“它的内容就像一件有很多褶皱的皇室长袍。因为它表示一种比它自己更高尚的语言，因此仍然不适合其内容，它是具有压倒性和异域性的”（Benjamin，“The Task of the Translator” 75，qtd. in Lee 109）。

正如霍米芭芭认为的那样：

> 文化差异的主题成为一种问题，瓦尔特·本杰明将其描述为“翻译”的犹豫或阈限性（liminality），是转化过程中的抵抗因素，翻译中的元素，并不适合翻译。这种在空隙中，翻译文化差异的空间注入了现在的本雅明的时间性，使图形成为一个过渡的时刻，而不仅仅是历史的连续体，还是一个奇怪的静止，它定义了现在，使历史转型的写作变得出奇地可见（224）。

芭芭（Bhabha）的声明反映出“这种历史转变变得显而易见，因为历史上的蒙太奇运动，剧照就被看作是拼贴画”（Lee 25）；用母语翻译的术语抵制同化成一种冷漠的形而上学的叙事，因为它们看似无关紧要且多余。

翻译的失败，即它的不忠，产生了一种促使超越欲望的情况，它作为一种完美的中介或翻译形式，不可能存在于后现代文本中，因此在神秘主义的语言中被取代成为一个水平等式（equation），而不是一个神圣且隐私的垂直等式（Lee 185）。

在这里，作者的观点为，在垂直和水平的等式中，在新的地点和时间坐标中，“跨语际实践”都被取代了。所谓的忠诚不能进入或超越“原文”，因为它会掉入一个无法躲避的陷阱中，在那里它只能进行模仿。由于接近而存在的相互伤害，会伤害到原作的美，同时也会失去自己的本质，它会像紧握的拳头里的沙子一样，在字面上保持忠实，继而溜走。

因此，应当保持适当的距离，以适应不同环境中彼此的需求，从而为现场和时间形成意义。“文字和图像的再文本化清空了象征意义的存储库，并为读者和作者补充了私人的意义，这是一种集体回忆，彻底摧毁了象征秩序”（Kristeva，Revolution 79，qtd. in Lee 190）。小说中的叙事元素可以用来重构语境，“象征秩序不仅是根据女性殖民主体的私人自主权来分解和重构的，而且是在过渡时期被清空的，这样的重构是可能的。符号学冲向封闭秩序所留下的空白，编织了一个隐私的亲密词汇表”（Lee 190）。

詹妮弗·冈萨雷斯（Jennifer Gonzalez）创造了“自动地形图”（auto-topography）一词，并说明了这一点：

> “为了抵制消除，记忆的位置通过提供物质痕迹来破坏历史的无缝叙述，这种物质痕迹是对事物的象征和神圣关系的转移。更重要的是，记忆意味着与历史相反，在意义的重叠层次中，有多个故事要讲，而不是以线性、语言或必然连贯的方式发生的。在微观层面上，一本自传可能就是一本代替回忆录的书，它提供了对历史总体叙述的个人修订。”（135，qtd. in Lee 192）

李进一步解释说，这是“通过个人和个人物品或记忆地点之间的亲密关系词汇构建的记忆的私人景观。如果不是也抵制整体的历史叙述，一部‘自动地形图’必然是支离破碎且不连续的”（192）。因此，当两个物体相互分离以保持一定距离时，可以通过否定的过程实现重构。

只有在这两个相互依存的对象之间保持适当的距离，才能产生相互充实的红利，即通过保留彼此的本质来支持彼此的共生关系。这种共生关系体现了“跨语际性”的协同特征，它的消极/否定能力（negative capacity）有着积极的能动性，表现出对原文后世（afterlife）的肯定，以及译文存在的前提。通过这样做，“跨语际”通过在新的语境中重建原文而带来了新的生命。在新时期，"跨语际实践"不能被父权制的精神所限制或评价，它应当被视为一个与原文同等的追求新意义的过程。

作者研究了实际的和比喻的翻译在划分边界、填隙部位或接触区时的方式，即"跨语际实践"所出现的地方。翻译，无论是实际的还是隐喻的，都成了"跨语际性"的有效工具和功能。例如，这些小说中的主人公，《饿潮水》中的皮娅和《红色之心》中的卡马古，都扮演着一个真正意义上的翻译和比喻化翻译的象征，同时也是一个跨国界的角色。当他们生活在离母语较远的地方时，他们都会在英语和母语之间进行翻译，在穿越语言和国家的边界时，他们可以通过他人的眼睛（包括自己的眼睛）在临界距离感知自己。

在《饿潮水》中，有许多实际的和比喻的翻译实例。在比喻翻译的层面上，"莫霍纳"（mohona）一词及其英译"融合"完美地体现了"跨语际性"的本质[①]。此外，即使从内容页上看，整本书也存在着"跨语际实践"。这部小说由两部分组成："the Ebb：*bhata*"（退潮）和"The Flood：*jowar*[②]"（洪水）。在英语单词"ebb"和"flood"之后，有一个印度语翻译的版本。作为一部英语小说，阿米塔夫·高希必须知道，他不能期望读者理解印度词语，然而，这种"跨语际实践"可以帮助印度文化中的故事语境化，令读者可以从一开始就参与到故事中。

那么，除了体验外国文化之外，在这个内容页上应用这种"跨语际实践"还有其他目的吗？英语和印度术语的并列使得"物体间性"的存在成为可能。从表面上看，英语单词"ebb"和"flood"出现在印度语翻译"*bhata*"和"*jowar*"之前，因此冒号后的印度单词被认为是英语的翻译解释，即英语是原著，印度语是解释。然而，这部小说针对的是英语读者，他们可以自动地将印度语单词视为原语，而将英语单词视为译文，尤其是将印度语单词用斜体书写时。在冒号和斜体的帮助下，英语和印度语单词可以平等地作为原语和译文。这也适用于"物体间性"的概念，在这里强调了"符码啮合"的转换功能。

由于这些客体之间具有不断的相互影响，这一问题不能简单地从翻译

---

① "mohona"一词于第三章进行过分析。

② 斜体是原文中的。

的角度来解释。从“跨语际实践”的角度来看，这一现象是一个整体，是一个值得特别注意的符号。如果只是从翻译的角度来研究，这些英文和印度语的词汇是两个相互冲突的主题，容易用一种消极的态度去寻找去区域化（deterritorializing）的路。但是，如果把它看作是一种具有包容功能的“跨语际实践”，那么这两种实践就应该被看作是一个整体。即使其中存在着冲突，有着抵抗的作用，二者最终还是可以合作，从而达到一种新的叙事以及积极的态度。冒号可以代表一个新的叙述，它贯穿过去和现在的来回。斜体是指积极的态度，有助于保持本土文化和身份。通过这样做，为“跨语际性”找到一条可行的路径，而不是单单阻止“去区域化”。

在《红色之心》中也有类似的“再地域化”（reterritorialization）。虽然这本书是用英文写的，但里面充满了非洲使用的各种母语，如伊希索萨语、南非荷兰语、霍伊科夫语和其他当地语言。在这些用非洲土著语言表达的词的后面，总是有一个英语的翻译术语或释义。例如，“ubuthi-witchcraft”[①]（乌布西——巫术）曾多次出现在小说中。同样的情况也发生在“Believer”（信徒）和“Unbeliever”（非信徒）这两个词上，因为它们的翻译术语“amaThamba”和“anaGogotya”在小说中出现了多次[②]。通常，同一个词只需要翻译一次，不管是以音译、释义或其他形式。很难用翻译理论解释这些术语为何频繁出现。

当然，翻译后的词汇在母语中的重复出现可以加深读者的印象。虽然这是一部以英语为主的小说，但英语和翻译术语的频繁并列可以证明作者专攻各种非洲语言，并且可以熟练地使用。由此推断，作者对自己的母语有着特殊的感情，也希望读者能感受到他的情感，正如塞恩霍（Senghor）所说，非洲黑人语言是“诗意的语言”，在用词上具体且“孕育着意象”，“更多的是感性而不是可理解性，更多的是心灵而不是理性”（Senghor 37）。由于这种叙事方式产生了对母语的特殊影响，因此可以将“跨语际性”的概念应用于此，这也为本土化提供了一种积极的态度。

3. 本土化

随着全球化的发展和世界的“扁平化”，文化多元化和少数民族语言

① 第四章对“乌布西”一词作了完整的解释。

② 术语出现在《红色之心》第 86、97、107 页中。

逐渐受到尊重（Reyhner 77）。许多作品都使用本土化的语言变体，如印度英语，其中少数民族语言的强调反映了本土化的方向。然而，这些体现重要文化差异的合法方言仍然难以得到承认（Pandey 218）。斯克鲁格斯认为，“似乎新的研究可以追溯到多个本土化的轮廓上（contour），这可能是后殖民地研究的未来所在”（140）。在这一部分，作者想要追溯这两部小说中的本土化轮廓。

首先，要明确“本土化”的定义。扎布斯（Zabus）将“本土化”定义为“作家试图通过前殖民者的语言将语言差异化以及传达非洲概念、思维模式和语言特征”（3）。在亚洲也是如此。通过对台湾使用语言的分析，斯克鲁格写道：“广义上设想的本土化不是指新移民成为同种台湾人口的一部分；而是指位置和语言力量作用于整个人口、持久的自我（persistent self）和时间”（137）。“此外，它还包括政治流亡的根植或嫁接、偶然的移民、在 20 世纪 40 年代来到台湾的军人和他们的家属，变成了台湾人民，拥有了台湾民众的记忆”（137）。这些关于本土化的定义可以在《饿潮水》和《红色之心》中得到例证。

（1）土著身份。仔细观察这两个反复翻译的案例，不难发现查克斯·恩达强调了非洲人自己的宗教，以及白人对他们的操纵所带来的不良影响。对于“乌布西”，这个元素属于当地文化，成为白人用来挑起信徒和非信徒之间冲突的工具（16-18）。起初，科萨人有自己的上帝和先知，“我们有自己的先知，他们现在和我们的祖先在一起，” Twin 兄弟喊道。“我们让恩茨卡纳（Ntsikana）预言了白人的到来。然后我们有恩谢（Nxele）来告诉我们关于我们自己的上帝姆达利德普（Mdalidepu），他反对白人的上帝西科索（Thixo）。现在我们有了姆兰杰尼（Mlanjeni），我们不需要这些人和他们的假先知和假神”（49）。

他们的祖先被分为“信徒”（相信白人操纵的假先知）和“非信徒”（相信他们真正的先知并抵制白人操纵的假先知）（85）。由“乌布西”引发的世仇从古时候就开始了；Twin-Twin 兄弟与 Twin 兄弟拥有同一个祖先，Twin-Twin 兄弟说出了 Twin 兄弟对虚假先知的信仰不能被 Twin 兄弟接受这一事实（76）。同时，Twin 兄弟相信 Twin-Twin 兄弟走的路是错误的，并且相信白种人的上帝（86）。重复使用科萨语（isiXhosa）的“信徒”和

“非信徒”这两个词，就像“乌布西”的解释和释义一样，强化了科萨人的本土文化和历史。为了增强读者对过去和非洲先知的理解，姆达试图利用“跨语际实践”作为叙事来强调当地宗教。

由于整本书充满了非洲所使用的本土语言，非洲文化在“跨语际实践”中得到了生动的体现。有那么多的“跨语际”词汇把英语和母语混合在一起，或者把不同的母语混合在一起。例如，地名“Qolorha by Sea”（88）就混合了英语和母语。当阿巴斯瓦（abaThwa）的领导人被旧殖民者称为布须曼人（Bushmen），希望博昂科唤醒长者们，他混合了“伊斯科萨语和他自己的语言，这是由吸气音（clicks）组成的”（187）。这种“跨语际性”不仅为语言创造了新的词汇表，而且也为试图应用它的国家创造新的身份。

（2）本土形象。“跨语际性”不仅是语言形式上的实际实践，而且是指寓于叙事中的比喻。当查克斯·恩达介绍阿巴斯瓦人时，这个隐喻的“跨语际性”词汇得到了清晰的显示：

> 像阿巴斯瓦人一样，那些被霍伊科夫（Khoikhoi）轻蔑地称为圣人的人，因为对于霍伊科夫人来说，每个流浪者和没有牛的人都是圣人，长老们似乎通过跳舞来诱导死亡。当他们死后，他们会参观祖先的世界。当催眠（trance）结束后，他们又回到了活着的世界。只有长辈才不会死在另一个世界（Otherworld），而是死在过去的世界（73）。

阿巴斯瓦土著人有自己的信仰和宗教，它贯穿了过去和现在。“催眠”连接着历史和当代生活，因为它连接着阿巴斯瓦和他们的祖先，他们死在过去的世界的祖先。这种比喻性的“跨语际性”带来了一种新的积极的生活态度，这是小说创作的创造性叙事。

当卡马古试图偷走阿巴斯瓦人的催眠舞蹈时，他几乎摔倒在诺佩蒂克特身上，他们进行了以下对话：

> “我很害怕。我以前从没见过这样的东西。”
>
> “没什么好害怕的。他们只是在生活中引起悲伤，从而令人们更加珍爱幸福。”

> “我以前从来没有听说过阿玛索萨人有这种习俗。”
>
> “它不在那里。即使是农卡乌泽（Nongqawuse）时代的非信徒也从来没有过，它是今天的非信徒们发明的。悲伤的时代过去了，中世纪的考验结束了，有必要创造一些东西，让他们欣赏新时代的新幸福。还有什么比哀悼孩童预言（child-prophetesses）时代信仰的愚行和由同样的信仰灾难所带来的中世纪的痛苦更好的方法呢？”（73）

这种催眠的舞蹈是由非信徒在当代为了追求幸福而创作的。这可以被视为一种积极的态度来重建一种生活，这种生活可以“欣赏新时代的新幸福”。这可以通过诺佩蒂科特（NoPetticoat）的话得到进一步的证实：“‘不信’的复兴意味着非信徒们必须重新学习如何歌颂‘不信’”（74）。这句话深入人心，表达了隐喻“跨语际性”的本质，即对本土化更新的新态度。

母语中的这些术语可以被视为新进的差异点，因此，“跨语际实践”不仅在文体上碎片化，而且在历史和形而上学上的不连续性中也成为一种现代化的元叙事。在“跨语际性”的时刻，从一个触及原作的翻译开始，当它打破了原来的时间和存在的叙述，而且它止于这种新的叙述风格，这种叙述风格是由两个相互冲突的元素相融合的。

当两个元素合并为一个元素时，可以将冲突过程视为一个双重否定的过程。安德烈·布林克（Andre' Brink）在文章中阐述了两个因素：一个是负面的“审查”，它使用英语“作为生存的一种形式”，另一个是积极的，“转向英语来弥补南非荷兰语的经验，反之亦然。它成了一种双重探索，一种双视野，一种生活在（南非）非洲的单一体验”（“English”208）。在这一过程中，母语作为一种新的本土化态度得到了积极的重新确认。

这两部小说是两部融合在一起的叙述，描述了一场冲突的历史，唤起人们对土著民族在民族历史中的历史参与的关注。为了比较，他们采用不同的文学风格是很有意义的，因为这样的差异可以证明合流叙事可以被构造成后现代的史学元小说。两位主角，卡奈和皮娅，卡马古和库克兹瓦，都突出了过去的意义、现在的挑战、以及未来的建设。帕森斯·亚齐（Parsons-Yazzine）认为：“母语就像治疗一样，特定的母语表达了爱和关怀。了解语言会使人具有强烈的自我认同感，认同文化和健康”（3）。

此外，这两部小说与历史性的话语发生了批判性的互动，突出了历史性话语的疏漏，并要求更具包容性的表现。詹森·扬基特认为，当代历史小说改写了过去，质疑了解和重建过去的可能性，或者从另一个角度来探讨已知的过去（136，qtd. in Tosta 73-4）。琳达·哈钦（Linda Hutcheon）解释说，“所有过去的‘事件’都是潜在的历史‘事实’，但是那些成为事实的是那些被选择被叙述的事件”（75，qtd. in Tosta 74）。托斯塔还称“小说有助于理解历史的能力”。当现实无法满足时，作为一种选择，奇幻就出现了，正如“小说填补了历史失败的地方……小说呼吁了对民族结构的另一种理解”（93）。

当一个书写系统成功地抵制了字母偏差（alphabetic bias），成为土著人永久的教学资源时，它满足了使用它的人的几个工具和文化需求，通过这种需求，书写系统可以行使自己的权利（Cushman 84）。由于土著语言被视为身份和遗产的一部分（ibid 91），小说中经常出现对其进行维护和促进的画面。这两部小说都很好地说明了这一点，如《饿潮水》中的《邦比比》[①]（*Bon Bibi*），以及《红色之心》中的《乌布西》（*ubuthi*）。在印度和非洲国家，许多土著语言和书写系统仍然被当地人广泛使用，通过这些语言和书写系统，他们的文化逻辑、意义和价值观至今仍然存在。

这些语言不仅体现了当地居民的身份，而且也反映了他们自己的文化和价值体系。作者在小说中对本土语言的选择和安排，典型地表现了作者的认同意向和价值取向。本土语言的使用和存在证明了他们的土著身份，通过这种身份，作者巩固了他们的文化、社会和政治权利。

二、21世纪的积极态度

1. 历史重构

这些文本呈现出一种贯穿性和融合的语言模式，其中叙述结构传递了一个非英语存在的灵魂（soul of a non-English-speaking existence），其中同时遇到一个冲突的身体是一种隐喻的“跨语际”的过程。小说的交叉结构

---

① 邦巴比是孟加拉森林的女神（103）。

呈现出反映土著人灵魂的集体记忆的主题，正如詹姆斯·杨对纪念物的定义：“纪念碑作为一个国家的仪式或一个民族朝圣的对象，它们被赋予了民族的灵魂和记忆。”（2）当然，纪念碑不仅可以嵌入人们的灵魂和记忆，还可以嵌入景观、栖息地、服饰等事物中。

（1）在《饿潮水》中，笔记本也可以看作是一座纪念碑。作为一条重要的线索，尼马尔的笔记本记录了孙德尔本斯发生的大屠杀。由于许多岛屿是为老虎保留的，而不是为人民保留的，当地政府迫使难民离开：

> 尽管面积很小，但卢西巴里岛却养活了几千人……许多人最近甚至来过，当时附近的其他岛屿为了给野生动物保护项目腾出空间而被迫减少人口。结果，卢西巴里的人口压力使得任何一块土地都不能休耕（59）。

难民被迫离开，无家可归。当卡耐和皮娅谈话时，他指责像她这样的人，他们极力保护这里的野生动物，“不考虑人类的代价。我是同谋，因为像我这样的印度人选择隐瞒这些成本，基本上是为了讨好他们的西方赞助人。不难忽视那些终究要死的人，他们是穷人中最穷的”（301）。西方世界将自己的生态保护主义观念强加给其他国家，不考虑当地的条件，即土著居民的生活权。

在小说的结尾，卡耐决定“写尼尔马的笔记本故事”（399）。这样，大屠杀和虐待难民的隐藏历史就可以在公众面前揭晓。詹妮弗·冈萨雷斯声称，根据卡耐的记忆，他的“重写”具有颠覆性的力量，“记忆的位置通过提供物质痕迹来破坏历史的无缝叙述，这是一种对事物的象征和神圣关系的转变。更重要的是，记忆意味着与历史相反，在意义的重叠层次上，有多个故事要讲，而并非以线性、语言或必然连贯的方式发生”（135）。希望和记忆成为“典型的史诗般的时间体验”（Luka’cs 66, qtd. in Thouard 32）。这种对历史的颠覆性力量可以被视为一条“去区域化”的道路，它对历史的记载进行了解构。

由于卡耐的行为被视为是对历史的解构，因此可能不足以为难民重建更好的生活，也不足以为未来重建一个更好的社会。然而，皮娅以更积极的态度为我们提供了一个机会。大屠杀的真正原因是当地政府担心西方批评野生动物保护项目。即使在目前，政府仍然希望阻止西方了解具体情况，以避免西方世界的批评。卡耐和皮娅的对话如下：

“很明显，昨天老虎被杀的时候，他们听说一个外国人在村里。他们对此非常操心。”

“为什么？”

“他们说，一个外国人在如此靠近边境的地方游荡，没有警卫，这是一种安全风险。但我的感觉是他们只是不想让这消息泄露出去。”

“关于杀戮？”

“是的，”卡耐点点头。“这让他们看起来很糟糕。不管怎么说，他们似乎知道你在这些地方很在行，现在他们在监视着你。”

当皮娅被告知要离开孙德尔本斯时，她决心为了伊洛瓦底（Irrawaddy）海豚的安全而留在这里（302）。然而，在小说的结尾，她留下来的原因是她想为弗克尔的家人（396）买一所房子，以支持当地渔民的生活，并学习当地语言本格拉（Bengla）（397）。更重要的是她在那里工作和生活，将那里当作她的“家”（399）。她与孙德尔本斯的情感联系说明了她对本土化、保护土著人和推广当地语言的积极态度，而不仅仅考虑的是野生动物的保护。这种比喻的“跨语际性”，贯穿了皮娅的心理变化和她对孙德尔本斯的看法，形成了新时代对生活的一种新的积极态度。

（2）在《红色之心》这部小说中，土著宗教和文化作为一个“纪念碑”，通过“跨语际实践”得到了加强。首先，南非有很多描写土著先知和宗教的片段，它们扮演着西方基督教和上帝的反面角色。有一个典型的插曲，展示了西方和当地的宗教冲突。穆拉卡扎（Mhlakaza）是一个当地人，但他作为一位福音传教士（gospel）努力工作，并在一所学校教伊斯科萨语。他想成为西方人中的一员，但白人却不能平等地对待他：“在圣人的家里，他不是一个快乐的人。梅里曼（Merriman）和他的妻子把他当作仆人对待”（52）。最后，穆拉卡扎“放弃了白人的上帝，并崇敬他的祖先们真正的上帝”（53）。许多土著宗教中的先知和符号不仅起着与历史联系的作用，而且还起着代表过去和现在之间贯穿性的作用，因为它们在非洲人的生活中仍然扮演着关键的角色。

第二，这一点可以从当地文化中清楚地体现出，比如说伊斯科萨人的命名风格和服饰。小说中许多人物的名字在某种程度上说明了非洲殖民地的背景和简单而直接的生活方式。祖先名字的重复使用可以被视为一种“跨语际”的潮流，同时覆盖和更新了历史。例如，库克兹瓦是古代屠大兄弟（22）所爱戴的伊希索萨族祖先的名字，而库克兹瓦也是卡马古在现代结婚的主角的名字。这部小说中海蒂（Heitsi）的名字也被用了两次，它不仅是霍伊科夫家族一个早期的先知的名字（23），而且是库克兹瓦的儿子目前这一代的名字（224）。在这些情况下，名字本身就变成了主导阿玛索萨人故事的线索，在故事叙述中起着至关重要的作用。因此，命名风格深刻地说明了贯穿历史和现在的“跨语际实践”。

除了命名风格外，本土植物的保护和当地环境的保护也能生动地反映出历史与现在的联系。卡马古留在南非的最后一个原因与诺玛鲁西亚没有任何关系，而是与爱上卡马古并让他留下来和她结婚的女主人公库克兹瓦有关。然后，库克兹瓦取代诺马鲁西亚，引导着卡马古的思想和故事的发展。库克兹瓦对保护本土植物的态度是这部小说（212–17）的一个重要主题，即保护本土文化。保护乡土植物和当地环境的原因，不仅因为它们可能被外来物种和商业财产利益所破坏，还出于库克兹瓦对自己家园的感情，因为环境属于乡土的人民。当她带卡马古去看真正的“家”时，他们的谈话是这样的：

> “那些鸟过去只在夏天来这里。”库克兹瓦说：“但现在它们一年四季都待在这里。”
>
> “你对鸟类和植物了解很多。”
>
> “我和它们住在一起。”
>
> ……
>
> “我们站在这里，有很多人。”她说，她的声音充满了乡愁的气息。“水里出现了幻影。农卡乌泽她本人站在这里。河对岸的山谷里满是伊卡曼加（ikhamanga），还有芦苇。他们不在那里了，只剩下伊卡曼加了，还有一些芦苇。芦苇曾覆盖整个地区。薄雾经常覆盖着整个山脊，一直延伸到我们来处的泻湖。在农卡乌泽的时候也是这样。我们站在这里看到了奇迹。很多事情都改变了。芦苇不见了。现在剩

下的是那边的灌木丛，农卡乌泽和诺姆班达（Nombanda）第一次见到陌生人。”（105）

归属感是她想要保护当地环境的真正原因，这种环境贯穿了历史和现在，她的情绪停留在了乡愁中，以消极的方式传递着。

2. 21 世纪积极态度的发展

要想在现阶段找到保存本土文化的方法，为更美好的未来做保障，是一项艰巨的任务。在《红色之心》中，传统服饰的复兴在小说中起到了关键作用，这可以通过使用与西方商业化的融合来保留。

当故事接近尾声时，卡马古希望找到一种不把村庄变成赌博城市的方式来发展村庄，当地土著人无法从中受益，而西部开发商也将严重破坏当地环境：

“村里一定要有电……但不是因为要把它变成赌博的城市。”卡马古回答说，“政府必须把电力带到这里，因为这个村庄需要电。现在政府的政策是要给最偏远的村庄通上电。”

突然，他兴奋起来，大喊：“想想看，我们甚至可以自己发电！来自太阳！这里阳光充足！我们可以利用太阳来照亮我们的旅馆和房子！我们甚至可以用太阳来做饭和取暖！”（239）

这种实用主义的方法，反映了“跨语际性”的特点，即在横截性的融合后，通过面对和利用西方商品化，创造出一种新的未来美好生活的态度，反映了马克思所称的“物化”（Verdinglichung）和西方世界资本主义生产模式的普遍确立。

毫无疑问，卡马古的营销方法展示得很清楚，就像库佩尔（Küpper）所说的：

现代社会，从美国和法国革命开始，在西方出现的，不再主要是其他人，而是个人生活中的主要问题，是人造的物质世界和它很大程度上匿名的结构，现在似乎是每个人在他们日常生活中所面对的中心问题的根源。请注意对“似乎是”的强调，特别是从马克思的理论观点来看，“物化”的过程只是一个面纱，它隐藏了真实的结构和障碍，

> 这些结构和障碍继续起源于人类及其欲望。这种意识形态结构是统治阶级行使权力的工具，它表现为"客观的"，一种"约束"（Sachzwang），[一种不存在于他人意志中的强迫，但在现实中，它本身和在许多实例中"是这样的"（"as they are"）]，实际上，它只是极小部分民众的一种主观的、以自我为中心的、因而不道德的利益（47）。

从卡马古的情感生活和社会生活的变化可以清楚地说明本土文化的"再地域化"的过程。起初，卡马古盲目寻找诺马鲁西亚的过程就像在空中建造一座城堡，由此推断出他无法通过无形手段恢复民族自豪感，这可以从他在故事开始时的求职经历中得到反映。当他从纽约流亡30年后回到南非，渴望为自己的国家做出贡献时，他甚至在这里找不到工作（30）。

卡马古的经历表明，"记忆和当前经验的交叉点在忧郁的情感中提供了优雅的连接和断开的对位图形，与探索乡愁、国家和流放的现代主义者的风格和主题相呼应"（Lee 168）。这种忧郁表明伤口永远无法愈合。当丹尼尔·魏德纳（Daniel Weidner）分析彼得·绍迪关于悲剧的文章时，他警告说，决定悲剧的是"无法治愈的伤口，因此无法终结"，这必然是"超越死亡"的，因为你不能逃离外部力量，而只能逃离你自己，"远离厌倦，远离不再宜居的生活"（68）。卡马古离开纽约，可以说是他逃离了自己，因为他无法摆脱殖民阴影的外力，殖民阴影的路径只能导致悲剧的发生。

相比之下，卡马古最终与库克兹瓦的婚姻就像是用外生力量刷新老化的皮肤，这预示着一个想要用西方商业化的方法恢复本土荣誉的跨国者所进行的比喻的"跨语际性"的主题。卡马古通过利用西方市场营销方法成功地保存了本土服饰，证明了伤口正在愈合（Mda 270）。

与现代主义悲剧的结果不同，人们可以通过正面殖民记忆而不是逃离这些记忆。记忆的贯穿性和现在的经验创造了一种新融合的叙事，这是现代和土著的混合，以乐观的情感对后现代主义者的对象进行了呼应，他们潜入了乡痛症、本土化和回归/合作的海洋中，这正是艾特所总结的。

> 中心词"家园"（homeland）和"家"（home）、"陌生"和"遥

远”的频繁重现①强调了一个人的家园的丧失……一个人与之分离的家园的丧失，不是出于自然的阻碍而是由于历史经验，不是由于空间的距离，而是与仇恨和愤怒的情感距离。由此产生的“家”和“家园”之间的鸿沟，在真正的全球的范围内这似乎是一个疏远的过程：没有办法摆脱流放。流浪自我的漫无目的暗示着无家可归，这导致了一种“去区域化”，将整个世界流放……那是在一个抽象的、可互换的流放的景观中出现差错的出发点（67-68）。

在叙事方面，全世界都是无可逃避的“流放景观”，没有人能找到出路。唯一的方法是从另一个方向积极地看待它，也就是把它当作你重新回归的家。就像艾特所说的那样（83），如果作者的旅行和写作活动能通过20世纪的“无家可归的共同辩证法”将民族文学联系起来，那么在21世纪，作者作为跨境移民的旅行和活动将会通过寻找家的过程将民族文学联系起来，就像皮娅和卡马古一样。

三、结　语

无论是皮娅重获生存权利的本土化道路，还是卡马古恢复当地文化的本土化道路，他们都采取了积极的态度，通过现实的和隐喻的“跨语际性”来重新修正自己的民族认同。这样的叙述说明了文化中移民同化的“跨语际性”隐喻。

就皮娅和卡马古的身份而言，他们同时也是与美国和印度（非洲）有联系并远离美国和印度（非洲）的跨国者们。皮娅决定留在孙德尔本斯，而不是返回美国（Ghosh 399），卡马古选择回到南非后，在美国生活了30年（Mda 29-30）。这就像罗伯特·弗罗斯特（Robert Frost）的《未选择的路》（*The Road Not Taken*）中的一句话，“这一切都是由它造成的。”在“跨语际性”的语境中，差异指的是改写历史的创造性叙述和对本土化的积极态度。

---

① 斜体是原文中的。

结　论

“物体间性”使历史通过记忆得以重塑

一、非洲与印度小说

学者们尚未将印度和非洲文学充分地联系起来，而这正是本文的研究重点，作者试图通过“跨语际性”的概念弥合这一鸿沟。葡萄牙诗人费迪南德佩索亚（Ferdinand Pessoa）的信条：“活着是不可能的，去旅行或许可以”（Breytenbach，*Return* 74）。运用詹姆斯·克利福德（James Clifford）提出的人类学概念“旅游文化”（17-46），说话人永远在随着语言不断变化，具有杂糅性和流动性的特点。语言之间无法确定优先级。非洲和印度的小说在叙述过程中使用了两种或两种以上的语言，这就是“跨语际实践”。

本书介绍了有助于发展“跨语际性”替代范式的理论结构。“跨语际”小说有两层“贯穿性”：一层是以移民的跨民族主义为特征的现实过程；另一层是嵌入叙事方法和身份建构中的隐喻过程。《饿潮水》和《红色之心》中的主人公皮娅和卡马古，在经历了美国生活后，选择回归祖国，反映出了异国人的语言特点，这是异国小说的两个基本要素。

二、“跨语际小说”的新叙事与新态度

“跨语际小说”，本质上是由“符码啮合”行为的“跨语际性”造成的，而翻译是其在形式上的表现，用一种“物体间性”的方式带来动态的叙事结构和本土身份。所谓的新叙事是指融合了时空特征来重塑历史的贯穿的章、集的结构，而新的身份意味着试图用集体意识重新记录（重构身份）的跨国者的本土化路径。

就像未被翻译的词一样，这是一种政治行为，后殖民的文本中，选择不翻译某些词是一种政治行为，因为翻译赋予了被翻译的词和“受体”文化更高的地位（Ashcroft, Griffiths, and Tiffin 65）。通过否认这一特权，后殖民作家迫使读者在语境中寻找意义，并以某种方式学习当地语言，从而拒绝服从于主导文化（Rashidirostami 471）。

例如，在《红色之心》的结尾，库克兹瓦甚至通过接受卡马古的提议来表示了她的妥协。在《饿潮水》中，皮娅最终留在孙德尔本斯的决定也成了倡导本土身份的新的解决方法。他们的态度表现出一种侵略性和被动性的混合，这是一种由“跨语际性”的谈判策略所传达的新产物。

在21世纪的背景下，“跨语际性”所带来的新东西，是一种积极的态度和务实的行动。通过充满冲突和合作的谈判路径，颠覆西方主导的体制，这是一个新的出路。与现代性（后殖民）时代所认同的“外来者-内部”（foreigner-within）的妥协不同，“跨语际性”呈现出一种双重否定以及翻译的积极作用，以及对跨国者本土化的新态度。

跨国者永远不可能幸福，因为他们并不无知。根据托马斯·格雷（Thomas Gray）的诗《伊顿学院遥远前景的颂歌》（“*Ode on a Distant Prospect of Eton College*”）（1742）：“无知是福祉，明智是愚蠢。”如果你待在一个国家里，你不可能观察到这个国家的真实或整体的面貌。只有那些从外部和不同角度审视的人，才能通过“跨语际性”来看到这个国家的全景。由于“跨语际性”不仅表现在实际的实践中，还表现在形象上。跨国者，即有不止一种文化背景的人，可以通过“跨语际实践”来观察本国的面貌。

由于他们不能沉溺于幸福的情绪中，他们必须在文化、政治和心理冲突中挣扎，在谈判中合作：“‘跨语际者’具有较高的语言意识和元语言能力，能够从嵌入的生态资源中解码规范和约定……他同时也是一个多感官的学习者。‘跨语际者’不仅仅是从一个理性的角度学习语言，还会借助于不同的感官支架和供给”（Canagarajah 183）。

当然，对于跨国者们来说，谈判中的合作意在颠覆主导思想，重建整个体系，在这个体系中，被主导者也可以在独立平等的地位上来掌控自己的本土的事务。“跨语际性”支持以开放的态度而非保持封闭的状态来接受对立的事物，这是20世纪充满仇恨和反对的二元心态。相比之下，这种积极的“跨语际性”的态度导致了21世纪跨国者们所表现出的合作和整体性。这与《旧约》中约公元前626—587年犹大的一位主要先知耶利米（Jeremiah）的故事相呼应，其中有一封信，是耶利米先知从耶路撒冷寄给祭司的，是关于尼布甲尼（Nebuchadnezzar）将先知和其他所有人从耶路撒冷被掳到巴比伦去的。上面说：

> “万能的神（Lord Almighty）、以色列的神，对我从耶路撒冷被掳到巴比伦的众人说，你们要建造房屋、安顿下来、栽种园子，吃园中所产的食物。你们要结婚，要生儿养女，要为你们的儿子娶媳妇，把你们的女儿嫁出去，使她们也可以生儿养女。增加那里的人数，不要减少。同时，寻求我把你们流放到的城市的和平与繁荣。求你为这事向耶和华祷告，因为他若顺利，你也必亨通。”万军之耶和华以色列的神如此说：“不要让你们中间的先知和占卜者欺骗你们。不要听你鼓励他们做的梦。他们奉我的名向你预言谎言。我并没有差他们来。”这是耶和华说的（Jeremiah 29：4-9，NIV 545-546）。

“如果它成功，你也会成功”的含义与合作和开放的核心价值相似，这就是“跨语际”的内涵。只有这样，流亡者才有可能回家，而不是充满了对立和仇恨。当然，回归需要计划，这就是上帝所说的：

> “巴比伦到了第七十年，我必到你这里来，履行我的美好应许，把你带回这地方。”耶和华说，“我知道我为你们所定的计谋，是要使你们亨通，不伤害你们，也要使你们有指望，有前途。你要求告我，

> 来向我祷告，我也会听你所说的。当你全心全意寻找我的时候，你会寻找我，并找到我。”耶和华说，“我必被你寻见，使你脱离被掳之地。”“我必从我所驱逐你们的列国与地方招聚你们，领你们回到我所放逐你们的地方。”（Jeremiah 29：10-14，NIV 546）

一旦你有了计划，你就会满怀希望地拥抱未来。这正是跨国者们的积极态度，也正是这种态度找到了一种新的归家之路，即作为一个“再地域化”的过程。

卡那贾拉亚认为，当地群体的适应性策略可以“在他们接触新语言时增强他们的技能，而不是拒绝或压制他们”（38）。他声称语言多样性是“规范而非例外”的（39）。由于流动接触（fluid contact）的过程从来不是一个非此即彼的问题，因此它是一个充满冲突、旨在合作的谈判实践。更重要的是，它是协作和冲突之间的协商。从这个角度来看，我认为，实践，或者更具体地说，不同语言之间的谈判，包括规范和例外，都是具有包容性的，不能仅仅用规范来定义。权力层级中的不同主体在特定的阶段和时间阶段采用不同的谈判策略，以使合作大于冲突。

参考文献

Alvarez, Sara P., Suresh Canagarajah, Eunjeong Lee, Jerry Won Lee and Shakil Rabbi. "Translingual Practice, Ethnic Identities, and Voice in Writing." *Crossing Divides: Exploring Translingual Writing Pedagogies and Programs*. Eds. Bruce Horner and Laura Tetreault. Boulder, Colorado: Utah State University Press, 2017. 31–47. Print.

Ametzaga, Irujo and I. Xabier. "Introduction to a Political History of the Basque Language and Literature." *Tinta* 9 (2009): 31–69. Web. 1 Oct. 2016.

Anderson, Benedict. *Imagined Communities: Reflections on the Origin and Spread of Nationalism*. London and New York: Verso, 1996 (1983). Print.

Anzaldúa, Gloria. *Borderlands/La Frontera: The New Mestiza*. San Francisco: Aunt Lute, 1987. Print.

——. "How to Tame a Wild Tongue." *Switching Languages: Translingual Writers Reflect on Their Craft*. Ed. Steven G. Kellman. Lincoln and London: University of Nebraska Press, 2003. 45–58. Print.

Appiah, K. A. *Cosmopolitanism: Ethics in A World of Strangers*. New York: Norton, 2007. Print.

Ashcroft, Bill, Gareth Griffiths, and Helen Tiffin. *The Empire Writes Back: Theory and Practice in Post-Colonial Literatures*. London: Routledge, 1989. Print.

Atkinson, D., E. Churchill, T. Nishino, and H. Okada. "Alignment and Interaction in A SociocognitiveApproach in Second Language Acquisition."

Modern Language Journal 91. 2 (2007): 169 – 88. *EBSCO*. Web. 17 July 2017.

Atkinson, Dwight, Deborah Crusan, Paul Kei Matsuda, Christina Ortmeier – Hooper, Todd Ruecker, Steve Simpson, and Christine Tardy. "Clarifying the Relationship between L2 Writing and Translingual Writing: An Open Letter to Writing Studies Editors and Organization Leaders." *College English* 77. 4 (2015): 383–386. *ProQuest*. Web. 16 June 2017.

Austin, J. L. *How to Do Things with Words*. Oxford: Oxford University Press, 1962. Print.

Ayash, Nancy Bou. "Hi–ein, Hiبين or بين Hi? Translingual Practices from Lebanon and Mainstream Literacy Education." *Literacy as Translingual Practice: Between Communities and Classrooms*. Ed. A. Suresh Canagarajah. New York and London: Routledge, 2013. 96–103. Print.

Baca, D. "Rethinking Composition, Five Hundred Years Later." *Journal of Advanced Composition* 29. 1 (2009): 229–242. *JSTOR*. Web. 12 July 2017.

Bakhtin, Mikhail M. "The Bildungsroman and its Significance in the History of Realism." *Speech Genres and Other Late Essays* 10 (1986): 21. *OAIster*. Web. 12 July 2017.

——. *The Dialogic Imagination: Four Essays*. 1981. Trans. Caryl Emerson and Michael Holquist. Austin: University of Texas Press, 1996. Print.

Barad, Karen. "Diffracting Diffraction: Cutting Together – Apart." *Parallax* 20. 3 (2014): 168–187. *EBSCO*. Web. 13 July 2017.

——. *Meeting the Universe Halfway: Quantum Physics and the Entanglement of Matter and Meaning*. Durham, NC: Duke University Press, 2007. Print.

Beaujour, Elizabeth Klosty. *Alien Tongues: Bilingual Russian Writers of the "First" Emigration*. New York: Cornell University Press, 1989. Print.

Benjamin, Walter. "Goethe's elective affinities." *Walter Benjamin: selected writings: 1, 1913 – 1926*. Eds. Marcus Bullock and Michael W. Jennings. Cambridge: Harvard University Press, 1996. Print.

——. "The Task of the Translator." *Illuminations*. Trans. Harry Zohn. Ed.

Hannah Arendt. New York: Harcourt Brace Jovanovich, 1969. 69–82. Print.

Bernabé, J., P. Chamoiseau, andR. Confiant. *Éloge de la Créolité*. Paris, France/Baltimore, OH: Gallimard/Johns Hopkins University Press, 1990. Print.

Bhabha, Homi K. "Interview. Staging the Politics of Difference: Homi Bhabha's Critical Literacy." *Race, Rhetoric, and the Postcolonial*. Eds. G. A. Olson and L. Worsham. Albany: SUNY Press, 1999. 3–42. Print.

——. *The Location of Culture*. 1994. London and New York: Routledge, 1995. Print.

Bhatia, T. K., and W. C. Ritchie. "Bilingualism in South Asia." *The Handbook of Bilingualism*. Eds. T. K. Bhatia and W. C. Ritchie. Oxford: Blackwell, 2004. 780–807. Print.

Bible, Holy. New International Version. *Grand Rapids, Mich.: Zondervan*, 2011. Print.

Bizzell, Patricia. "Basic Writing and the Issue of Correctness, or What to Do with 'Mixed' Forms of Academic Discourse." *Journal of Basic Writing* 19 (2000): 4–12. JSTOR. Web. 17 July 2017.

——. "Hybrid Academic Discourses: What, Why, How." *Composition Studies* 27 (1999): 7–21. *JSTOR*. Web. 17 July 2017.

——. "Who Owns English in South Korea?" *Crossing Divides: Exploring Translingual Writing Pedagogies and Programs*. Eds. Bruce Horner and Laura Tetreault. Boulder, Colorado: Utah State University Press, 2017. 70–86. Print.

Blanchet, P., and D. Coste. *Regards Critiques sur la Notion d' "Interculturalité": Pour une Didactique de la Pluralité Linguistique et Culturelle*. Paris: L'Harmattan, 2010. Print.

Blommaert, Jan. *Grassroots Literacy: Writing, Identity and Voice in Central Africa*. Oxford: Routledge, 2008. Print.

——. *The Sociolinguistics of Globalization*. Cambridge: Cambridge University

Press, 2010. Print.

Bokamba, E. G. "Codemixing, Language Variation, and Linguistic Theory: Evidence from Bantu Language." *Lingua* 76.1 (1998): 21 - 62. *JSTOR*. Web. 17 July 2017.

Bongie, Chris. *Islands and Exiles: The Creole Identities of Post/colonial Literature*. Standford, CA: Stanford University Press, 1998. Print.

Bourdieu, P. *Outline of A Theory of Practice*. Cambridge: Cambridge University Press, 1977. Print.

Braidotti, Rosi. *Nomadic Subjects*. New York: Cambridge University Press, 1994. Print.

Breytenbach, Breyten. *Return to Paradise*. Cape Town: David Philip, 1993. Print.

Brink, André Philippus. *An Instant in the Wind*. Sourcebooks, Inc, 2008. eBook Index. Web. 7 Oct. 2017.

——. "English and the Afrikaans Writer." *Switching Languages: Translingual Writers Reflect on Their Craft*. Ed. Steven G. Kellman. Lincoln and London: University of Nebraska Press, 2003. 203–220. Print.

Bucholtz, Mary, and Kira Hall. "Identity and Interaction: A Sociocultural Linguistic Approach." *Discourse Studies* 7.5 (2005): 585 - 614. *JSTOR*. Web. 7 Oct. 2017.

Buruma, Ian. "The Road to Babel." *Switching Languages: Translingual Writers Reflect on Their Craft*. Ed. Steven G. Kellman. Lincoln and London: University of Nebraska P, 2003. 9–22. Print.

Butler, Judith. *Bodies That Matter: On the Discursive Limits of "Sex."* New York: Routledge, 1993. Print.

Canagarajah, A. Suresh. *Critical Academic Writing and Multilingual Students*. Ann Arbor, MI: University of Michigan Press, 2002. Print.

——. "Language Shift and the Family: Questions from the Sri Lankan Tamil Diaspora." *Journal of Sociolinguistics* 12. 2 (2008): 143 - 176. *OaFindr*. Web. 7 Oct. 2017.

——. "Lingua Franca English, Multilingual Communities, and Language Acquisition." *Modern Language Journal* 91 (2007): 923-939. *JSTOR*. Web. 24 Aug. 2017.

——. ed. *Literacy as Translingual Practice: between Communities and Classrooms*. New York and London: Routledge, 2013. Print.

——. "Negotiating Translingual Literacy: An Enactment." *Research in the Teaching of English* 48.1 (2013): 40-67. *JSTOR*. Web. 10 Aug. 2017.

——. "The Place of World Englishes in Composition: Pluralization continued." *College Composition and Communication* 57.4 (2006): 586-619. *JSTOR*. Web. 6 Oct. 2017.

——. "Styling One's Own in the Sri Lankan Tamil Diaspora: Implications for Language and Ethnicity." *Journal of Language, Identity, and Education* 11 (2012): 124-135. *Taylor & Francis*. Web. 10 Oct. 2017.

——. "Translanguaging in the Classroom: Emerging Issues for Research and Pedagogy." *Applied Linguistics Review* 2 (2011): 1-27. *EBSCO*. Web. 29 Mar. 2017.

——. *Translingual Practice: Global Englishes and Cosmopolitan Relations*. Milton Park, Abingdon, Oxon: Routledge, 2013. Print.

——. *Translingual Practices and Neoliberal Policies: Attitudes and Strategies of African Skilled Migrants in Anglophone Workplaces*. Cham, Switzerland: Springer, 2016. eBook Index. Web. 29 Mar. 2017.

——. "World Englishes as Code-meshing." *Code-Meshing as World English: Policy, Pedagogy, Performance*. Eds. V. A. Young and A. Martinez. Urbana, IL: National Council of Teachers of English, 2011. 273-281. Print.

Canagarajah, Suresh, and Maria Jerskey. "Meeting the Needs of Advanced Multilingual Writers." *The SAGE Handbook of Writing Development*. Eds. R. Beard, D. Myhill, J. Riley and M. Nystrand. Thousand Oaks, CA: Sage, 2009. 472-488. Print.

Candelier, M., G. Ioannitou, D. Omer, and M. Vasseur. ed. *Conscience du Pluri-linguisme: Pratiques, Représentations et Interventions*. Rennes, France:

Presses Universitaires de Rennes, 2008. Print.

Chatterjee, Partha. "The Nationalist Resolution of the Women's Question." *Postcolonial Discourses*. Ed. Gregory Castle. Malden, MA: Blackwell Publishers, 2001. 151–166. Print.

Clifford, James. "Diasporas." *Cultural Anthropology* 9.3 (1994): 302–328. *JSTOR*. Web. 16 June 2017.

Coetzee, J. M. *Foe*. New York: Penguin, 1987. Print.

Confiant, R. "Créolité et Francophonie: un Éloge de la Diversalité." *Potomitan*, 2006. Web. 18 Oct. 2017. <http://www.potomitan.info/articles/diversalite.htm>

Connor, Linda, Glenn Albrecht, Nick Higgenbotham, Sonia Freeman, and Wayne Smith. "Environmental Change and Human Health in Upper Hunter Communities of New South Wales, Australia." *EcoHealth* 1 (2004): 47–58. Print.

Connor, U. *Contrastive Rhetoric: Reaching to Intercultural Rhetoric*. Philadelphia, PA: John Benjamins Publishing, 2008. Print.

Coronel-Molina, Serafin M. "Crossing Borders and Constructing Indigeneity: A Self Ethnography of Identity." *Indigeneity Construction and re/Presentation*. Eds. J. N. Brown and P. M. Sant. Commack, NY: Nova Science, 1999. 59–75. Print.

Coronel-Molina, Serafin M. and Beth L. Samuelson. "Language Contact and Translingual Literacies." *Journal of Multilingual and Multicultural Development* 38.5 (2016): 379–389. *Taylor & Francis*. Web. 22 Nov. 2017.

Coronel-Molina, Serafin M., and Peter M. Cowan. "Amerindian and Translingual Literacies across Time and Space." *Journal of Multilingual and Multicultural Development* 38.5 (2017): 407–421. *Taylor & Francis*. Web. 22 Sept. 2017.

Council of Europe/Conseil de l'Europe. *Common European Framework of Reference for Languages: Learning, Teaching, Assessment*. Cambridge, UK: Cambridge University Press, 2001. Print.

Cramer, Friedrich. *Chaos and Order: The Complex Structure of Living Systems*. Trans. D. I. Loewus. Weinheim: VHC 1993. Print.

Dagnino, Arianna. *Transcultural Writers and Novels in the Age of Global Mobility*. West Lafayette, Indiana: Purdue UP, 2015. Print.

de Souza, Lynn Mario T. Menezes. "A Case among Cases, a World among Worlds: The Ecology of Writing among the Kashinawa in Brazil." *Journal of Language, Identity, and Education* 1.4 (2002): 261-278. *Taylor & Francis*. Web. 10 Oct. 2017.

Derrida, Jacques. "Des tours de Babel." *Difference in Translation*. Ed. J. F. Graham. Ithaca, NY: Cornell University Press, 1985. 165-248. Print.

Donahue, Christiane. "Negotiation, Translinguality, and Cross-Cultural Writing Research." *Literacy as Translingual Practice: Between Communities and Classrooms*. Ed. A. Suresh Canagarajah. New York and London: Routledge, 2013. 149-161. Print. j

Dorian, N. "Minority and Endangered Languages." *The Handbook of Bilingualism*. Eds. T. K. Bhatia and W. C. Ritchie. Oxford: Blackwell, 2006. 437-459. Print.

Dryer, DylanB. and Paige Mitchell. "Seizing an Opportunity for Translingual FYC at the University of Maine: Provocative Complexities, Unexpected Consequences." *Crossing Divides: Exploring Translingual Writing Pedagogies and Programs*. Eds. Bruce Horner and Laura Tetreault. Boulder, Colorado: Utah State University Press, 2017. 135-160. Print.

Ette, Ottmar. *Writing-between-Worlds: TransArea Studies and the Literatures-without-a-fixed-Abode*. Trans. Vera M. Kutzinski. Berlin: Walter de Gruyter GmbH, 2016. Print.

Eze, Chielozona. "Transcultural Affinity: Thoughts on the Emergent Cosmopolitan Imagination in South Africa." *Journal of African Cultural Studies* 27 (2): 216-228. 2015. *EBSCO*. Web. 19. May 2017.

Ferguson, Charles A. "Diglossia." *Word* 15.2 (1959): 325-40. *Taylor & Francis*. Web. 8 Oct. 2017.

Flores, Nelson. "The Unexamined Relationship between Neoliberalism and Plurilingualism: A Cautionary Tale." *TESOL Quarterly* 47.3 (2013): 500-20. *JSTOR*. Web. 10 Oct. 2017.

Fishman, Joshua A. "Bilingualism with and without Diglossia: Diglossia with and without Bilingualism." *Journal of social issues* 23.2 (1967): 29-38. *Humanities & Social Sciences Index*. Web. 10 Oct. 2017.

——. "Societal Bilingualism: Stable and Transitional." *Language in Sociocultural Change*. Ed. Anwar S. Oil. Stanford, CA: Stanford University Press, 1972. 135-52. Print.

Foucault, Michel. *Discipline and Punish: The Birth of the Prison*. Trans. Alan Sheridan. Harmondsworth: Penguin, 1979. Print.

Gal, Susan, and Judith T. Irvine. "The Boundaries of Languages and Disciplines: How Ideologies Construct Difference." *Social Research* 62.4 (1995): 967-1001. *JSTOR*. Web. 14 July 2017.

Gallagher, Chris, and Matt Noonan. "Becoming Global: Learning to 'Do' Translingualism." *Crossing Divides: Exploring Translingual Writing Pedagogies and Programs*. Eds. Bruce Horner and Laura Tetreault. Boulder, Colorado: Utah State University Press, 2017. 161-177. Print.

Garcia, Ofelia. *Bilingual Education in the 21st Century: A Global Perspective*. Oxford: Wiley-Blackwell, 2009. Print.

Garcia, Ofelia, and Li Wei. *Translanguaging: Language, Bilingualism and Education*. New York: Palgrave Pivot, 2014. Print.

Giddens, A. *Central Problems in Social Theory: Action, Structure and Contradiction in Social Analysis*. Berkeley, CA: University of California Press, 1979. Print.

Gilyard, Keith. "Cross-Talk: Toward Transcultural Writing Classrooms." *Writing in Multicultural Settings*. Eds. C. Severino, J. C. Guerra and J. E. Butler. New York, NY: ModernLanguage Association of America, 1997. 325-331. Print.

Gonzales, Laura. "Multimodality, Translingualism, and Rhetorical Genre Studies." *Composition Forum* 31.1 (2015): 1 – 20. *EBSCO*. Web. 16 June 2017.

Gonzalez, Jennifer. "Autotopographies." *Prosthetic Territories: Politics and Hypertechnologies*. Ed. Gabriel Brahm and Mark Driscoll. San Francisco: Westview Press, 1995. 133–150. Print.

Gramling, David. "On the Other Side of Monolingualism: Fatih Akin's Linguistic Turn (s)." *The German Quarterly* 83.3 (2010): 353–372. *JSTOR*. Web. 17 May 2017.

Guerra, Juan C. "The Place of Intercultural Literacy." *Writing in Multicultural Settings*. Eds. C. Severino, J. C. Guerra and J. E. Butler. New York, NY: Modern Language Association of America, 1997. 248–260. Print.

——. "Writing for Transcultural Citizenship: A Cultural Ecology model." *Language Arts* 85.4 (2008): 296–304. *ERIC*. Web. 10 Oct. 2017.

Guerra, JuanC., and Ann Shivers-McNair. "Toward a New Vocabulary of Motive: Re (con) figuring Entanglement in a Translingual World." *Crossing Divides: Exploring Translingual Writing Pedagogies and Programs*. Eds. Bruce Horner and Laura Tetreault. Boulder, Colorado: Utah State University Press, 2017. 19–30. Print.

Gumperz, John J. "Types of Linguistic Communities." *Anthropological Linguistics* 4.1 (1962): 28–40. *JSTOR*. Web. 10 Aug. 2017.

——. "Linguistic and Social Interaction in Two Communities." *American Anthropologist* 66.6 (1964): 137–53. *JSTOR*. Web. 10 Aug. 2017.

——. *Language in Social Groups*. Ed. Anwar S. Oil. Stanford, CA: Stanford University Press, 1971. Print.

Hall, D. L., and R. T. Ames. *Anticipating China: Thinking Through the Narratives of Chinese and Western Culture*. Albany, NY: SUNY Press. 1995. Print.

Hall, Stuart. "Introduction: Who Needs 'Identity'?" *Questions of Cultural Identity*. Eds. Stuart Hall and Paul Du Gay. Thousand Oaks CA & London: Sage, 1996. 4. Print.

——. "The Local and the Global: Globalization and Ethnicity." *Culture, Globalization, and the World System.* Ed. A. D. King. Minneapolis, MN: University of Minnesota Press, 1997. 19–40. Print.

Halliday, Michael. "Applied Linguistics as an Evolving Theme." *Association Internationale de Linguistique Appliquée.* Singapore. December 16–21, 2002. Plenary address.

Hansen, Julie. "Making Sense of the Translingual Text: Russian Wordplay, Names, and Cultural Allusions in*Olga Grushin's The Dream Life of Sukhanov.*" *The Modern Language Review* 107.2 (2012): 540–558. Jstor. Web. 18 Oct. 2017.

Hanson, Joleen. "Moving Out of the Monolingual Comfort Zone and Into the Multilingual World: An Exercise for the Writing Classroom." *Literacy as Translingual Practice: Between Communities and Classrooms.* Ed. A. Suresh Canagarajah. New York and London: Routledge, 2013. 207–214. Print.

Hargens, S. "Intersubjective Musings: A Response to Christian De Quincey's 'The Promise of Integralism'." *Journal of Consciousness Studies* 8 (2001): 35–78. *Arts & Humanities Citation Index.* Web. 18 Oct. 2017.

Harris, Roy. *Integrationist Notes and Papers: 2006–2008.* Gamlingay: Bright Pen, 2009. Print.

Heidegger, Martin. "What are Poets for?" *Poetry, Language, Thought.* Trans. Albert Hofstadter. New York: HarperCollins, 1971. Print.

Held, David. "Culture and Political Community: National, Global and Cosmopolitan." *Conceiving Cosmopolitanism: Theory, Context, Practice.* Eds. Steven Vertovec and Robin Cohen. Oxford: Oxford University Press, 2002. 48–58. Print.

Hoffman, Eva. *Lost in Translation: A Life in a New Language.* New York: Penguin, 1990. Print.

Hoogvelt, Ankie. *Globalization and the Postcolonial World: The New Political Economy of Development.* Baltimore: The John Hopkins University Press,

1997. Print.

Horner, Bruce. "Teaching Translingual Agency in Iteration: Rewriting Difference." *Crossing Divides: Exploring Translingual Writing Pedagogies and Programs.* Eds. Bruce Horner and Laura Tetreault. Boulder, Colorado: Utah State University Press, 2017. 87-97. Print.

Horner, Bruce, and Laura Tetreault. "Introduction." *Crossing Divides: Exploring Translingual Writing Pedagogies and Programs.* Eds. Bruce Horner and Laura Tetreault. Boulder, Colorado: Utah State University Press, 2017. 3-16. Print.

Horner, Bruce, and J. Trimbur. "English Only and U. S. College Composition." *College Composition and Communication* 53.4 (2002): 594-630. *MLA.* Web. 10 Aug. 2017.

Horner, Bruce, M. Z. Lu, J. J. Royster, and J. Trimbur. "Language Difference in Writing: Toward A Translingual Approach." *College English* 73.3 (2011): 303-321. *JSTOR.* Web. 10 Aug. 2017.

Horner, Bruce, S. NeCamp, and C. Donahue. "Toward a Multilingual Composition Scholarship: From English Only to a Translingual Norm." *College Composition and Communication* 63.2 (2011): 269-300. *JSTOR.* Web. 15 Aug. 2017.

Hoydis, Julia. "*Tackling the Morality of History*": *Ethics and Storytelling in the Works of Amitav Ghosh.* Heidelberg: Universitatsverlag, 2011. Print.

Hutcheon, Linda. *The Politics of Postmodernism.* London and New York: Routledge, 1989. Print.

Hyland, Ken. *Disciplinary Identities: Individuality and Community in Academic Discourse.* Cambridge: Cambridge University Press, 2012. Print.

Inoue, Asao B. "Writing Assessment as the Conditions for Translingual Approaches: An Argument for Fairer Assessments." *Crossing Divides: Exploring Translingual Writing Pedagogies and Programs.* Eds. Bruce Horner and Laura Tetreault.

Boulder, Colorado: Utah State University Press, 2017. 119-134. Print.

Jerskey, Maria. "Literacy Brokers in the Contact Zone, Year 1: The Crowded Safe House." *Literacy as Translingual Practice: Between Communities and Classrooms*. Ed. A. Suresh Canagarajah. New York and London: Routledge, 2013. 197-206. Print.

Jin, Ha. "Interview with Ha Jin." *Switching Languages: Translingual Writers Reflect on Their Craft*. Ed. Steven G. Kellman. Lincoln and London: University of Nebraska P, 2003. 79-84. Print.

Jordan, Jay. "Material Translingual Ecologies." *College English* 77.4 (2015): 364-382. *JSTOR*. Web. 15 Aug. 2017.

Kamil, M., D. Pearson, E. Moje and P. Afflerbach. ed. *Handbook of Reading Research*. Vol. 4. New York, NY: Routledge, 2010. Print.

Kellman, Steven G. ed. *Switching Languages: Translingual Writers Reflect on Their Craft*. Lincoln and London: University of Nebraska P, 2003. Print.

——. *The Translingual Imagination*. Lincoln and London: University of Nebraska Press, 2000. Print.

Kellman, Steven G., and Natasha Lvovich. "Introduction." *Studies in the Novel* 48.4 (2016): 403-406. *Project Muse*. Web. 10 Dec. 2017.

——. "Introduction to Special Issue: Literary Translingualism: Multilingual Identity and Creativity." *L2 Journal* 7.1 (2015): 3-5. Web. 8 Oct. 2017.

Khanna, Sanjay. "What Does Climate Change Do to Our Heads?" Web. 25 April 2013. http://www.worldchanging.com/archives/007906.html.

Khubchandani, Lachman M. "Diglossia Revisited." *Oceanic Linguistics Special Publications*, 20 (1985): 199-211. *JSTOR*. Web. 10 Aug. 2017.

——. *Revisualizing Boundaries: A Plurilingual Ethos*. New Delhi: Sage, 1997. Print.

King, Rosemary A. *Border Confluences*. Tucson: Arizona University Press, 2004. Print.

Kleeman, Faye Yuan. "Translingual Narration: Colonial and Postcolonial Taiwanese Fiction and Film." *Journal of Japanese Studies* 2 (2017): 455-

458. Project Muse. Web. 10 Dec. 2017.

König, Christoph. "Philological Understanding. Ethics, method and Style in the Work of Peter Szondi." *Textual Understanding and Historical Experience: On Peter Szondi*. Ed. Susanne Zepp. Paderborn: Wilhelm Fink, 2015. 71–88. Print.

Krall-Lanoue, Aimee. "'And Yea I'm Venting, But Hey I'm Writing Isn't I': a Translingual Approach to Error in a Multilingual Context." *Literacy as Translingual Practice: Between Communities and Classrooms*. Ed. A. Suresh Canagarajah. New York and London: Routledge, 2013. 228–234. Print.

Kramsch, Claire J. *The Multilingual Subject: What Foreign Language Learners Say about Their Experience and Why It Matters*. New York: Oxford University Press, 2009. Print.

——. "The Traffic in Meaning." *Asia Pacific Journal of Education* 26.1 (2006): 99–104. *EBSCO*. Web. 10 Aug. 2017.

Kristeva, Julia. *Revolution in Poetic Language*. New York: Columbia University Press, 1984. Print.

Kubota, Ryuko. "The Multi/plural Turn, Postcolonial Theory, and Neoliberal Multiculturalism: Complicities and Implications for Applied Linguistics."

Applied Linguistics 37.4 (2014): 474–494. *ERIC*. Web. 18. Aug. 2017.

Küpper, Joachim, "My Encounter with Peter Szondi. Remarks on Theory of the Modern Drama (1880–1951)." *Textual Understanding and Historical Experience: On Peter Szondi*. Ed. Susanne Zepp. Paderborn: Wilhelm Fink, 2015. 43–54. Print.

Lalicker, William B. "Enacting Translingual Writing Pedagogy: Structures and Challenges for Two Courses in Two Countries." *Crossing Divides: Exploring Translingual Writing Pedagogies and Programs*. Eds. Bruce Horner and Laura Tetreault. Boulder, Colorado: Utah State University Press, 2017. 51–69. Print.

Latour, Bruno. "On Interobjectivity." *Mind, Culture, and Activity* 3.4

(1996): 228–245. *Taylor & Francis*. Web. 18 Aug. 2017.

Lauret, Maria. "'Your Own Goddamn Idiom': Junot Diaz's Translingualism in the Brief Wondrous Life of Oscar Wao." *Studies in the Novel* 48.4 (2016): 494–512. *Project Muse*. Web. 10 Dec. 2017.

Lavelle, Thomas. "The Ins and Outs of Translingual Work." *Crossing Divides: Exploring Translingual Writing Pedagogies and Programs*. Eds. Bruce Horner and Laura Tetreault. Boulder, Colorado: Utah State University Press, 2017. 190–198. Print.

Le Goff, Jacques. *History and Memory*. Trans. Stephen Rendall, and Elizabeth Claman. New York: Columbia University Press, 1992. Print.

Lee, Jerry Won. "Beyond Translingual Writing." *College English* 79.2 (2016): 174–86. *EBSCO*. Web. 18. Aug. 2017.

Lee, Karen An-hwei. *Anglophone Literatures in the Asian Diaspora: Literary Transnationalism and Translingual Migrations*. Amherst, NY: Cambria Press, 2013. Print.

Leishman, J. B., and Stephen Spender. trans. "Commentary." *Rainer Maria Rilke: Duino Elegies*. New York: W. W. Norton & Company, 1939. Print.

Liu, Lydia He. *Translingual Practice: Literature, National Culture, and Translated Modernity China*, 1900–1937. Stanford, CA: Stanford University Press, 1995. Print.

Lo, Terence, and Colleen Wong. "Polyglossia in the 'Printed Cantonese' Mass Media in Hong Kong." *Journal of Asian Pacific Communication* 1.1 (1990): 27–43. Print.

Lorimer, Rebecca. "Writing across Languages: Developing Rhetorical Attunement." *Literacy as Translingual Practice: Between Communities and Classrooms*. Ed. A. Suresh Canagarajah. New York and London: Routledge, 2013. 162–169. Print.

Lu, Min-Zhan. "An Essay on the Work of Composition: Composing English against the Order of Fast Capitalism." *College Composition and Communication* 56.1 (2004): 16–50. *JSTOR*. Web. 8 Oct. 2017.

Lu, Min-Zhan, and Bruce Horner. “Introduction: Translingual Work.” *College English* 78.3 (2016): 207–218. *EBSCO*. Web. 18. Aug. 2017.

——. “Translingual Literacy and Matters of Agency.” *Literacy as Translingual Practice: Between Communities and Classrooms*. Ed. A. Suresh Canagarajah. New York and London: Routledge, 2013. 26–38. Print.

Lyons, Scott Richard. “The Fine Art of Fencing: Nationalism, Hybridity, and the Search for A Native American Writing Pedagogy.” *Journal of Advanced Composition*29.1 (2009): 77–105. *JSTOR*. Web. 8 Oct. 2017.

Maher, John C. “Metroethnicities andMetrolanguages.” *The Handbook of Language and Globalization*. Ed. Nikolas Coupland. Oxford: Wiley-Blackwell, 2010. 575–591. Print.

Makoni, S. “From Misinvention to Disinvention of Language: Multilingualism and the South African Constitution.” *Black Linguistics: Languages, Society and Politics in Africa and the Americas*. Eds. S. Makoni, G. Smitherman, A. Ball, and A. Spear. London, UK: Routledge, 2003. 132–153. Print.

Malcolm, Katie. “Disrupting Monolingual Ideologies in a Community College: A Translingual Studio Approach.” *Crossing Divides: Exploring Translingual Writing Pedagogies and Programs*. Eds. Bruce Horner and Laura Tetreault. Boulder, Colorado: Utah State University Press, 2017. 101–118. Print.

Mallick, Ross. “Refugee Resettlement in Forest Reserves: West Bengal Policy Reversal and the Marichjhapi Massacre.” *The Journal of Asian Studies* 58.1 (1999): 104–25. Print.

Mandelbrot, Benoit B. *The Fractal Geometry of Nature*. New York: W. H. Freeman and Company. 1983. Print.

Mangelsdorf, Kate. “Language Difference and Translingual Enactments.” *Crossing Divides: Exploring Translingual Writing Pedagogies and Programs*. Eds. Bruce Horner and Laura Tetreault. Boulder, Colorado: Utah State University Press, 2017. 199–205. Print.

Mao, LuMing. “Redefining Indigenous Rhetoric: From Places of Origin to Translingual Spaces of Interdependence-in-Difference.” *Literacy as Trans-*

lingual Practice: *Between Communities and Classrooms*. Ed. A. Suresh Canagarajah. New York and London: Routledge, 2013. 47–56. Print.

——. "Rhetorical Borderlands: Chinese American Rhetoric in the Making." *College Composition and Communication* 56. 3 (2005): 426–469. *JSTOR*. Web. 18 Aug. 2017.

Mao, L., and Morris Young. "Introduction: Performing Asian American Rhetoric in the American Imaginary." *Representations*: *Doing Asian American Rhetoric*. Eds. L. Mao and Morris Young. Logan, UT: Utah State University Press, 2008. 1–22. Print.

Matsuda, Paul Kei. "The Lure of Translingual Writing." *PMLA* 129. 3 (2014): 478–483. *Arts & Humanities Citation Index*. Web. 18 Aug. 2017.

——. "The Myth of Linguistic Homogeneity in U. S. College Composition." *College English* 68. 6 (2006): 637–651. *MLA International Bibliography*. Web. 18 Aug. 2017.

——. "It's the Wild West Out There." *Literacy as Translingual Practice*: *Between Communities and Classrooms*. Ed. A. Suresh Canagarajah. New York and London: Routledge, 2013. 128–138. Print.

May, Stephen. ed. *The Multilingual Turn*: *Implications for SLA*, *TESOL*, *and Bilingual Education*. New York: Routledge, 2014. Print.

Michael-Luna, S., and A. S. Canagarajah. "Multilingual Academic Literacies: Pedagogical Foundations for Code Meshing in Primary and Higher Education."

Journal of Applied Linguistics 4. 1 (2007): 55 – 77. *EBSCO*. Web. 18 Aug. 2017.

Milson-Whyte, Vivette. "Pedagogical and Social-Political Implications of Code-Meshing in Classrooms: Some Considerations for a Translingual Orientation to Writing." *Literacy As Translingual Practice*: *Between Communities and Classrooms*. Ed. A. Suresh Canagarajah. New York and London: Routledge, 2013. 115–127. Print.

Milu, Esther. "Translingual Practices in KenyanHiphop: Pedagogical Implications.” *Literacy As Translingual Practice: Between Communities and Classrooms*. Ed. A. Suresh Canagarajah. New York and London: Routledge, 2013. 104-112. Print.

Molasky, Michael S. *The American Occupation of Japan and Okinawa*. New York: Routledge, 1999. Print.

Morton, Timothy. “Ecology without the Present.” *Oxford Literary Review* 34.2 (2012): 229-238. *OaFindr*. Web. 18 Oct. 2017.

Mountford, R. “On Gender and Rhetorical Space.” *Rhetoric Society Quarterly* 30.1 (2001): 41-71. *JSTOR*. Web. 18 Aug. 2017.

Moura-Koçoğlu, Michaela. *Narrating Indigenous Modernities: Transcultural Dimensions in Contemporary Māori Literature*. Amsterdam: Rodopi, 2011. Print.

Muecke, Stephen. *Ancient & Modern: Time, Culture and Indigenous Philosophy*. Sydney: UNSW Press, 2004. 39. Print.

Mukherjee, Pablo. “Surfing the Second Waves: Amitav Ghosh's Tide Country.” *New Formations*59 (2006): 144-57. Print.

Nien-Ming Ch'ien, Evelyn. *Weird English*. Cambridge, MA: Harvard UP, 2004. Print.

Nilep, Chad. “‘Code Switching’ in Sociocultural Linguistics.” *Colorado Research in Linguistics* N.p. 19 (2006): 1-22. Web. 8 Oct. 2017. https://philpapers.org/archive/NILCSI.pdf

Nora, Pierre. “Between Memory and History: *Les lieu de memoire*.” *Representations* 26 (1989): 7-25. Print.

Okara, Gabriel. “African Speech … English Words.” *Switching Languages: Translingual Writers Reflect on Their Craft*. Ed. Steven G. Kellman. Lincoln and London: University of Nebraska P, 2003. 185-187. Print.

Ortega, Lourdes. “Ways Forward for a Bi/multilingual Turn in SLA.” *The Multilingual Turn: Implications for SLA, TESOL, and Bilingual Education*. Ed. Stephen May. New York: Routledge, 2014. 32-52. Print.

Ortiz, Fernando. *Cuban Counterpoint: Tobacco and Sugar*. Trans. Harriet de

Onís. Durham, NC: Duke University Press, 1995. Print.

Pandey, Anita. "Introduction." *International Journal of Communication* 21. 1 (2011): 1-4. *EBSCO*. Web. 8 Oct. 2017.

——. "When 'Second' Comes First—to the Eye? Sociolinguistic Hybridity in Professional Writing." *Literacy as Translingual Practice: Between Communities and Classrooms*. Ed. A. Suresh Canagarajah. New York and London: Routledge, 2013. 215-227. Print.

Parker, David. *Through Different Eyes: The Cultural Identities of Young Chinese People in Britain*. Brookfield, VT: Ashgate, 1995. Print.

Parsons-Yazzie, E. "A Study of Reasons for Navajo Language Attrition as Perceived by Navajo Speaking Parents." EdD dissertation, Northern Arizona University, 1995. Print.

Paul, Heike. "Introduction: Multilingualism and American Studies." *Amerikastudien/ American Studies*51. 1 (2006): 5 - 8. *JSTOR*. Web. 18 Aug. 2017.

Paz, Octavio. "Los Hijos de la Malinche." *El Laberinto de la Soledad*. Ed. Enrico Mario Santi, 202-27. Madrid: Catedra, 1993. Print.

Penalosa, F. "Chicano Multilingualism and Multiglossia." *El Lenguaje de los Chicanos*. Eds. E. A. D. Cohen Hernandez-Chavez and A. F. Beltramo. Virginia: Centre for Applied Linguistics. 1975. Print.

Pennycook, Alastair. "English as a Language Always in Translation." *European Journal of English Studies* 12. 1 (2008): 33-47. *Arts & Humanities Citation Index*. Web. 14 Oct. 2017.

——. *Language as a Local Practice*. London, UK: Routledge, 2010. Print.

Pennycook, Alastair, and Emi Otsuji. *Metrolingualism: Language in the City*. New York: Routledge, 2015. Print.

Pennycook, Alastair, and S. Makoni. "The Modern Mission: The Language Effects of Christianity." *Journal of Language, Identity, and Education* 4. 2 (2005): 137-155. *ERIC*. Web. 18 June 2017.

Pereira, Claudiany. "Repensando a Nação: Breviário das Terras do Brasil e o

Resgate da Nacionalidade." *Letras de Hoje* 36. 1 (2013): 127–48. *OaFindr*. Web. 05. 06. 2017.

Pérez, Ricardo F. Vivancos. "Feminismo, Traducción Cultural y Traicióón en Malinche de Laura Esquivel." *Mexican Studies/Estudios Mexicanos* 26. 1 (2010): 111–127. *JSTOR*. Web. 2 Oct. 2017.

Platt, J. "A Model for Polyglossia and Multilingualism." *Language in Society* 6 (1977): 361–78. *JSTOR*. Web. 25 Sept. 2017.

Platt, J., and H. Weber. *English in Singapore and Malaysia: Status, Features, Functions*. Kuala Lumpur: Oxford University Press. 1980. Print.

Poe, Mya. "Research on Multilingual Writers in the Disciplines: The Case of Biomedical Engineering." *Literacy as Translingual Practice: Between Communities and Classrooms*. Ed. A. Suresh Canagarajah. New York and London: Routledge, 2013. 170–181. Print.

Pratt, Mary Louise. "Arts of the Contact Zone." *Profession* 91 (1991): 33–40. *JSTOR*. Web. 18 Aug. 2017.

——. *Imperial Eyes: Travel Writing and Transculturation*. London: Routledge, 1992. Print.

Pratt, Mary Louise, Michael Geisler, Claire Kramsch, Scott McGinnis, Peter Patrikis, Karin Ryding, and Haun Saussy. "Transforming College and University Foreign Language Departments." *Modern Language Journal* 92. 2 (2008): 287–292. *JSTOR*. Web. 18 Aug. 2017.

Prior, P. *Writing/Disciplinarity: A Sociohistoric Account of Literate Activity in the Academy*. Mahwah, NJ: Lawrence Erlbaum Associates, 1998. Print.

Rampton, Ben. *Language in Late Modernity: Interaction in an Urban School*. Cambridge: CUP, 2008. Print.

Rashidirostami, Mahroo. "The Translingualism of Kurdish Writers: A Postcolonial Reading of Ali-Ashraf Darvishian's Autobiographical Novel*Sālhāyi Abrī* (*Cloudy Years*)." *Studies in the Novel* 48. 4 (2016): 462–276. *Project Muse*. Web. 10 Dec. 2017.

Reyhner, Jon. "Confronting the Wounds of Colonialism through Words." *Litera-*

cy as Translingual Practice: *Between Communities and Classrooms*. Ed. A. Suresh Canagarajah. New York and London: Routledge, 2013. 70 – 82. Print.

Rubdy, R. , and M. Saraceni. *English in the World*: *Global Rules*, *Global Roles*. London, UK: Continuum, 2006. Print.

Santesso, Aaron. *A Careful Longing*: *The Poetics and Problems of Nostalgia*. Newark: University of Delaware Press, 2006. Print.

Santiago, Esmeralda. "Introduction to Cuando era puertorriqueña." *Switching Languages*: *Translingual Writers Reflect on Their Craft*. Ed. Steven G. Kellman. Lincoln and London: University of Nebraska Press, 2003. 131–134. Print.

——. *When I Was Puerto Rican*. Cambridge, MA: Da Capo Press, 2006. Print.

Scenters–Zapico, John. "Transnational Translingual Literacy Sponsors and Gateways on the United States – Mexico Borderlands." *Literacy as Translingual Practice*: *Between Communities and Classrooms*. Ed. A. Suresh Canagarajah. New York and London: Routledge, 2013. 182–194. Print.

Schulze–Engler, Frank. "Transnational Configurations: Third Spaces in Modern Times." *Communicating in the Third Space*. Eds. Karin Ikas and Gerhard Wagner. London and New York: Routledge, 2009. 149–168. Print.

Scruggs, BertMitchell. *Translingual Narration*: *Colonial and Postcolonial Taiwanese Fiction and Film*. Honolulu: University of Hawai'i Press, 2015. Print.

Severino, C. , Guerra. J. C. and J. E. Butler. *Writing in Multicultural Settings*. New York, NY: Modern Language Association, 1997. Print.

Shahar, Galili. "Eden: A Listening. Reading Celan after Szondi." *Textual Understanding and Historical Experience*: *On Peter Szondi*. Ed. Susanne Zepp. 89–104. Paderborn: Wilhelm Fink, 2015. Print.

Silva, T. , I. Leki, and J. Carson. "Broadening the Perspective of Mainstream Composition Studies: Some Thoughts from the Disciplinary Margins." *Written Communication* 14. 3 (1997): 398 – 428. *Literature Resource Center*.

Web. 18 Aug. 2017.

Sommer, Doris. “Irresistible Romance: The Foundational Fictions of Latin America.” *Nation and Narration*. Ed. Homi K. Bhabha. London and New York: Routledge, 1990. 71–98. Print.

Spivak, Gayatri Chakravorty. *Outside in the Teaching Machine*. New York: Routledge, 1993. Print.

Spyra, Ania. “On Labors of Love and Language Learning: Xiaolu Guo Rewriting the Monolingual Family Romance.” *Studies in the Novel* 48. 4 (2016): 444–461. *Project Muse*. Web. 10 Dec. 2017.

Stavans, Ilan. *Art and Anger: Essays on Politics and the Imagination*. Albuquerque: University of New Mexico Press, 1996. Print.

——. “Autobiographical Essay.” *Switching Languages: Translingual Writers Reflect on Their Craft*. Ed. Steven G. Kellman. Lincoln and London: University of Nebraska Press, 2003. 111–127. Print.

Steiner, George. *After Babel: Aspects of Language and Translation*. London: Oxford University Press, 1975. Print.

Steinitz, Tamar. *Translingual Identities: Language and the Self in Stefan Heym and Jakov Lind*. Rochester, NY: Camden House, 2013. Print.

Stewart, Susan. *On Longing: Narratives of the Miniature, the Gigantic, the Souvenir, the Collection*. Durham, NC: Duke University Press, 1993. Print.

Tardy, Christine M. “Crossing, or Creating, Divides? A Plea for Transdisciplinary Scholarship.” *Crossing Divides: Exploring Translingual Writing Pedagogies and Programs*. Eds. Bruce Horner and Laura Tetreault. Boulder, Colorado: Utah State University Press, 2017. 181–189. Print.

Tawada, Yoko and Chantal Wright. *Portrait of A Tongue: An Experimental Translation*. Ottawa, Ontario: University of Ottawa Press, 2013. Print.

Thiong'o, Ngũgĩ wa. “Imperialism of Language: English, a Language for the World?” *Switching Languages: Translingual Writers Reflect on Their Craft*. Ed. Steven G. Kellman. Lincoln and London: University of Nebraska P, 2003. 169–181. Print.

Thouard, Denis. "Form and History: From Lukács to Szondi." *Textual Understanding and Historical Experience: On Peter Szondi*. Ed. Susanne Zepp. Paderborn: Wilhelm Fink, 2015. 31-42. Print.

Tollefson, James W. "Language Policy and the Meanings of Diglossia." *WORD* 34.1 (1983): 1-9. *MLA International Bibliography*. Web. 18 Aug. 2017.

Tosta, Antonio Luciano de Andrade. *Confluence Narratives: Ethnicity, History, and Nation-making In the Americas*. Lewisburg: Bucknell University Press, 2016. Print.

Trinh, Minh-ha T. *When the Moon Waxes Red: Representation, Gender, and Cultural Politics*. New York: Routledge, 1991. Print.

Van Vuuren, Hermina Elizabeth Janse. *Poetry in Prison: A Study of Breyten Breytenbach's Five Volumes of Prison Poetry in Translation*. Diss. University of Natal, Durban, 1991. Print.

Venuti, Lawrence. *The Scandals of Translation: Towards an Ethics of Difference*. London: Routledge, 1998. Print.

Wahl, Chris. *Das Sprechen des Spielfilms: über die Auswirkungen von hörbaren Dialogen auf Produktion und Rezeption, Ästhetik und Internationalität der siebten Kunst*. Trier: Wissenschaftlicher Verlag Trier, 2005. Print.

Wanner, Adrian. *Out of Russia: Fictions of a New Translingual Diaspora*. Evanston, Illinois: Northwestern University Press, 2011. Print.

——. "Writing the Translingual Life: Recent Memoirs and Auto-Fiction by Russian-American and Russian-German Novelists." *eScholarship* 1 (2015): 1-11. *EBSCO*. Web. 18 Aug. 2017.

Weidner, Daniel. "Reading the Wound. Peter Szondi's*Essay on the Tragic* and Walter Benjamin." *Textual Understanding and Historical Experience: On Peter Szondi*. Ed. Susanne Zepp. Paderborn: Wilhelm Fink, 2015. 56-70. Print.

Weininger, Melissa. "Language Politics: The Boundaries of Homeland and Translingual Israeli Literature." *Studies in the Novel* 48.4 (2016): 477-493. *Project Muse*. Web. 10 Dec. 2017.

Wible, Scott. "Rhetorical Activities of Global Citizens." *Literacy as Translingual Practice: Between Communities and Classrooms*. Ed. A. Suresh Canagarajah. New York and London: Routledge, 2013. 39-46. Print.

Wilson, Rita. "Cultural Mediation through Translingual Narrative." *Target: International Journal of Translation Studies* 23. 2 (2011): 235-250. *A&HCI*. Web. 9 Oct. 2017.

——. "Mediating the Clash of Cultures through Translingual Narrative." *Words, Images and Performances in Translation*. Eds. Brigid Maher and Rita Wilson Australia, Australia/Oceania: Continuum International, 2012. 45-62. Print.

——. "Transplanted Subjects: Self-Translation Processes in Translingual Narratives." *Oltreoceano: Rivista Sulle Migrazioni* 5 (2011): 123-138. *MLA International Bibliography*. Web. 9 Oct. 2017.

Wong, Elaine. "*Translingual Narration: Colonial and Postcolonial Taiwanese Fiction and Film* by Bert Scruggs (Review)." *Studies in the Novel* 48. 4 (2016): 517-518. *Project Muse*. Web. 10 Dec. 2017.

Woods, Michelle. "Elsewhere: Translingual Kundera." *Studies in the Novel* 48. 4 (2016): 427-443. *Project Muse*. Web. 10 Dec. 2017.

Worden, Dorothy. "Afterword." *Literacy as Translingual Practice: Between Communities and Classrooms*. Ed. A. Suresh Canagarajah. New York and London: Routledge, 2013. 235-238. Print.

You, X. "Globalization and the Politics of Teaching EFL Writing." *The Politics of Second Language Writing: In Search of the Promised Land*. Ed. P. K. Matsuda, C. Ortmeier-Hooper and X. You. West Lafayette, IN: Parlor, 2006. 188-204. Print.

Young, James. *The Texture of Memory*. New Haven, CT: Yale University Press, 1993. Print.

Young, Morris. "Foreign and Domestic: Gender and the Place (s) of Asian American Rhetoric." *Narrative Acts: Rhetoric, Race, and Identity, Knowledge*. Ed. D. Journet, B. A. Boehm and C. E. Britt. New York, NY:

Hampton Press, 2011. 67–82. Print.

——. "Neither Asian nor American: The Creolization of Asian American Rhetoric." *Literacy As Translingual Practice: Between Communities and Classrooms*. Ed. A. Suresh Canagarajah. New York and London: Routledge, 2013. 59–69. Print.

Young, Robert J. C. *Colonial Desire: Hybridity in Theory, Culture and Race*. London: Routledge, 1995. Print.

Young, V. Ashanti. "'Nah, We Straight': An Argument against Code Switching." *JAC: A Journal of Composition Theory* 29. 1–2 (2009): 49–76. *JSTOR*. Web. 18 Aug. 2017.

——. "Your Average Nigga." *College Composition and Communication* 55. 4 (2004): 693–715. *JSTOR*. Web. 18 Aug. 2017.

Young, V. Ashanti., and Aja Martinez, eds. *Code Meshing as World English: Policy, Pedagogy, Performance*. Urbana, IL: National Council of Teachers of English, 2011. Print.

Youngkeit, Jason. "Malinche de Laura Esquivel: Una Lucida Revaluación Discursiva de loHistórico." *Confluencia* 28. 2 (2013): 136–148. *JSTOR*. Web. 8 Oct. 2017.

Zaldua, I. "Eight Crucial Decisions (A Basque Writer Is Obliged to Face)." *Writers in Between Languages: Minority Literatures in the Global Scene*. Ed. M. J. Olaziregi. Reno, NV: Center for Basque Studies, University of Nevada, 2009. 89–112. Print.

Zamel, Vivian. "Toward a Model of Transculturation." *TESOL Quarterly* 31. 2 (1997): 341–351. *JSTOR*. Web. 18 Aug. 2017.

Zepp, Susanne, ed. *Textual Understanding and Historical Experience: On Peter Szondi*. Paderborn: Wilhelm Fink, 2015. Print.

Žižek, Slavoj. *The Sublime Object of Ideology*. London: Verso, 1989. Print.

附录 1　术语表

页码	中文名称	英文名称
3	符码啮合	code-meshing
3	跨语际性	translinguality，translingualism
5	符码混合	code-mixing
5	符码转换	code-switching
5	杂糅	hybrid
5	混合	mixed
8	形成时期	formational period
8	基础时期	foundational period
8	中介视角	in-between perspective
8	前瞻式	projective
8	回顾式	retrospective
8	他者	The Other
8	贯穿性	transversality
9	融合	confluence
9	外来词	loanword
9	物体/客体导向	object-oriented
9	多孔的	porous
9	主体导向	subject-oriented
10	存有	being
10	离散	diaspora

续表

页码	中文名称	英文名称
10	消极/否定能力	negative capacity
13	双言现象	diglossia
13	物体间性	inter-objectivity
16	双语现象	Bilingualism
16	语域	register
16	语言变体	variety
17	多言现象	multiglossia, polyglossia
18	违反规则的拼法/书写异常	heterography
18	相互叠加作用	mutual imbrication
19	语义多样的	semiodiverse
20	元语言学	metrolingualism
20	文化嫁接	transculturation
20	跨语言	translanguaging
21	异质词汇	heteroglossi
21	读写能力的研究	literacy studies
23	能动性	agency
24	沉淀	sedimentation
25	还原性跨语际性	a reductive translingualism
25	流动种族	Metroethnicities
25	母语主义	metrolingualism
25	多语言的	multilingual
25	多语制主义	plurilingualism
25	扩张的跨语际性	the expansive translingualism
27	倾向	disposition
28	激励	motivator
31	挪用	appropriation
32	客体/客位	guest

续表

页码	中文名称	英文名称
32	主体/主位	host
32	泛语言	Panligualism
36	汇流叙事	confluence narrative
36	乡痛症	solastalgia
37	身份认同	identity
39	边界汇合	border confluence
41	中介语	interlanguage
44	民族图景	ethnoscape
45	自传式民族志	autoethnography
45	文化超越	cultural transcendence
53	遏制	containment
53	多中心的	polycentric
53	修辞调整	rhetorical attunement
57	动能	agency
57	生态可供性	ecological affordances
59	语言多样性	Glossodiversity
59	符号多样性	semiodiversity
60	实践共同体	communities of practice
60	接触区	contact zone
62	多语言主义	multilingualism
65	历史跨语际的语言景观	historico-translingual landscape
67	精英体裁	elite genres
67	规范	norms
73	流动汇合	Confluere
76	马卡罗式散文	macaronic prose
82	戏剧异化效应	Verfremdungseffekt
86	惯习	habitus

续表

页码	中文名称	英文名称
87	行为中的能动	agency-in-action
87	主体间性	inter-subjectivity
90	索引性/指示性	indexicality
90	时空变化	spatio-temperalvariation
92	双重视觉	double vision
94	战略建构主义	strategic constructivism
94	贱民	subaltern
97	诗学和病理学的	poetic and the pathological
98	融合叙事	confluence narratives
98	生态传送	ecological remittance
100	层压文字文物	Laminated literate artifacts
101	元叙事	meta-narrative
108	迹象	Sign
109	象征秩序	symbolic order
113	地方感	senseof place
120	阿非利卡语	Afrikaans
120	恩德贝勒语	Ndebele
120	斯佩迪语	pedi
120	索托语	sotho
120	斯威士语	swati
120	跨国者	transnationals
120	聪加语	tsonga
120	茨瓦纳语	tswana
120	文达语	venda
120	科萨语	xhosa
120	祖鲁语	zulu
125	实体化	entextualization

续表

页码	中文名称	英文名称
125	再文本化	recontextualization
130	姿态策略	gesture strategy
130	消极的缺席	passive absence
133	静态且边缘化	static periphery
133	乌托邦式的	utopian
135	世界性想象	cosmopolitan imagination
135	选择性亲和力	electiveaffinity
137	反省地	reflexively
139	等式	equation
139	阈限性	liminality
140	后世	afterlife
140	自动地形图	autotopography
141	去区域化	deterritorializing
142	轮廓	contour
142	再地域化	reterritorialization
145	孩童预言	child-prophetesses
146	字母偏差	alphabetic bias
187	小说转向	fictional turn
208	成长式	Bildung-like

附录 2

Translational Fiction：The Negotiation Process in Amitav Ghosh's *The Hungry Tide*[①]

维也拉（Else R. P. Vieira）于20世纪90年代提出了翻译研究的“小说转向”（fictional turn）作为翻译研究中的学科动向，这种“小说转向”的特征是合并小说和理论的参数，作为翻译与其他阐述过程的理论化来源。同样的，帕嘉诺（Adriana S. Pagano）更进一步指出，围绕在“小说—理论—翻译”三元素的小说转向具有两个特征：（一）翻译的小说化，即作品中用翻译来反映小说中女性/译者/移民的“中间状态”（in-betweenness）；（二）小说作为翻译理论化的来源，并以翻译／译者为主题的小说，成为研究翻译／记忆／历史的表述物件。在本文中，我将果许（Amitav Ghosh）的《饿潮水》（*The Hungry Tide*）视为结合小说、理论和翻译三元素之“翻译小说”，并以“协商”和“翻译”的视角重读小说中三位主要人物——比雅（Piya）、佛可（Fokir）和柯耐（Kanai）——作为分析对象，说明印度小说家果许如何在各种对立的价值观，例如文化与自然、政府与难民、殖民者与被殖民者、全球与地方等冲突，试图找到中介立场，同时也思考小说家如何翻译过去，让历史在现在可以得到救赎的可能性。

Abstract：In the 1990s, Else R. P. Vieira proposes a "fictional turn" in translation studies to mean "the incorporation of fictional-theoretical parameters as a source of theorization on translation." Adriana S. Pagano goes one step fur-

① 本文发表于《淡江外语论丛》2017年29期。

ther to argue that the fictional turn contains features in dual dimensions: (1) the fictionalization of translation; (2) fictions as a source of translational theorization. Following first Vieira and Pagano's "fictional turn" and then André Lefevere and Susan Bassnett's notion of "negotiation," I argue that Amitav Ghosh's *The Hungry Tide* showcases the livelihood of the locals in the Sundarbans, which is seen as a good example for translational process. There is translation and negotiation among the three main characters—Piya, a cetologist as well as an Indian-American who has no mastery of local languages of India; Fokir, an illiterate fisherman of the Sundarbans who boasts his knowledge of the local environment; and Kanai, a businessman from Calcutta fluent in several languages, who comes to the Sundarbans to collect a parcel his late uncle has left for him and coincidentally becomes the translator between Piya and Fokir. I first examine the shift from "fictional turn" to translational turn and then analyze Ghosh's *The Hungry Tide* as a "translational fiction." For my part, Ghosh's translational process in fiction consists of various layers of power relations imbedded in the novel, which reveals an in-depth dimension of its translational value.

Keywords: translational fiction; fictional turn; negotiation; *The Hungry Tide*

In the 1990s, Else R. P. Vieira proposes a "fictional turn" in translation studies as an "incorporation of fictional-theoretical parameters as a source of theorization on translation" (Vieira 50, Pagano 81, Curran 233). Based upon the trends of inter-disciplinary research, this type of critical approach highlights the importance of genre fluidity. Adriana S. Pagano goes one step further to argue that the fictional turn features a dual meaning: (1) The fictionalization of translation demonstrates the "displacement that characterizes the 'in-betweenness' of woman, the translator, and the migrant" (81); (2) fictions are seen as a source of translational practice. Pagano uses the novels of Julio Cortázar to illuminate that translation is "a strategy of reading for subverting power relationships governing the process of meaning production" (Pagano 86). For Pagano, the fictional turn is more "sensitive to relationships and movements difficult to capture through more orthodox analyses that do not consider fictional texts" (97) .

Following Vieira's line of thought, it is obvious that the default of the "fictional turn" is "the incorporation of fictional-theoretical parameters." At issue here is whether all critical theories can be fictionalized, or, whether genre fluidity can destablize the significance and boundary of each genre existing independently. In other words, how can we understand the incorporation of fictional-theoretical parameters as the combination of novel-writing and various critical theories? Or, concerning a certain social field, do novels become a source of critical theory that encourages action in the corresponding social field? Having said that, perhaps we might say that critical studies in the fiction-theory-translation triad envision a new outlook: It is less a study of "fiction-theory and translation" than "fiction and theory-translation." James S. Holmes encapsulates carefully its concept and connotation regarding the tendency of theory-translation:

> [*T*] *heoretical translation studies* or *translation theory*, is, as its name implies, not interested in describing existing translations, observed translation functions, or experimentally determined translating processes, but in using the results of descriptive translation studies, in combination with the information available from related fields and disciplines, to evolve principles, theories, and models which will serve to explain and predict what translating and translations are and will be. (177-78, original emphasis)

For Holmes, pure translation studies is divided into two areas of research: descriptive translation studies (DTS) or translation description (TD) and theoretical translation studies (ThTS) or translation theory (TTh). Descriptive translation studies, closely related with empirical phenomena, refer to the branch of the discipline that focuses on product, function and process (176). Product-oriented DTS includes individual and comparative translation descriptions; function-oriented DTS is interested in the description of the function in the recipient socio-cultural situation; process-oriented DTS pays attention to the translator's thinking process during translation (176-77).

Furthermore, DTS provides translation theory with basic data, and both DTS and translation theory enrich each other with their own findings (Holmes 183). As such, the text and function of translation in fiction, in the branch of DTS, can be utilized to serve the study on translation theory (TTh) by supplying materials. Hence, the "fictional turn" in the field of translation studies should be interpreted as "translational fiction," which means that the theme and character of the novel are intimately connected with translation (for example, a theme is a translation event with related activities, and the character is a translator), or narrations of the theme and characters look for values of translation in terms of its function and significance (for instance, discussion of the hermeneutical function of translation, preservation and subversion function of memory, and pedagogical function of political awareness).

In addition to Vieira's fictional turn, another trend of "translational fiction" emerges in academia. This concept of translational fiction, in effect, is inspired by Georg Lukács who promulgates the dual concerns of the "historical novel" in his seminal study on *The Historical Novel.* For Lukács, the novel's theme and costumes are historical and the descriptions of character's mentality and behaviors are also embedded in a historical age (19) . Lukács notes that the historical novel reflects the whole of social-historical life characteristic of "translational fiction," especially the relation between fiction and theory-history. In the "historical novel," theory and history are mutually implicated. Just as Lukács argues, the sense of history puts novelists in a better position to describe the past and the connection between the past and the present. On the one hand, it enlightens people how the present evolves from the past. On the other, it reminds people of the direction towards the future from the present (53-58) . Under these circumstances, the social-historical wholeness can display the necessity of history through the narration of the novel. Drawing on the insights of the fictional turn and the inspiration from Lukács's historical novel, we now can come up with a new term—translational fiction—to trace the translating activity and how it brings the cultural, social, historical and political dimensions together in the novel. Interestingly, this process enables us to understand why translation is not only influenced by ideology, but also situated in historical contexts. In other words, "translational fiction" is not only seen as a political pedagogy, it also contains the dynamic function moving towards a future embedded with the experience of history.

Actually, the criticism of translation theories helps us get a glimpse of those functions of translational fiction. For instance, in*Constructing Cultures: Essays on Literary Translation* and *Culture and Imperialism*, Susan Bassnett and Edward W. Said elaborate respectively how translation constructs culture, and how culture can be linked together with ideology via fiction. In "Translation as Testimony: On Official Histories and Subversive Pedagogies in Cortázar," Pagano aptly observes that fiction is a crucial source of information (86), the recording facts of evidence (88), and the pedagogical function in the political dimension (91). More importantly, Pagano subscribes to the belief that these dynamic functions of translational fiction are pedagogically "Bildung-like," shocking the readers to an awareness that opens up their horizon of expectation to realize their political purpose. This also explains why in his analysis of Cortázar's novel *A Manual for Manuel* pinpoints that translation subverts traditional patterns of education, which leads the young to read classical literature and to obtain encyclopedic knowledge of the world, promoting a "Bildung-like" process, just like the pedagogical implication, that helps the young "develop sensitivity to concerns pertaining to human rights banned from school textbooks and casually consigned to the spaces between the lines of the popular press" (93). For me, this Bildung-like process inevitably leads a dynamic path moving towards the future. Therefore, translational fiction has a pedagogical function to speak to the political, anticipating a dialogue between politics and the experience of history. In this paper, I argue that, following André Lefevere and Susan Bassnett's notion of "negotiation," Amitav Ghosh's *The Hungry Tide* not only unravels a history of the subalterns, showcasing the livelihood of the locals in the Sundarbans, the southernmost area of India, but also infers a negotiation process among the three main characters: Piya, a cetologist as well as an Indian-American who has no mastery of local languages of India; Fokir, an illiterate fisherman of the Sundarbans who boasts his knowledge of the local environment; and Kanai, a businessman from Calcutta fluent in several languages, who comes to the Sundarbans to collect a parcel his late uncle has left for him and coincidentally becomes the translator between Piya and Fokir. The negotiation process is itself a translational process. ①

Negotiation in Amitav Ghosh's *The Hungry Tide*

In an interview with Alessandro Vescovi, Ghosh states that the seed of writing this novel begins with his uncle: " [Y] ou know almost all my books are about my uncles, fortunately I have many uncles, both my father and my mother had nine siblings each, so it means lots and lots of uncles and cousins to draw upon. And I had this uncle who was actually Sir James Hamilton's estate manager. He would talk a lot about the Sundarbans, through him my family visited the Sundarbans. So I went back to just look at the Sundabans again and that was when the idea came to me" (136). Ghosh then continues that *The Hungry Tide* is actually about "a response to two things": (1) *The Hungry Tide* is a response to 9/11 that rewakes our modern consciousness to love this world in spite of its terrorism and violence, and (2) writers are expected to have a duty to address environmental issues (136-37). Seen in Ghosh's perspective, perhaps we might say that Ghosh's *The Hungry Tide* is a historical, ecological, and translational novel in that Ghosh seems to translate the past so that its future redemption could be rendered possible.

The novel is divided into two parts: *jowar* (ebb) and *bhata* (flow) with 66 subchapters (Hoydis 293). Set in the tide country with "its treacherous beauty and heterogeneity" that "resists colonization" (Hoydis 294), Ghosh mentions that *The Hungry Tide* is about "family history," which revolves around the

① During the translational process, namely the negotiation process, the characters in the novel can gradually recognize the social and political identity of others from different classes and backgrounds in their encounters.

Marichjhãpi massacre, the forgotten part of history in the Sundarbans. According to Mallick, "the settlement of Morichjhãpi was described by Jyoti Basu, the Chief Minister of West Bengal, as illegal trespassing on a state Forest Reserve and on land designated for tiger preservation" (115). Pablo Mukherjee sums up the massacre as follows:

> [In] January–May 1979……the communist-led Left Front government of West Bengal ordered the forcible eviction of thousands of Bengali refugees who had settled on the island of Marichjhãpi in the tidal mangrove forest areas known as the *Sundarbans*. The government claimed that the refugees had illegally encroached on 'reserved' forest earmarked for a World Wildlife Fund-sponsored tiger protection project. The majority of the Marichjhãpi refugees came to West Bengal from Bangladesh in successive waves after the 1971-72 war of independence. (Mukherjee 148-49)

In consonance with Ghosh's core concerns, Mukherjee suggests that "any attempt to study the effects of imperialism, decolonization, or globalization needs to consider 'environmental' categories……as well as 'political-cultural' categories……" (qtd. in Hoydis 296). For Mukherjee, *The Hungry Tide* embodies "the 'ecology' of postcolonialism" (148) that calls for "a different order of story-telling" (148). I think this "different order of story-telling" comes closer to André Lefevere and Susan Bassnett's notion of negotiation or devising strategies through which "texts from one culture can penetrate the textual and conceptual grids of another culture, and function in that other culture" (7). More poignantly, for Annu Jalais, the tragic death will not stop with the Marichjhãpi massacre, the atrocity and cruelty of the Indian Government continues:

> After Marichjhãpi, they said, tigers had started preying on humans. This sudden development of their man-eating trait was believed to have been caused by two factors. One was the defiling of the Sundarbans forest due to government violence, the second was

> because of the stress which had been put thereafter on the superiority of tigers in relation to the inhabitants of the Sundarbans. The brutality and rhetoric with which the refugees had been chased away, coupled with measures for safeguarding tigers which the government initiated soon after the events of Marichjhãpi, had, explained the villagers, gradually made tigers 'self-important'. With this increased conviction of their self-worth, tigers had grown to see poorer people as 'tiger-food'. (Jalais 1758)

Here, the other, the disposables, the untouchables, function as the "textual grid," or the medium that "a culture makes use of" (5). Ironically, these refugees need to be hurt so that they can be heard.

The Hungry Tide consists of two major stories: life in the present in the Sundarbans and the notebook about the historical Morichjhãpi massacre. In *The Hungry Tide*, Ghosh gives the tide country a historical sense of place, as Nirmal claims that "I am writing these words in a place that you will probably never have heard of: an island on the southern edge of the tide country, a place called Morichjhãpi ……" (Ghosh 67). Thematically, the novel depicts a character named Nirmal who keeps a personal notebook in the hope that his cousin Kanai can go back to the Sundarbans to redeem his past.

For Ghosh and Nirmal, the past has a claim to make. Mallick points out that there are "as many as 17, 000 of the refugees who had settled on the island [that] died of starvation or disease" and that they "were drowned when police scuttled their boats, were shot by police, or were brutally killed by men hired to assist the police with eviction" (114). Ghosh states in the "Author's Note" in*The Hungry Tide* that the coverage of the Morichjhãpi massacre was not much at the time (402). Similarly, Terri Tomsky also complains that "Prior to its fictionalization in Ghosh's novel, Morichjhãpi's history had all but lapsed into oblivion" (57). Here Ghosh's attempt to negotiate the past is obvious.

Negotiation attempts a space of becoming, thus staying productively between past and future. Throughmilitating "heavily against the kind of faithfulness traditionally associated with equivalence" (4), negotiation aims at finding novel paths leading to relationality; in other words, negotiation "does not take place on absolutely equal terms" (4). To form textual and conceptual grids, the more it relies on translation and rewriting, the more the image of one culture will be constructed by another culture through translation.

As a poetics of relationality, negotiation between fiction and translation is endowed with cultural and political significances. Hence, the advancement of emplotting in translational fiction can be seen as a form of negotiation between different cultures—self and other and history and nature—which construct and influence each other. What then behind the process of translating is the power structure that is formed by knowledge? This translation process has been examined keenly by Edwin Gentzler who notes the shift of locus from culture to (power) structure:

> Colonialism and imperialism were and are made possible not just by military might or economic advantage but by knowledge as well; knowledge and the representations thus configured are coming to be understood as a central aspect of power. Translation has been a key tool in the production of such knowledge and representations ……Translation thus is not simply an act of faithful reproduction but, rather, a deliberate and conscious act of selection, assemblage, structuration, and fabrication—and even, in some cases, of falsification, refusal of information, counterfeiting, and the creation of secret codes. (xxxiii)

Gentzler first claims that translators participate in the power structure by creating knowledge and shaping culture. And he also argues that, in the political context, translation takes the position of "negotiation" among various kinds of power relations, which is a top-down/bottom-up bi-directional interaction. The execution of power is not necessarily suppression and limitation that can be conducted only by a top-down pattern. As a matter of fact, translation can also introduce "counterdiscourse" to subvert orthodox tradition by exerting influence on the power structure through bottom-up channels. In this dual-way interaction, the translator always plays dual roles; on the one hand, he/she can be involved in the power structure, on the other hand, he/she could be marginalized by the power structure. This role of double agent, played by the translator, reflects the power operation in the process of cultural negotiation, which can be displayed in translation (xxxi) .

The Hungry Tide as a Translational Text

To understand the mechanism of thepower structure, an analysis of "translational fiction" may be helpful. In the context of translational fiction, "negotiation" is defined as a dual-way strategy devising of power relations by translation in novels and short stories, by which the function and meaning of translation can penetrate into characters and plots in fiction, and play an important role in the developing process of fiction; and fiction per se evolves during the devising deployment of translation. In other words, negotiation here can be regarded as the evolvement of various powers imbedded in translational fiction.

The tension between translation and fiction exists during thetranslational process. Jacques Derrida claims that translation is governed by a "double bind," namely "the text both requires and forbids its translation," and Lori Chamberlain metaphorizes it as a "double-edged razor," since the "author and translator are seen as working together, both in the cooperative and the subversive sense" (Chamberlain 326). Translation and fiction undergo a tension process all the time, during which negotiation can be displayed. Because they possess common interests, they can enter into negotiation to cooperate. At the same time, they contain different functions and meanings in two important aspects so that they can utilize negotiation to subvert each other.

Firstly, translation and fiction are interdependent with each other. This is a precondition of negotiation, which can be called as a kind of contract relationship. According to Derrida's viewpoint, "[t] ranslation is writing; that is, it is not translation only in the sense of transcription. It is a productive writing called forth by the original text" (153). He "subverts the autonomy and privilege of the 'original' text, binding it to an impossible but necessary contract with the translation and making each the debtor of the other" (Chamberlain 325). Hence, the relationship between translation and fiction is an equal contractual relation, built on an unequal basis. The two can never conduct negotiation on an absolutely equal condition (Lefevere & Bassnett 4), yet the two become the debtor of each other in different circumstances. To some extent, a kind of equal position comes into being between the two, because this debtor relation can be understood as collusion to a certain degree. Bassnett makes clear that "collusion" exists between the writer and RAT (reader as translator), so translation and fiction possess the prerequisite of negotiation (35). By negotiation, on the one hand, literature seeks its development through the medium of translation; on the other, translation searches for its significance under hegemony via the narration of fiction.

Secondly, translation and fiction co-evolve with the help of each other. Since the collaboration between writer and translator can be conducted in a cooperative and subversive manner, then fiction can realize internationalization by translation, and translation can execute a pedagogical function in the process of fiction's localization. Just like Chamberlain argues:

> [T] ranslation has also been figured as the literary equivalent of colonization, a means of enriching both the language and the literature appropriate to the political needs of expanding nations……Because literary success is equated with military success, translation can expand both literary and political borders. (317-18)

This just echoes Gayatri Chakravorty Spivak's argument that the process of negotiation contains a dual perspective (Simon 138). Translation refers to the function of both internationalization and localization as a necessary result of globalization. And this dual perspective between fiction and translation reflects in the coexistence of world literature and hegemony, which shows as the result of negotiation.

As such, translation meditates on history and realizes its political purpose in terms of forecasting the future. Just as Homi Bhabha claims, translation becomes the site for new cultural production. That may be the reason why he creates the term "translational culture" to describe those migrants and hybridized identities in the postmodern world (212). And this "translational culture" can be concretized in the form of fiction as the essence of "translational fiction."

As a translational fiction, Ghosh's *The Hungry Tide* exemplifies an alternative form of expression in the translational process. Through the analysis of the relations among the three key characters in *The Hungry Tide*, namely Kanai, Piya, and Fokir, this novel presents the exploration values of translation in terms of its function, and significance as the plotline develops.

With the theme and characters closely related with translation, the translational process between Piya's and Fokir should be analyzed if we want to have a clear understanding of the transformation of their relation. Piya and Fokir have different backgrounds: Piya comes from America while Fokir is aboriginal. They belong to totally distinct social classes. Piya is a middle-class cetologist while Fokir is the poorest of the poor. Meanwhile, Piya is a scientist rich in professional knowledge while Fokir is illiterate but full of the practices on water. In the novel, at the very beginning of their relationship,

> There was the immeasurable distance that separated her from Fokir. What was he thinking about as he stared at the moonlit river? The forest, the crab? Whatever it was, she would never know: not just because they had no language in common but because that was how it was with human beings, who came equipped, as a species, with the means of shutting each other out. The two of them, Fokir and herself, they could have been boulders or trees for all they knew of each other: and wasn't it better in a way, more honest, that they could not speak? (159)

Initially, the huge gap between Piya and Fokir is caused by human factors, not by language. It is the social, political and cultural background that puts them apart. Piya, however, becomes closer to Fokir once she understands deeper his background. She becomes gradually in tune with Fokir after several days they spend together to trace local dolphins. When Fokir shows Piya the lunar rainbow, they "sat unmoving, like animals who had been paralysed by the intensity of their awareness of each other. When their eyes met again it was as if he knew at a glance what she was thinking" (352). This special way of translation between Piya and Fokir is finally built up, and after negotiating with Fokir, Piya's "self-sufficient and scientific attitude to the world" renders her a stick-in-the-mud. She gradually cultivates "an intimate relationship with Fokir" which is featured by "silence and cooperation" (Huttunen 128). Thus, the change of their relationship is positively realized via translation, as kind of communication between two groups of people with distinct social and cultural backgrounds.

As a special way of translation, the silence between Piya and Fokir leads itself to new possibilities. Although Piya and Fokir cannot communicate through language, they are connected by semiotic and ecological resources. In various contexts, like on the sea, under the moon, and in the boat, things can be communicated smoothly via their eye-contact and other gestures in silent mode. The silence between them can be interpreted as a powerful means of translating their feelings. Piya seems able to explore and understand the aboriginal and nature. At the end of the novel, Piya comes back to work with Fokir's knowledge recorded by a hand-held monitor and to help Fokir's wife and son with raised money. Moreover, she wants to name her research project after Fokir, which can be taken as a good memorial for him (396-99). By so doing, people worldwide could see the status quo of the poor living in India, whose voice can gradually be heard and whose rights can be better protected. Thus, the translational process can exemplify its function of bringing about a positive tendency for both major and minor groups.

Unlike Piya's more romantic translational relation with Fokir, Kanai's translational process with Fokir is an agonistic one. As a professional translator mastering more than six languages, Kanai appears as "too full of himself" and full of "self-centredness" (13), because he believes that language is "a transparent film, a prism that allowed him to look through another set of eyes, to filter the world through a mind other than his own" (327). Since he understands the local language, Kanai, as an interpreter, helps Piya and Fokir to communicate with each other. In Ghosh's hands, Kanai is depicted as "the founder and chief executive of a small but thriving business" (20). Though he can "provide translators for all kinds of organizations: businesses, embassies, the media, aid workers, charitable organizations, multinational companies and the like," ironically, he cannot help himself fully understand Fokir. When Fokir is in fear of a tiger near the island Garjontola, he asks Kanai whether he can feel the same fear. And Kanai thinks as follows:

> It was as though his mind had decided to revert to the functions for which it had been trained and equipped by years of practice. At that moment nothing existed for him but language, the pure structure of the sound that had formed Fokir's question. He gave this inquiry the fullest attention of which his mind was capable and knew the answer almost at once: it was in the negative; the truth was he did not feel the fear that had raised bumps on Fokir's skin [···]. But he knew also that fear [···] was something learnt, something that accumulated in the mind, through knowledge, experience and upbringing. Nothing was harder to share than another person's fear, and at that moment he certainly did not share Fokir's. (322)

We have already known that what separates Kanai from Fokir is not language, but the difference in social and cultural background. Kanai is so talented that he can enter into everyone's mind; however, he can never share Fokir's feelings because "the world is not available to him merely as a sociolinguistic phenomenon where everything can be learned through the logical twists and turns of language" (Huttunen 127). In contrast to Kanai's cultural literacy, Fokir's natural literarcy somehow puts him in a better position to trace dolphins and recognize water routes. Moreover, Fokir's specialty of being acquainted with local animals and nature is obtained over years of accumulation of practical experience, which cannot be outweighed by language. Here the limitation of language existing between people with different cultural and social backgrounds invites our discussion of a hidden culture-nature dichotomy and its inadequacy in the novel.

The gap between the local and the metropolitan needs to be bridged over and the translation between Kanai and Fokir can be seen as that between distinct social classes, namely the caste system in India. When Fokir left Kanai on the islandGarjontola, Kanai found himself in a strange and precarious situation. He felt that to be left alone in the wild would be dangerous. He reprimands Fokir for abandoning him, even though Fokir wants to come to help when he tumbles into the mud. Through this episode, Kanai's self-reflection betrays the bias deep-rooted in his mind:

> [T] he master's suspicion of the menial; the pride of caste; the townsman's mistrust of the rustic; the city's antagonism towards the village. He had thought he had cleansed himself of these sediments of the past, but the violence with which they spewed out of him now suggested that they had only been compacted into an explosive and highly volatile reserve. (326)

The prejudice towards lower social classes has been long embedded in Kanai's mind, which is too hard to be uprooted. As a member of the upper-middle class, Kanai runs a translation business successfully in the big city Calcutta, thinking himself superior to people in lower classes. And Kanai cannot contain his rage but call Fokir a "son of a pig" (326), when he is trapped in an unfamiliar and dangerous environment.

However, Kanai introspects and changes his observation towards Fokir and himself after this incident inGarjontola. When he looks at Fokir, his own vision is refracted, seeing a great host of people rather than himself, who

> destroyed Fokir's world, burnt his home and killed his mother; he had become a token for a vision of human beings in which a man such as Fokir counted for nothing, a man whose value was less than that of an animal. In seeing himself in this way, it seemed perfectly comprehensible to Kanai why Fokir should want him to be dead—but he understood also that this was not how it would be. Fokir had brought him here not because he wanted him to die, but because he wanted him to be judged. (327)

Similarly, in a key passage Fokir chants a local legend of which the outsiders, such as Piya and Kanai, are ignorant. From an ethics of reading, the barrier or distance between them gradually disappeared. Piya feels that "the language and the music were all around her, flowing like a river, and all of it made sense ……Although the sound of the voice was Fokir's, the meaning was Kanai's, and in the depths of her heart she knew she would always be torn between the one and the other" (360). Apparently, Fokir, one from a lower class, expresses his intent of equality, reversing the situationof always being discriminated against. After the translational process, Kanai can understand Fokir better once he overcomes prejudice towards the lower social class.

De facto, the translational process here is the negotiation process between Kanai and Fokir, during which Fokir's meaning and identity can be recognized by Kanai. Before this process of negotiation, Kanai is so arrogant and cannot understand Fokir. But now, he becomes modest and can better comprehend Fokir. And through his negotiation with Fokir, Kanai learns how little he knows of himself and of the world when he is at Garjontola (353). The change of their relationship shows that the translational process is crucial to people in different social classes, which can produce positive changes.

The relationship between Kanai and Fokir, as another kind of translation full of disputes, makes Kanai have better understanding of the aboriginal and nature.

At the end of the novel, it is said that Kanai will write the story of his late uncle's notebook and what happens to Fokir (399). It indicates that the real history of the poor in India can be uncovered, and some positive changes could be brought about to both the lower and higher social classes.

As a matter of fact, Fokir plays the role of bridge connecting Piya and Kanai with nature. According to Huttunen, "Fokir's role seems to be that of a mediator between man and nature [...]. Fokir's closeness to nature and animals is further emphasized by his uneasiness with language and [...] his extensive knowledge of the channels and the routes of the dolphins" (128-9). Since Fokir knows nature well but is poor in language, he can be taken as part of nature from the perspective of Piya and Kanai. Therefore, Piya and Kanai's translational process with Fokir can be further extended as the negotiation between humans and nature. When they get closer to Fokir, they understand nature better.

In order to explore human negotiation with and translation of nature, the way that this tide country is formed should be discussed here. Kanai's late uncle narrates it in his notebook:

> The mudbanks of the tide country are shaped not only by rivers of silt, but also by rivers of language: Bengali, English, Arabic, Hindi, Arakanese and who knows what else? Flowing into one another they create a proliferation of small worlds that hang suspended in the flow. And so it dawned on me: the tide country's faith is something like one of its great mohonas, a meeting not just of many rivers, buta roundabout people can use to pass in many directions—from country to country and even between faiths and religions. (247)

The convergence of different rivers also indicates the fusion of humans with different social and cultural backgrounds, who speak distinct languages and believe in diverse religions. It's telling that the tide country is a perfect union of humans and nature. Huttunen claims that in this novel, Ghosh focuses on the "mixture of fresh and salt water and their confluences, which create new kinds of life organisms" (121). On the one hand, the tide country seems impossible for people to live in due to its harsh natural environment of dangerous animals and storms; on the other hand, it reflects the translational process between humans and nature as different peoples come to this place just like the meeting of rivers which can create new possibilities.

The word "Badabon" is a vivid example of new possibilities, produced by the negotiation between humans and nature. When Kanai's late uncle gives a name to his aunt's Trust, he chooses this Bengali word rather than the English "Bedouin" which is "merely an anglicizing of Arabic" of the meaning of desert. In contrast, Badabon "joins Arabic to Sanskrit— 'bada' to 'bon', or 'forest' . It is as though the word itself were an island, born of the meeting of two great rivers of language—just as the tide country is begotten of the Ganga's union with the Brahmaputra" (82). The creation of this Bangla word shows the fusion of people with different languages and religions as well as the negotiation between life and land. More importantly, the naming of the Trust demonstrates the new aspirations of local people, who seek hope of life that is symbolized by "forest" rather than live in a hopeless "desert."

Therefore, language is never the cause of problems among Piya, Kanai and Fokir. The difficulty of their communication lies in their different social and cultural backgrounds, which can be negotiated. The translational process between Piya and Fokir brings about new possibilities to deal with the problems dividing major and minor groups in society. The negotiation between Kanai and Fokir suggests another way to address the conflicts alienating lower and higher social classes. And the negotiation between human and nature shapes a becoming path creating new possibilities and hope for life. Just as Zullo argues that "Amitav Ghosh seems to succeed in giving us his own version of the Indian community, which represents a landing place, as well as one full of hope for surviving the 'tempests' of history" (107). It is the hope that "translational fiction" delivers to us, which necessarily requires a long course of time accompanied by cooperation and conflicts.

It necessarily occasions inconsistency between different interest groups, between majority and minority, between old-fashioned and newly-established value systems. No matter in peaceful means or violence, negotiation is an effective means to resolve the conflicts between heterogeneous units in this post-national order. Inspired by the word "pharamakon," which means both "poison" and "cure" (*Dissemination* 97-98), the proposed "translational fiction" aims to tackle the tension between translation and fiction in recognition of violence and peace at the same time. In the short term, our world would be filled with "increased incivility and violence" (Appadurai 23), which awaits a timely articulation of negotiation. Nevertheless, there is no clear-cut answer on whether both sides can strike the balance during the process of translation. But what is important is that this "translational fiction" should be paid attention to as an essential gesture and a crucial prerequisite to address issues no matter which way is chosen or which party overwhelms. It is only through the translational process that new possibilities can occur.

Conclusion

Translation is an important metaphor for contemporary Indian multicultures to steer away from the symptoms of the colonial condition fraught with conflicts between the insider and the outsider, the local and the metropolitan, the familiar and the uncanny. In *The Hungry Tide*, Kenai and Piya gradually build up their own cultural identity through this encounter with place, locals, and the historical past. Thus, translation is central to the recovery of identity. More importantly, cultural translation is not based on a projection of high culture onto the low culture; conversely, it is achieved through Kenai's and Piya's "cross-cultural initiation." For Ghosh, negotiation and translation pay particular attention to the forgotten past. However, the past will not become a thing of the past. Ghosh's translation of the "encounter" between the characters marks the beginning of a new understanding of the other. As a translational fiction, *The Hungry Tide* attempts at a negotiation between meaning and identity in the social, cultural, historical and political contexts. By way of negotiating and translating the past, Ghosh tries to offer an ethics of reading the past so that the past is no longer "unhomely" or "wild." Rather than preaching for a yearning for the past, Ghosh's translation of the past creatively generates a meaningful, unforgettable, and heart-beating future.

Works Cited

Appadurai, Arjun. *Modernity at Large: Cultural Dimensions of Globalization.* Vol. 1. Minneapolis: Minnesota UP, 1996. Print.

Bassnett, Susan. "When is a Translation not a Translation?" Ed. Susan Bassnett and André Lefevere. *Constructing Cultures: Essays on Literary Translation.* Clevedon: Multilingual Matters, 1998. 1-11. Print.

Bhabba, Homi. *The Location of Culture.* London: Routledge, 1994. Print.

Chamberlain, Lori. "Gender and the Metaphorics of Translation." Ed. Lawrence Venuti. *The Translation Studies Reader.* London and New York: Routledge, 2004. 314-30. Print.

Curran, Beverley. "The Embedded Translator: A Coming Out Story." *Translating and Interpreting Conflict.* Ed. Myriam Salama-Carr. New York, Rodopi, 2007. 233-50. Print.

Derrida, Jacques. *The Ear of the Other: Otobiography, Transference, Translation.* Ed. Christie V. McDonald. Trans. Peggy Kamuf. New York: Schocken, 1985. Print.

——. *Dissemination.* Trans. Barbara Johnson. Chicago: U of Chicago P, 1981. Print.

Gentzler, Edwin and Maria Tymoczko. "Introduction." Ed. Maria Tymoczko and Edwin Gentzler. *Translation and Power.* Boston: U of Massachusetts P, 2002. Print.

Ghosh, Amitav. *The Hungry Tide.* London: Harper Collins, 2004. Print.

Holmes, James S. "The Name and Nature of Translation Studies." Ed. Lawrence Venuti. *The Translation Studies Reader.* London and New York: Routledge, 2004. Print.

Hoydis, Julia. "*Tackling the Morality of History*": *Ethics and Storytelling in the Works of Amitav Ghosh*. Heidelberg: Universitatsverlag, 2011. Print.

Huttunen, Tuomas. "Language and Ethics in*The Hungry Tide* by Amitav Ghosh."

History, Narrative, and Testimony in Amitav Ghosh's Fiction. Ed. Chitra Sankaran. New York: State U of New York P, 2012. 121-32. Print.

Jalais, Annu. "Dwelling on Morichjhanpi: When Tigers Became 'Citizens', Refugees 'Tiger-Food'." *Economic and Political Weekly* (2005 April): 1757-62. Print.

Lefevere, André and Susan Bassnett. "Where are we in Translation Studies?" Ed. Susan Bassnett and André Lefevere. *Constructing Cultures: Essays on Literary Translation*. Clevedon: Multilingual Matters, 1998. 1-11. Print.

Lukács, Georg. *The Historical Novel*. Trans. H. and S. Mitchell. New York: Atlantic Heights, 1978. Print.

Mallick, Ross. "Refugee Resettlement in Forest Reserves: West Bengal Policy Reversal and the Marichjhapi Massacre." *The Journal of Asian Studies* 58. 1 (1999): 104-25. Print.

Mukherjee, Pablo. "Surfing the Second Waves: Amitav Ghosh's Tide Country." *New Formations* 59 (2006): 144-57. Print.

Pagano, Adriana S. "Translation as Testimony: On Official Histories and Subversive Pedagogies in Cortázar." Ed. Maria Tymoczko and Edwin Gentzler. *Translation and Power*. Boston: U of Massachusetts P, 2002. 81-98. Print.

Said, Edward. *Culture and Imperialism*. New York: Vintage Books, 1994. Print.

Simon, Sherry. "Germaine de Staël and Gayatri Spivak: Culture Brokers." Ed. Maria Tymoczko and Edwin Gentzler. *Translation and Power*. Boston: U of Massachusetts P, 2002. 122-40. Print.

Tomsky, Terri. "Amitav Ghosh's Anxious Witnessing and the Ethics of Action in *The Hungry Tide*." *Journal of Commonwealth Literature* 44 (2009): 53-

65. Print.

Vescovi, Alessandro. " Amitav Ghosh in Conversation. " *Ariel* 40. 4 (2010): 129–41. Print.

Vieira, Else Ribeiro Pires. " (In) visibilidades na tradu. . o: Troca de olhares te. ricos e ficcionais. " *com textos* 6 (1995): 50–68. Print.

——. "New Registers for Translation in Latin America. " *Rimbaud's Rainbow*. Eds. Peter Bush and Kirsten Malmkjaer. Amsterdam: John Benjamins Publishing Company, 1998. 171–93. Print.

Zullo, Federica. "Amitav Ghosh's 'Imagined Communities:' *The Hungry Tide* as a Possible 'Other' World. " *History, Narrative, and Testimony in Amitav Ghosh's Fiction*. Ed. Chitra Sankaran. New York: State U of New York P, 2012. 95–108. Print.

附录3　交互语境下协商性动能的翻译策略研究

——基于对《罂粟海》《烟河》中译本的分析①

雷静　文军

摘要：协商性一直都被视为描述而非规范性的概念。在翻译文学中语境下的协商性具有各种各样的特征和功能。本文认为协商性是小说和翻译文本之间得以相互丰富和共同促进的特殊属性，同时，交互语境视角有助于明确协商性在翻译文学中的本质特征与动能。基于上述出发点，本文借由对《罂粟海》和《烟河》中译本翻译方法的分析，界定了翻译文学中的协商性动能的翻译策略。基于交互语境的三层视角，本文试图提出协商性动能的翻译策略，从而为完成协商性的理论建构奠定基础。

关键词：翻译策略；协商性；动能；交互语境

Studies on Translation Strategies of Negotiation Agent within Inter-contextuality: Based upon the Analysis of *Sea of Poppies* and *River of Smoke*

LEI Jing　WEN Jun

Abstract: Negotiation is always viewed as a descriptive rather than a normative concept. In the context of translated literature, negotiation boasts various

① 本文发表于《外国语文》2017年第2期。

functions. This paper argues that negotiation is a special attribute that can promote mutual enrichment between novel and translation text. The perspective of inter-contextuality enables to identify the essential characteristics and agent of negotiation in translated literature. Based upon analysis of the translation methods in the Chinese version of *Sea of Poppies* (2008) and *River of Smoke* (2011), this paper tries to classify the translation strategies of negotiation agent. From the angle of three-layer inter-contextuality, this paper proposes the translation strategies of negotiation agent to lay foundation for the construction of negotiation theory.

Keywords: translation strategies; negotiation; agent; inter-contextuality

引 言

长期以来，翻译文学并未得到足够的重视。评论文学翻译的标准都是重原文文本，而轻视译文文本（许均、穆雷，2009：84）；翻译文学一直被视为次要的文学形式，只是处于文学文体的边缘地位（李冰梅，2011：97）；对翻译文学的研究集中在其性质、归属和发展史方面，对其本质特征的论述明显不够（李争、陶全胜，2014：74）。正如当代著名理论家伊塔玛·埃文-佐哈尔（Itama Even-Zohar，2000：193）强调的，翻译文学是目标文化内的社会、文学、历史系统中运作的一个子系统，其在特定的文学系统中的地位处于中心还是边缘，是主要的还是次要的，与翻译发生的特定文化条件密切相关。而翻译文学的本质特征，是构建翻译文学研究体系的基础，也为翻译文学研究的独特价值提供理论上的支持。

在翻译文学研究中，国内外众多学者已经从协商性的视角进行了大量探讨。"协商性"是后现代主义的一种策略。将文本翻译到另一种语言里，影响目的语文化（André Lefevere and Susan Bassnett，1998：7）。此策略不仅体现在文化层面，还深入权利结构层面。各种权力关系从上至下、从下至上彼此互动（Edwin Gentzler，2002：xxxv）。人们以前采用协商性来缩小殖民者与被殖民者之间的隔阂，分析女性和少数族裔在国际化、本土化翻译问题中的重要性（Gayatri Chakravorty Spivak，1993：183）。

国内学者认为协商性是文化翻译成功的决定性因素，使译文具有目的语文化特点，容易被读者接受（孙艺风，2008：9）；使差异巨大的文化和种族在翻译中相互碰撞，逐渐融合（倪蓓峰，2011：130）。类似协商性的概念还有杂合性，指译者、译本和社会文化之间的相互影响（查明建，2000：33）。协商性的研究正是以这些概念的研究文章为基础的。

不过，从现有的研究来看，有关协商性研究还不全面。首先，一些描述性研究展现了文学翻译中的协商功能，证明协商过程和手段具有多维度的描述性功能。描述性翻译文包罗万象，却缺少理论思辨，缺少协商性的语境和定义。其次，正如现有翻译研究所显示的，交互语境视角已经运用到了翻译文学的研究中。例如，伊塔玛·埃文-佐哈尔（2000：195）的动态功能主义探究同时代文章的历史背景，突出翻译是共时性与历时性的统一。凯姆·安瑟尼·阿皮亚（Appiah，1993：812）的“稠密译本”（thick translation）翻译策略中，交互语境是由文本与脚注和说明等译注方法构成的附文本结合而成的。在协商性的研究中，还没有关于交互语境的分析。因此，上述研究中的缺口形成了本文的研究机会。本文将采用协商性和动能的概念来描述翻译文学的本质特征，进而在交互情境下探讨翻译文学的策略。

1　协商性定义及动能内涵：一个研究框架

本文选取近现代最主要的文学形式——小说作为翻译研究对象。20世纪末的巴西后殖民学者埃尔斯·丽贝罗·皮尔斯·维埃拉提出“小说转向”（fictional turn）的观点（Gentzler，2002：83）。其中，交互语境的主体由小说叙述与翻译文，即文学作品与翻译文结合而成。两者彼此互动、彼此丰富，为对方的发展提供动能。“小说转向”就是将后现代的翻译文与对文本的独特理解渗透到小说叙述当中。本文关注“小说转向”，揭示翻译文学协商性的本质以及相关元素。

协商本身是一个流变中的概念，在本体上是一种社会、政治经济上有部署的实践行为。在政治上，协商并不排斥主流群体，主流势力也不会摈弃协商。对本体上的误解也会引发政治上潜在的破坏性。因此，要了解跨国文化的复杂性，协商理论不仅有用而且必要。翻译文学中的协商性，指的是小说文本和翻译研究形成交互语境的主体，在交互过程中，小说文本被赋予新的理解而获得新生，翻译研究获得新的思考维度而突破自身，两者在丰富彼此的同时促进相互发展。在翻译文学协商性概念中，有两个核心元素，即动能和交互语境。

在翻译文学协商性概念中，有两个核心元素，即动能和交互语境。

第一元素，动能，指的是协商性在实施教育功能时产生的“成长式”（Bildung-like）力量。文学作品翻译过程的分析，可以阐明翻译文学所蕴含的教育作用是具有“成长式”积极能量的。分析文学作品的翻译过程可以帮助我们理解这一点。亚德里亚娜·帕加诺分析考德札尔的小说时，指出翻译革新了传统教育，鼓励年轻人去阅读教科书之外的文学作品、报刊，掌握百科知识，培养对当代人权的关心，实现“成长”过程（Pagano，2002：93）。经典和非经典的解读相结合让年轻人勇于解决眼前和未来的问题。

第二元素，交互语境是将共时的研究进行历史的语境化，强调翻译兼具共时性与历时性的特点（Itama Even-Zohar，1990：193）。交互语境的主体是小说文本和翻译研究，两者存在相互认同和抵制的关系，从而使得小说翻译在不同的交互语境层面存在不同的翻译策略。这里的交互语境包含三个层面：①译者与原小说之间构成第一层交互语境，产生作为原著“来世”的译本；②译者与文本、合作者之间构成第二层交互语境，产生包括脚注、译者序等附文本的译著；③译著与出版社、评论家构成第三层交互语境，包括名家导读、编者注、编后记等，从而产生完整的翻译作品。

根据交互语境的不同，协商性动能又可以分为认同、抵制和二者兼有的三种形式。第一层的译本层面往往表现为认同动能，主要运用的翻译策略是归化策略，使用的翻译方法主要是意译法、省略法等；第二层的译著层面，除了包含第一层译本层面之外，主要体现为抵制动能，运用的翻译策略是异化策略，使用的翻译方法主要是加注法，包括脚注等附文本形式；第三层翻译作品层面，除了包括第二层译著层面之外，更多的体现为认同与抵制动能兼具，采取归化与异化并用的策略，涉及团队合作法、编者加注法、读者评论法等。协商性动能的三层交互语境以及对应的翻译策略如图 1 所示。

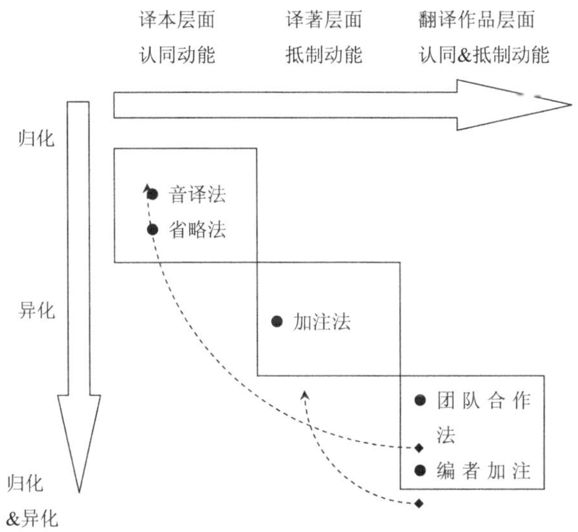

图 1　协商性动能的三层交互语境及其翻译策略

如图 1 所示，从翻译作品产生的全流程来看，出版社对译者的选择，以及编辑对译本的把控，包括评论家对译著的评论都会对译者采用的翻译策略产生影响。参与到翻译过程的相关者，首先是两位译者之间需要运用团队合作法，在译本层面采用一致的翻译策略以及翻译方法；其次是编辑可以通过加注法，在译著层面对译者采取的翻译策略加以控制；最后是作为读者的评论家利用评论法，在翻译作品层面对译者使用的翻译策略给出意见。这就构建了翻译作品产生的全过程，也就形成了协商性认同与抵制动能并存的局面。

在英译汉的过程中，翻译借由认同、抵制等方式为彼此的发展提供动能，并在三个交互语境层面形成对应的翻译策略。因此，协商性动能和交互语境两个方面共同构成协商性理论的机制研究。

2 协商性动能的翻译策略

在协商性理论中，交互语境提供了针对协商性动能的分析视角，并且进一步影响到了协商性翻译策略的选择。协商性翻译策略是基于协商性动能的具体体现形式。在不同的动能情境中，译者将采用不同的翻译策略，进而选择不同的翻译方法。

2.1 作品及翻译作品介绍

阿米塔夫·高希（Amitav Ghosh）1956年11月出生于印度加尔各答，是当今用英语创作的最负盛名的印度作家之一。《罂粟海》（*Sea of Poppies*）（2008）和《烟河》（*River of Smoke*）（2011）是他最新作品三部曲中的前两部，向读者讲述了爱情、命运以及重生等主题。

作为第一部曲的《罂粟海》，将故事的背景设置在19世纪鸦片战争前夕的加尔各答，当时大英帝国已经在印度建立了东印度公司。小说一共分为三个部分：土地、河流、海洋。书中主要人物有迪提、扎卡里、卡鲁阿、尼尔、阿发、波莱特以及乔都。这些人都在因缘际会下，登上了"朱鹭"号，承载着希冀，在海水的推动下驶向远方。《金融时报》写道，《罂粟海》是"一本引人入胜的书，读来风光无限，就像罂粟本身，让人难戒其瘾。"而第二部曲的《烟河》是《罂粟海》的续集。题目《烟河》中"烟"指鸦片，"河"指珠江。该作品将故事的背景设置在19世纪鸦片战争前夕，整个故事在虎门销烟后结束。小说一共分为三个部分：岛、广州、林大臣。书中主要人物有巴拉姆吉·那鲁吉·莫迪、尼尔、费切尔和罗宾。几条主线穿插其中，在作者的精心安排下，每个人物都有着不同的视野和故事。

2012年10月，人民文学出版社出版了《罂粟海》的中译本。迄今为止，在高希的小说作品中，《罂粟海》是第一本被翻译成中文的译著。2016年8月，人民文学出版社又出版了《烟河》的中译本。通过这两本中译本，我们可以清晰地看到协商性动能的三层交互语境以及对应采取的翻译策略。

2.2 协商性认同动能——交互语境译本层面的翻译策略

文学翻译的协商性认同动能指的是认同目的语文化，促进主流文学吸收目的语文化的元素，实现“成长”。译者以读者为中心，采取认同目的语文化的翻译策略。大众普遍接受的主流文学在此过程中“成长”起来。认同功能主要存在于第一个交互语境——译本层面。因为协商性认同动能是为了实现主流文学在目的语文化中的“成长”，而归化策略正好在第一层交互语境上体现了认同动能的目的。两部曲的中译文主要使用了意译法和省略法来体现归化的翻译策略。

① 意译法

在对小说中歌词的处理上，译者采用了意译法。歌词翻译应当与一般的文学翻译一样，译文既要忠实传达原文的语义信息，又能充分体现原文生动、巧妙的文学特质以及原文所蕴含的“神采风姿”（谢庆立，2009：130）。除此之外，译者在做歌词翻译时，要将自身的审美体验和翻译技巧与歌词本身的美学特征巧妙地结合起来，尽可能做到音谐、形美、意准（薛荔烊，2012：12），给读者一种美的感受，从而达到感动读者，引起读者共鸣的目的。

举例如下：

例 1：Oh friends, my love's a-grinding

Oh friends, how sweet it this spice!（Ghosh，2008：33）

哦，朋友，我的爱是那打转的磨

哦，朋友，磨出的是那香甜的爱河！（高，2012：26）

《罂粟海》一书中，该段歌词写于迪提出嫁时，她坐在即将驶往夫家的船只上，该歌词表达了女子婚嫁的喜庆与快乐之情。译者的歌词译本可读性很高，传达了婚时的喜庆与欢欣，既忠实于原文，又富有美感。在翻译歌词的部分，处处可见译者所采取的意译法。译者既传达了歌词所表达的感情与内容，也努力表达歌词的美感。这是归化策略的典型体现。

例 2：-Jodu flashed him a grin and grasped his hand with a slap：eyebrows dancing wildly in his face，he said，‘Cheerily there！ Alzbel！’

-‘Sure，’ said Zachary with a laugh. ‘Alzbel that's end's well.’(Ghosh，2008：365)

-乔都咧嘴笑了，啪地抓住他的手，眉飞色舞地说：“太好了！丢好啊！”

-“是啊，”扎卡里笑着说，“结局好啊。”(高，2012：281)

因为乔都发音不标准，译者运用归化的策略，巧妙地使用了意译法，将乔都不标准的发音“Alzbel”译成了“都好”的谐音“丢好”。由此可见，意译法是实现协商性认同动能的翻译方法，达到认同目的语文化的目的。

例 3：With a cane in one hand and a branch of candles in another，she would usher all the young Colvers-chutkas and chutkis，laikas and laikis-straight through the hall-like cavern that led to the inner sanctum.(Ghosh，2011：11-12)

她一手拿着拐杖，另一只手举着蜡烛，召唤着所有年轻的卡阿家族人——小姑娘和小伙子们——快速穿过像大厅一样的山洞，走进神龛最深处的密室。(高，2016：6)

这句当中“chutkas and chutkis”，“laikas and laikis”几个词是印度方言，具体意思很难查证，也很难翻译，但是译者结合上下文将其翻译为“小姑娘和小伙子们”十分适合。

例 4：He looked like the kind of man who was spoken of，in Bengali，as jogare a resourceful improviser，with his ears close to the ground.(Ghosh，2011：393)

他看上去就像孟加拉邦语里叫作 jogare 的人——头脑机灵的家伙，眼观六路，耳听八方。(高，2016：240)

这里的“眼观六路，耳听八方”做了意译的处理，符合中国读者阅读习惯。

② 省略法

省略是一种常见的翻译方法。省略的目的是在忠实原文的基础上，使译文更加通顺、流畅、简洁、地道，符合汉语的表达习惯（童敏君，2012：65）。翻译时只有注意到译入语与原语的差异，适当地省略，才能避免译文生硬、造作，避免翻译腔的出现（童敏君，2012：68）。

《罂粟海》中，译者省略了印度加尔各答方言的一些表达，这些信息用当地方言所写，考虑到地方方言与中文之间的差异，所以译者直接省略不译。省略这些信息并不会影响原文内容的传达，反而使译文更加流畅、简洁。例子如下：

例 5：*Sãjhbhailé* Twilight whispers

Sãjhagharghargharghumé at every door：

Kemorasãjh it's time

Manayoji to mark my coming. （Ghosh，2008：103）

暮光轻叩每户门窗，

我已来到你家周旁。（高，2012：80）

小说中，迪提在接病重的丈夫回家时唱着这一祈祷歌，想到丈夫倒下，未来家庭该如何生活，迪提感觉未来一片渺茫和黑暗，不禁吟起祈祷歌，渴望上帝的垂怜。译者巧妙地以四字一句的形式，将歌词翻得整齐又紧凑，歌词节奏性很强，并在歌词第二句与第四句句尾有押韵。而此处，省略了方言版的歌词，属于归化的省略法，增加可读性的同时丧失了异域的背景和特色。

例 6：This surprised him even more but brought him no closer to recognizing her；on the contrary he began to mutter prayers，as if to ward off a ghost：*HéRadhé*，*héShyam*…… （Ghosh，2008：349）

这更吓了他一大跳，还是没认出她来。这突如其来的状况令他开始喃喃自语，不停祷告，好像要驱走鬼魂一般。（高，2012：270）

波莱特想要逃离伯纳姆一家，于是身着莎丽在码头附近的大树下等待潘达，想让潘达相助，所以当潘达路过大树下便喊了潘达一声，但潘达只见到一个穿莎丽的女人，并没有认出是波莱特，不禁吓了一跳，开始喃喃自语，不停祷告。译文将潘达惊吓时的喃喃自语省略了，但并没有什么影响，译文简洁、流畅。

例 7：To complain that your legs were fatige or your head was gidigidi was no use; all you'd get in return was a ferocious: Bus to fana! Get on your feet! (Ghosh, 2011: 8)

借口说腿疼头晕根本没用；那样只会招来迪提大吼一声：快站起来！（高，2016：4）

“Bus to fana!”是印度方言，较难直接翻译出来，因此这里结合“get on your feet”将其译为“快站起来”很贴切。

2.3 协商性抵制动能——交互语境译著层面的翻译策略

文学翻译的协商性认同动能，其主要功能是认同目的语文化，促进主流文学吸收目的语文化的元素。认同动能运用的归化策略，主要借由意译法和省略法表现出来。但是，在文学翻译中，也会经常看到促进源语文化进入目的语文化中的现象。这就是所谓的协商性抵制动能。抵制动能指的是抵制目的语文化，促进源语文化进入目的语文化中。译者在与译本相关联的多种形式中抵制目的语文化，极力介绍源语文化。大众读者由此学习到陌生的异域文化，文化他者从而在目的语文化中“成长”起来。

为了实现文化他者在目的语文化中“成长”的协商性抵制动能，译者需要在第二层交互语境中采取异化的翻译策略。协商性抵制动能主要表现在第二个交互语境——译著层面，异化策略有助于在译著中突显原著的历史文化背景，建构出具有他者特色的抵制语境。在第二个交互语境的译著层面上，主要是借由加注法体现出异化的翻译策略。

在《罂粟海》和《烟河》的中译本中，我们看到除了译本本身之外，还存在大量的脚注。在译文中保留原文本异域特色的同时，对文本进行补充和解释。

译著《罂粟海》中共有227处脚注，其中正文有206处，鸣谢部分有21处。鸣谢部分的脚注均是人物的简介，而正文部分的脚注主要分为四类：①简单介绍地方、衣物、神、节日、种姓等。译著《罂粟海》中用于介绍地方、衣物、神、节日、种族等信息的脚注有180余处，约占正文总脚注的87%；②标注引用语句的出处。译著中共有6处脚注标注了引文的出处，方便读者查阅；③对文本或译本的追加解释。译者在译著中标注了16个脚注，对文本信息以及译法进行了解释；④编著注。译著中只有1处脚注是编者标注的，用于指出原文的错误并加以纠正。除了第四种脚注是编者加的以外，其他三类都是译者为了方便读者理解而进行的异化处理。

译著《烟河》里共有124个注。其中正文里有118个注，鸣谢里有6个注。鸣谢部分的脚注均是人物的简介，而正文部分的脚注主要分为三类：①单介绍地方、食物、衣物、神、节日、种姓、民族等。译著《烟河》中用于介绍地方、食物、衣物、神、节日、种姓等信息的脚注有92余处，约占正文总脚注的78%；②注引用语句的出处。译著中共有4处脚注标注了引文的出处，方便读者查阅；③文本或译本的追加解释。译者在译著中标注了22个脚注，对文本信息以及译法进行了解释；

针对译者做出的几类加注，举例如下：

例8：排灯节到了，虽然也有些移民劳工点了几盏灯来庆祝，但这里仍然看不出有一丝喜气，大家仍然不知道什么时候能出发离开，每天都会有新的一波流言在营地里散播。

注：排灯节：印度宗教节日。为庆祝克利须那神消灭了破坏天地的恶魔和地狱之神纳拉卡苏拉。（高，2012：274）

例9：a sanctum with an array of divinities that was centred upon one of the lesser-known deities of the Hindu pantheon：Marut，god of the wind and father of Hanuman.（Ghosh，2011：12）

这儿供奉着众多神像，他们围簇着一位在印度教中并不很有名的神像：风暴之神玛鲁特和哈奴曼之父。注：哈奴曼：印度教中神名，是罗摩神的崇拜者。印度教守护之神毗瑟挐的第七个化身，其身形为猴面人形。（高，2016：6）

在《罂粟海》和《烟河》中，出现了大量关于印度特有的衣物、食物、节日、地名等。对于这一类特有名词的翻译，在译著中都采取了增加脚注的方法对其进行解释，帮助读者理解。译文中通过音译保留了特色词汇，再配合脚注的形式对特色文化加以解释，这是典型的异化策略的体现。异化不仅可以保留原文本中的意涵，同时还可以帮助读者理解异域的文化特色。

例 10：她又拉了拉头上的头纱，"我们就这样继续下去，一节又一节，直到我们学到了《希伯来书》：'你们所忍受的，是神管教你们，待你们如同儿子。焉有儿子不被父亲管教的呢？管教原是众子所共受，你们若不受管教，就是私子，不是儿子了。'你知道这些话语吗，瑞德先生？"注：此句选自《圣经·新约》中《希伯来书》第 12 章第 7 节和第 8 节。（高，2012：241）

例 11：When I ask him where he finds the strength to stand alone against all his tribe, he quotes a line of Scripture：Thou shalt not follow a multitude to do evil！If ever any man was an army of one, it is he.（Ghosh，2011：52）

当我问他在哪里获得的力量，让他可以和自己的同胞孤军奋战，他援引了《圣经》里的一句话：不可随众行恶！如果说一人可成一军，那非他莫属。注：thou shalt not follow a multitude to do evil，为《出埃及记》中原句。（高，2016：392）

在整篇《罂粟海》译著中，共有 6 处脚注标注了引文的出处。译著《烟河》中共有 4 处脚注标注了引文的出处。这么做，能够帮助不熟悉《圣经》的中国读者快速理解原文的背景，方便感兴趣的读者查阅相关资料，了解小说家想表达的深层意涵。这就突显了原著的历史文化背景，是典型的异化策略的体现，建构出了具有他者特色的抵制语境。

例 12：Chastened, the gomusta dropped his hands.‘Nothing, sir,’ he said,‘just only searching to see if kunth is blue.’（Ghosh, 2008：154）

因为受到责骂，这位主管就松开了手，说道：“没什么，先生。只是想看看先生您的‘私处’是不是蓝色的。”注：私处（kunth）：此词在印度语中为“颈部”的意思，但被扎卡里错听成英语中的“女人的阴处”（cunt）。（高，2012：119）

例 13：The saga of the patriarch's deliverance from the Ibis was often told amongst the Colvers.（Ghosh, 2011：20）

所以族中对这段往事的熟知不亚于古罗马人对“鹅救罗马”的烂熟于心。注：公元前 390 年，克尔特大军乘节日狂欢之夜偷袭罗马，守城的士兵因节日痛饮纷纷沉睡，竟未能发觉。幸亏罗马士兵养的鹅乱叫起来，这才惊醒了罗马人，将敌人击退。这就是著名的“鹅救罗马”的故事。现在，在罗马城里，还有一座鹅纪念碑，上面塑有一只引颈高歌的鹅，以表彰鹅的功绩。（高，2016：11）

扎卡里听错了潘达的话，以为潘达在侮辱他，于是就恼了。例 12 脚注解释了扎卡里为何生气的原因，同时也将原语中语言特色呈现出来。这里如果不采取加注法，读者是无法理解故事原委的。《罂粟海》全文中 16 处脚注及《烟河》中 22 处脚注的追加解释，有效地帮助读者理解故事情节，让读者更靠近原著，这也是异化策略的体现。

2.4 协商性认同与抵制兼具的动能——交互语境翻译作品层面的翻译策略

第二层交互语境下的协商性抵制动能，主要是借由加注法体现的异化策略得以实现。但是从翻译作品产生的全流程来看，翻译过程是协商性认同动能与抵制动能兼具的情况。认同与抵制兼具的动能是对目的语的认同和对目的语的抵制相互妥协，从而推动主流文学和文化他者在目的语文化中一起“成长”。全球化让各种文化相互杂合、彼此影响，丰富了本土文化，促进解决全球与本土之间的矛盾（孙艺风，2008：10）。当下的文学翻译充满了典型的文化协商过程。文学翻译不能只是认同或抵制，而是两者兼顾，两者相互妥协。文学翻译中认同与抵制相结合的动能，主要存在于第三个交互语境——翻译作品层面。该层面中涵盖了出版社、评论家等赞助人以及读者的参与。

在二者兼具的语境中，译者需要在交互语境的第三个层面上都采取归化和异化并存的翻译策略。基于交互语境的视角，在译本翻译过程中源文本与译者、译著形成过程中译本与出版社、翻译作品构成过程中译著与施动者（读者、评论家等）之间产生交互的具体过程。这个全流程的考虑包括：从最开始出版社对译者的选择；译著中的译者序和编者注；译著后市场的反应，包括对作为译者的读者加以考量等。涉及的翻译方法包括团队合作法、编者加注法、读者评论法等。

① 团队合作法

人民文学出版社于2012年10月出版的《罂粟海》中译本，和2016年8月出版的《烟河》中译本都是由郭国良、李瑶两位译者合作完成的。译本中出现了未统一译法之处，同一个名词在不同的页码上存在不同的译法，甚至同一个名词在同一个页码上也存在不同的译法。这会给读者带来阅读障碍。下文表格将译法前后不一致的词罗列了出来。

表1 《罂粟海》译法前后不一致的词

Alzbel	阿兹贝尔	P13	丢好	P281
Hukam · Singh	胡卡姆 · 辛	P3	哈卡姆 · 辛	P75
Ganesh	象神伽内什	P7	象神甘尼许	P68
Zachary Reid	扎卡里 · 里德	P18	扎卡里 · 瑞德	P8
Puggly	帕格里	P103	哈波特	P166
Azad Naskar	阿扎德 · 纳斯卡	P48	阿兹德	P115
Shri Krishna	克里希那	P7	克利须那	P108
Durga	杜加	P256	德伽	P175

表2 《烟河》译法前后不一致的词

masala	马萨拉 P4	玛撒拉 P283
masala	注：马萨拉，印度食品，五菱菜饺 P4	注：玛撒拉，即印度、巴基斯坦、尼泊尔、孟加拉、缅甸及斯里兰卡料理的名词，指一种由多种香料混合起来的调味料。玛撒拉其实是一个泛称，有不同的款式，可以有干身的或糊状的。P283
daal	粥 P20	面饼 P286；P432
daal-puri	豆炸饼 P4	面饼 P7
Paratha	薄饼 P4	面皮 P7
Achar	咸菜 P7	腌菜 P286
Ourougail	酱 P7	蔬菜 P7
mazavaroo	酱 P7	毛里求斯酸辣酱 P7

这种前后译法相左的情况，是因为译著的两位译者之间不曾统一人名词汇和方言表达法？还是翻译之后忽略了校对？还是其中的某位译者不小心犯了错误？

从表格中的例子可以看出，团队合作法也是第三层交互语境中认同与抵制动能兼具、异化归化策略相互妥协过程的体现。例如："Alzbel" 译成"阿兹贝尔"加解释的脚注，就是异化策略的体现，而译成"丢好"则是归化策略的意译法。译者团队之间只有通过合作，才能确保译著中采取一致的翻译策略和翻译方法。但是，不同的译者在语言风格、遣词造句等方面仍有不同的习惯，因此从翻译作品层面，还是会经常发现异化归化策略并存的情况。

② 编者加注法

译著中只有一处脚注是编者标注的，用于指出原文的错误并加以纠正。

例14：但凡是进过城墙的人都会告诉你，那城墙里面的番鬼可不少：呃，只要你走过长寿路上的华林寺，就可以看到那些在西面阴暗地里的僧人们；如果你走进去，可以看到一个佛家传道士的塑像，他是这个寺庙的创建人。注：原文如此，但华林寺并非位于长寿路，而是在其附近——编者注（高，2012：303-304）。

因为译者是按照原文的意思翻译的，所以保留了错误。而编者基于客观事实，利用加注的方式，对译文进行了异化，让读者能够了解华林寺的真实位置，也是让读者更多地了解到异域的文化特色。这体现了协商性认同与抵制兼具的动能。可见，出版社中负责该译著的编者也参与到了翻译过程当中，不仅是对译本进行校对，同时还会协调统一在译本中所使用的翻译策略。

因此，译著的编者也能决定译著作品所采用的翻译策略，使得翻译作品存在异化与归化并存的翻译策略。可见出版社自始至终都在影响着译著作品：包括译本的译者，翻译策略的选择以及译著的行销手段等等，这也是第三层交互语境中重要的组成部分。

③ 读者评论法

作为译者的读者，指的是读者不仅单纯地阅读译本，同时还会在阅读过程中加入自己的思考，与原文形成互动，同时对译著进行评价。而这个过程，构成了第三层交互语境下的翻译作品。

郭国良与李瑶合译的译著《罂粟海》和《烟河》很受中文读者的欢迎。豆瓣以及当当购物网上有相应的评价。对于《罂粟海》有的读者认为翻译得真地道；有的认为译者真的非常用心，翻译得真好！人物对话不仅十分顺畅自然，富于生活气息，没有任何磕磕绊绊或翻译腔的感觉，而且在造句、用词、文体、逻辑等诸多方面都合情合理，与唐提这个在海船上行走江湖多年的老舵手的身份和他见多识广、经验丰富、老辣世故的个性相当贴切，对其中那些露骨的话语处理得也非常到位（Bakerjedi，2012：38）；有的说翻译也不错，清楚易懂，印度文化保留得很好；有的说这也多亏了译者对原文的深刻理解和把握，用地道的中文将故事讲述得生动自然，引人入胜（Reader，2015）。

也有些评价认为该译著存在一定的问题。有些敏锐的读者发现了译著中，少量名称在前文与后文中不完全一致，如第 7 页的"象头神伽内什"和第 68 页的"象神甘尼许"，第 7 页的"克里希那"和第 118 页的"克利须那”，第8页的“扎卡里·瑞德”和第18页的“扎卡里·里德”（Bakerjedi，2012：218）。

对于《烟河》，有的读者评论说，“翻译的第一句话就把原文的东海岸翻译成了西海岸……”译者确实是把原文的“eastern and southern shorelines”（Ghosh，2011：1）翻译错了。“就印度商人夜宿疍家女一段还留下点印象。其他都太学究气了，没有刻画出一个不一样的鸦片战争。”（辄馨，2016）当然，对译作也有很多赞美之声，有人说“翻译简洁优美，具体形象，运用脚注补充了故事，使我们能够更好地理解，翻译得不错。”还有读者评论：“视角和叙述都有特色，并让我看到了在快消时代写作仍然存在的某些可能性。”（net 6）

可见，读者的评论又对译著作品在读者群中的传播产生积极影响。第三层交互语境下协商性动能的翻译策略，同时考虑第一和第二层交互语境，涉及翻译全流程：出版社对译者的选择，团队合作翻译过程，译者序和编者注的添加，以及与作为译者的读者形成互动关系。

总之，协商性翻译策略是基于协商性动能的具体体现形式。协商性翻译策略研究，对翻译文学协商性理论起到重要的支撑作用。过去的协商性研究总体上仍处于描述性和探索性阶段，本文协商性翻译策略的提出，突破了只从文本层面上分析翻译策略的局限，而是将其放置到译著作品这个整体性的高度来思考。本研究把规范的理论建构作为主要目标，为批判性的翻译文学提供新的原理性参考。通过厘清文学作品流通与翻译策略之间的关系，我们可以归纳和整理协商性在翻译实践中的规律，为协商性理论建构提供充分的依据。

3　结论和展望

在国家“一带一路”倡议的推动下，将会有大量的文学作品亟待翻译以促进文化交流。协商性理论建构将在文学翻译方面提供有力的理论和实践依据，为有关部门制定对外文化政策提供参考。基于交互语境的协商性动能，就是要探究翻译文学中协商性动能的发生机制以及在不同交互语境下的表现形式，并且提炼出协商性的一般规律，从而为协商性理论提供内在原理。本文的研究显示，根据交互语境的不同，协商性动能的翻译策略可以分为认同、抵制和二者兼有的三种情况，对应的三层交互语境之中则是，第一层交互语境（译本层面）上体现为归化策略的翻译方法；第二层交互语境（译著层面）上体现为异化策略的翻译方法；第三层交互语境（翻译作品）上则体现为翻译全流程诸多参与者的影响作用。对这三种形式的厘清，有助于译者对全球和本土之间的文化冲突提供多元的解决方式。

本文的主要不足之处在于分析样本的局限性是本文只是对两部代表性译著作品进行的分析，不能涵盖不同文学译著作品的所有特点。在未来的研究中，仍需对大量的文学译本进行筛选，做到兼具代表性和包容性，以验证协商性翻译策略的有效性，从而进一步确立文本选取标准以及验证分类的合理性。开发协商性动能与对应翻译策略之间的系统关系，为翻译理论和实践提供有益的借鉴。

参考文献

Appiah, K. A. 1993. Thick Translation [J]. *Callaloo: On "Post-Colonial Discourse": A Special Issue* 16 (4): 808-819.

Bakerjedi, 2012.《罂粟海》的笔记 38. [https://book.douban.com/annotation/22992155/]

——. 2012.《罂粟海》的笔记 218. [https://book.douban.com/annotation/23007984/]

Even-Zohar, I.. 2000. The Position of Translated Literature within the Literary Polysystem [M]. In Lawrence Venuti (Ed.), *The Translation Studies Reader* London: Routledge. 192-197.

Gentzler, Edwin and Maria Tymoczko. 2002. Introduction [M]. In Ed. Maria Tymoczko and Edwin Gentzler (Eds.), *Translation and Power.* Boston: University of Massachusetts Press xi-xxxviii.

Ghosh, Amitav. 2008. *Sea of Poppies* [M]. Great Britain: John Murray.

Ghosh, Amitav. 2011. *River of Smoke* [M]. Great Britain: John Murray.

Lefevere, André and Susan Bassnett. 1998. Where are we in Translation Studies? [M]. In Susan Bassnett and André Lefevere (Eds.), *Constructing Cultures: Essays on Literary Translation*. Clevedon: Multilingual Matters 1-11.

Pagano, Adriana S. 2002. Translation as Testimony: On Official Histories and Subversive Pedagogies in Cortázar [M]. In Maria Tymoczko and Edwin Gentzler (Eds.), *Translation and Power*. Boston: University of Massachusetts Press 80-98.

Reader, 2015. 读者评论. [http://product. dangdang. com/22887181. html#comment]

Spivak, GayatriChakravorty. 1995. Trans. Mahasweta Devi, *Imaginary Maps* [M]. London: Routledge.

——. 1993. The Politics of Translation [M]. In *Outside in the Teaching Machine* London: Routledge 179-200.

高希著，郭国良，李瑶译，2012. 罂粟海 [M]. 北京：人民文学出版社.

高希著，郭国良，李瑶译，2016. 烟河 [M]. 北京：人民文学出版社.

李冰梅，2011. 论居于民族文学与外国文学之间的翻译文献 [J]. 黑龙江社会科学 (5): 93-99.

李争、陶全胜，2014. 杂合性与翻译文学研究 [J]. 淮南师范学院学报 (6): 70-74.

倪蓓峰，2011. 论霍米·巴巴的文化翻译 [J]. 中央民族大学学报 (哲学社会科学报) (5): 128-132.

孙艺风，2008. 文化翻译与全球本土化 [J]. 中国翻译 (1): 5-11.

童敏君，2012. 英汉翻译过程中省略法的应用 [J].《江苏技术师范学院学报 (3): 65-68.

谢庆立，2009. 英语歌词汉译研究 [J]. 北京师范大学珠海分校《语文学刊》(9): 130-132.

许均、穆雷，2009. 翻译学概论 [M]. 北京：译林出版社.

薛荔烊，2012. 英语歌曲汉译过程中的美感传递［J］. 上海师范大学外国语学院《学术探讨》(3)：12-13.

查明建，2000. 从互文性角度重新审视20世纪中外文学关系——兼论影响研究［J］. 中国比较文学（2）：33-49.

辄馨，2016.《烟河》短评.［https://book.douban.com/subject/26842148/comments］

附录 4　Translingual Franca Chinese: The Development Trend in the 21st Century[①]

Abstract

This is a conceptual paper based upon critical review of the term of "translingual franca English" proposed by Pennycook, which is a term to "acknowledge the interconnectedness of all English use" (2008, p. 30.7) . And this can also be applied to the situation of Chinese. Terminologically, "Chinese" refers to the language varieties of the Han people of China. It has been regarded as a Lingua Franca (Li, 2006), since it has been widely used in Great China as well as in some Southeast Asian countries. More importantly, it is becoming an international language, as it has been well-accepted by non-native speakers in many countries in the last decade. Given the aforementioned background, this paper tries to coin the term "translingual franca Chinese," which refers to the general discipline that examines the nature and interconnectedness of all Chinese use worldwide. By applying Pennycook's concept, this presentation tries to exemplify the diverse nature of translingual franca Chinese, which is also "a social process that is constantly being remade from the semiotic resources available to speakers, who are always

① 本文在 2018 年 10 月美国印第安纳大学举办的"第一届读写、文化和语言教育国际会议 (the First International Conference on Literacy, Culture, and Language Education)"上进行宣读。

embedded in localities, and who are always interacting with other speakers" (2008, p. 30. 7).

Key words: Translingual Franca English, Translingual Franca Chinese, semiotic resources

Introduction

As an international language, English has many names. Among which English as a Lingua Franca (Crystal, 1997; Jenkins, 2006; Seidlhofer, 2004) and World Englishes (McArthur, 2004; Seargeant, 2012) are two contradictory terms with opposite focuses: ELF serves as "a common language" for speakers with different backgrounds to use, whereas WE is seen as diverse that creates "group identity" (Harris, 2012, p. 26).

The term "World Englishes" implies the diversity of the language (McArthur, 2004, p. 5), or refers to "the general discipline that examines the nature and use of English worldwide or of English in globalized context" (Seargeant, 2012, p. 6). Many scholars have argued that English becomes a denationalized language (Kachru, 1992; Widdowson, 1994), as statistics show that the number of non-native English speakers has significantly outnumbered that of native speakers (Kirkpatrick, 2007). In other words, English no longer ties to native speakers in terms of linguistic usage (Jindapitak and Teo, 2013, p. 190). According to Phillipson, the teaching of English as a foreign language is a form of linguistic imperialism, as it plays the role of expanding the imperialists' own economic and political interests (Phillipson, 1992). Linguistic moncentricity, however, is invalid since the language can be equally used by all the speakers. According to Widdowson, English as an international language "is not a possession which they lease out to others, while still retaining the freehold. Other people actually own it" (Widdowson, 1994, p. 385). The ownership of English, namely social attitudes to the language, is "context-specific and depend [s] to a degree on the circumstances of the communities in which English is being used" (Seargeant, 2012, p. 120). Therefore, British or American English should not be bound as a standard version, and localized varieties of English must triumph their legitimization (Murata & Jenkins, 2009).

In order to address the inequality of the varieties in English, Kachru develops the model of the Three Circles in an attempt to describe the spread of English throughout the world: the Inner Circle, the Outer Circle and the Expanding Circle, which "represent the types of spread, the pattern of acquisition, and the functional allocation of English in diverse cultural contexts" (Kachru, 1992, p. 356). The Inner Circle refers to "norm-providing" countries where English is taken as a linguistic base and used as a mother tongue or native language, such as UK, USA, Canada, Australia, New Zealand, etc. The Outer Circle is those "norm-developing" countries who were once colonized and English is a second or additional language, including India, Singapore, Malaysia, Nigeria, etc. And the Expanding Circle refers to those "norm-dependent" countries who use English as a foreign language without an established local variety, just like China, Japan, Germany, etc. (Seargeant, 2012, p. 151).

The theory of three concentric circles highlights the existence of "multilinguistic identities, multiplicity of norms, both endocentric and exocentric, and distinct sociolinguistic histories" (Kachru, 1996, p. 135). Although the Three Circles model endows the varieties of non-native English their legitimacy, Kachru's theory has been criticized as an over-simplification, overlooking "extensive variation that occurs within countries" and "the dynamic nature of the continued changing patterns" (Seargeant, 2012, p. 152-3). The theoretical framework needs further adaptation to the situated practices worldwide.

Translingual Franca English (TFE)

Alastair Pennycook articulates that two frameworks, English as A Lingua Franca (ELF) and non-native speaker (NNS), are impossible to describe comprehensive fashion of the ongoing negotiation of language, as they always rely on "abstractions" (2008, p. 30.3). And the fact is that "postcolonial speakers of English creatively negotiate the place of English in their lives" (Canagarajah, 2006, p. 200). Canagarajah (2007) discusses the term "Lingua Franca English" (LFE), which refers to "a social process constantly reconstructed in sensitivity to environmental factors" (p. 94). This notion differs English as a lingua franca from lingua franca English; "the former tends towards an understanding of a pregiven language that is then used by different speakers, while the latter suggests that LFE emerges from its contexts of use" (Pennycook 2008, p. 306). Pennycook adapts his "translingual model of language"① and further probes at English use: "the relationship to be understood is among interlingual resources (what language resources people draw on), colingual relations (who says what to whom where) and ideolingual implications (what gets taken from what language use with what investments, ideologies, discourses and beliefs)" (2008, p. 30.6). On this basis, Pennycook proposes "translingual franca English" which is a term to "acknowledge the interconnectedness of all English use" (2008, p. 30.7). "In its emerging role as a world language, English has no native speakers" (Rajagopalan 2004, 112 qtd. in Pennycook p. 307) Lingua franca English is "a social process that is constantly being remade from the semiotic resources available to speakers, who are always embedded in localities, and who are always interacting with other speakers" (2008, p. 307).

Concept of "Translingual Franca Chinese" (TFC)

A decade has been passed since Pennycook's proposal of the term "translingual franca English." In the past 10 years, Chinese is becoming an international language. The term "Chinese" refers to the language varieties of the Han people of China. It has been regarded as a Lingua Franca (Li, 2006), since it has been widely used in Great China as well as in some Southeast Asian countries. And it

① Pennycook proposed the notion "translingual model of language" in his book *Global Englishes and Transcultural Flows* published in 2007.

has been well-accepted by non-native speakers in many countries in the last decade. Hence, the notion of "translingual franca English" can also be applied to the language of Chinese, which has similar characteristics to make it named as "translingual franca Chinese," as it recognizes the interconnectedness of all Chinese use. From this perspective, the legitimacy of non-native Chinese varieties can likewise be recognized by placing them in the broader framework of worldwide Chinese.

Secondly, the expansion of the establishments of Confucius Institutes has enabled Teaching Chinese as a Foreign Language (TCFL) to involve in the change of educational curriculum in a good number of primary schools, high schools and universities in more than 48 countries in the past decade (Net, 2012) . For instance, in 2014, the Ministry of Education of the UK had decided to include Chinese teaching in the curriculum in the primary schools. As China has now become the second largest economy in the world, and a major trading partner with most countries, Chinese has become a vital means in both global and regional communications under the economic contexts.

Against this backdrop, Chinese can be turned into "translingual franca Chinese." The term implies the diverse nature of Chinese as TFE do, refers to the general discipline that examines the nature and interconnected use of Chinese worldwide.

Implications of TFC

Differentlanguage resources have been drawn on in many countries worldwide through the expansion of Confucius Institutes. But TFC recognizes the interconnectedness of all Chinese use. From this perspective, the legitimacy of non-native Chinese varieties can likewise be recognized by placing them in the broader framework of worldwide Chinese.

Chinese is taken as a linguistic base and used as a mother tongue as well as the only official language, which is mainly spoken in mainland China and Taiwan, with a total of more than 1.4 billion speakers; Chinese is spoken as an official language in areas where ethnic Chinese congregate, such as Hongkong, Macau and Singapore; Chinese is taken as a foreign language without established local variety, such as the USA, the UK, Japan, Canada, etc. The number of non-native speakers of Chinese increases sharply in the last decade. The total number of Chinese speakers, including native and non-native, has doubled those who speak English, and Chinese will become truly World language by 2050 (Gordon, 2005).

Firstly, Chinese is used as the official language in mainland China and Taiwan. Even within these "norm-providing" areas, spoken and written Chinese vary in regions, particularly when different terminology is used in interpreting the same objects. But two-way communication helps gain mutual understanding between people who might have communication problems. Meanwhile, varieties in Chinese can hybridize and influence each other. For example, the term "immediately" in China is pronounced as *li ma*, whilst in Taiwan it is *li ke*. However, *li ma* is incorporated into local Taiwanese variety so many Taiwanese people are using the expression. Likewise, the term *e gao* ("Kuso") used in Taiwan has been incorporated into local Chinese variety in mainland China, so many more Chinese are adopting the expression.

Secondly, Chinese is an official language and is used as a Lingua Franca. In Singapore, for example, Chinese is taken as one of their official languages. As one of the "norm-developing" countries, the Singaporeans perceive Chinese as a Lingua Franca in local communities and cross-cultural communication. Chinese as a Lingua Franca is made an official or semi-official language in many parts of the Asia-Pacific regions and is used as a medium of communication in various domains of life, learned as an additional or second language. The concept of "appropriation of English" can be adopted here, which refers to "the ways in which many communities in diverse world contexts now perceive the language as an element of their own culture, and consider the variety that they speak to be a legitimate form of the language in its own right" (Seargeant, 2012, p. 117). As such, people speaking Chinese varieties no longer need to compare their usage with standard Chinese variety.

Thirdly, Chinese is taught as a foreign language to those learners in the USA, the UK, Japan, Canada, and so forth. It is worth noting that the number of Chinese learners have increased sharply in the past decade with the help of the expansion of Confucius Institutes around the world. Confucius Institute is a non-profit public educational organization affiliated with the Ministry of Education of the People's Republic of China, whose aim is to promote Chinese language and culture, support local Chinese teaching internationally, and facilitate cultural exchanges. There are three main objectives of the Confucius Institutes, namely to teach Chinese; to promote cultural exchange; and to facilitate business activity (Paradise, 2009, p. 651) . Over the past few years, Confucius Institutes have sprouted in many locations in Asia, Africa, north America, the Middle East, Europe, and Oceania, under the guidance of the Office of Chinese Language Council International (by its abbreviation, Hanban) (Paradise, 2009, p. 648).

By the end of 2015, there were over 500 Confucius Institutes and 1, 000 classrooms in 134 countries in six continents. 1, 000 Confucius Institutes are planned to be established by 2020. The number of people overseas learning Chinese has increased sharply to 100 million in 2014 from 30 million in 2004. The numbers in the U. S. A. and Germany have increased by 15 times and 10 times respectively. At present, 48 countries, such as the USA, the UK, France, Japan and Korea, have involved Chinese Teaching into their national education system (Net, 2012).

On the one hand, the development of CI can facilitate the popularity of World Chineses globally; on the other hand, it hinders the legitimate status of local Chinese varieties enjoyed by other countries. When CIs operate within established universities, colleges, and secondary schools around the world, they provide funding, teachers and educational materials. CIs actually develop Chinese language courses, train teachers, hold the HSK Examination (Chinese proficiency test), and provide information about contemporary China. By so doing, people speaking Chinese varieties in the U. S and European countries have to compare their usage with standard Chinese variety. The operation of Confucius Institutes embodies the language control of Chinese government, in particular through training and testing.

With the popularity of CIs and the prevalence of Chinese learning globally, the linguistic imperialism is likely to become the next controversial issue. This process of "linguistic imperialism" is created by Phillipson (1992). Just as the expansion of English is a "strategic concern of the US and UK governments" (Phillipson, 1998, p. 102), so is the strategic adoption of the Chinese government in using the language as a means of extending its global political and economic influences.

Importance of Glocalization

"Translingual Franca Chinese" should not be solely owned by the Chinese. The way how local English varieties gains their ownership, i. e. , glocalization, can be borrowed to prevent the issue of linguistic imperialism for local varieties of Chinese. This term is first used by Robertson (1995) to describe adaptation of multinational companies to specific local cultural conditions for global expansion. And this process leads to a global-local variational continuum of English, which is neither standard nor non-standard end (Alsagoff, 2010). According to Tsou, glocalization has been realized in Taiwan educational system through cultural mixing and a two-way flow of the languages to address both global and local needs (Tsou, 2015, p. 57). As related educational policies have undergone glocalized changes and adaptation in response to outside influences, Taiwan educational system has developed its uniqueness of glocalization (Wang & Kuo, 2010). And this is not only applicable for local English varieties, but also for local Chinese varieties. "Translingual Franca Chinese" can help countries to develop their own adaptation of pronunciation, writing and expressions of Chinese in local communities.

But it seems difficult with the fast development ofConfucius Institutes. Begun in 2004, the institutes work with local affiliate colleges and universities around the world, and financing is shared between Chinese headquarter and the host institutions. The related Confucius Classroom program partners with local secondary schools or school districts to provide teachers and instructional materials. By so doing, Chinese headquarter provides standard Chinese for the whole world to follow.

Apparently, it is a global project with an aim of increasing the soft power and political influence of the People's Republic of China (Paradise, 2009). For example, CIs' teaching of simplified characters prevents students access to the "traditional characters in which everything was written in China for thousands of years, and in which much that is not to the liking of the regime continues to be written in Taiwan, Hong Kong, Malaysia and the many other Chinese communities beyond Beijing's direct control" (Sahlins, 2013). This typical form of linguistic influences, causing inequality between Chinese varieties, produce political inequalities between different social groups and different countries.

Resistance

In response to this kind of linguistic influence, featured by the wide spread of Confucius Institutes, thelocal government of Taiwan announced plans to establish the Taiwan Academy in America, Europe, and Asia as part of its own cultural diplomacy in 2011. Taiwan's program is designed to promote "Taiwanese-flavored" Mandarin, traditional Chinese characters, and Taiwanese topics (Poon, 2011).

Coincidentally, in the same year of the founding of CI, Shu-mei Shih coins the term "Sinophone literature" in 2004, describing Sinitic-language literature written "on the margins of China and Chineseness" (Shih, 2004, p. 29). It may be interpreted as a resistance to China's linguistic influence.

As a matter of fact, Sinophone means "Chinese-speaking" and it refers to

"Chinese-speaking regions" in two ambiguous meanings: either "Chinese-speaking areas where it is a minority language, excluding China and Taiwan" (Shih, 2004) or "Chinese-speaking areas, including where it is an official language" (Barmé, 2005). Many authors use the collocation Sinophone world to mean the overseas Chinese regions of diaspora outside of Greater China, and some for the entire Chinese-speaking world. For instance, Haun Saussy uses Sinophone to mean both "Chinese-speaking, especially in a region where it is a minority language" and "all Chinese-speaking areas, including China and Taiwan, Chinese-speaking world" (Saussy, 2012).

Nevertheless, Shih takes a resistant position in search of local identities, urging the Sinophone population to live "as a political subject within a particular geopolitical place in a specific time with deep local commitments" (Shih, 2010, p. 40). Shestrategically excludes Chinese literature produced in China from the world map of the Sinophone, demonstrating the equal legitimate status of local Sinophone varieties.

Conclusion

The term "Translingual Franca Chinese" is coined to illustrate the diversity of global Chinese varieties, rather than to seek a common Chinese language for the world. The establishment of "Translingual Franca Chinese" is conducive to the popularity of Chinese varieties in the international communities. Specific measures of glocalization, such as localized linguistic policy and planning, must be adopted to perceive all Chinese varieties as legitimate forms of the language in its own right. The pedagogy of Chinese varieties should pay more attention on how to raise the awareness of Chinese varieties and provide opportunities to make comparisons between local culture and foreign cultures.

附录5　翻译研究发展方向展望

——安东尼·皮姆访谈录①

雷　静

【摘要】本文是作者对翻译研究学者皮姆教授的访谈录，内容涵盖其翻译史研究、机器翻译以及对中国学者所关注的文化外译问题。皮姆认为，信任是进行翻译活动的基础。翻译史研究是一种基于信任的研究模式，是不断建立信任和破坏信任的过程；技术的发展会助力翻译研究的深入拓展；在文化外译方面，皮姆教授提出了合作翻译模式，并对中国学者提出了宝贵建议。

关键词：安东尼·皮姆；翻译史研究；信任机制；机器翻译；文化外译

Development Prospect of Translation Studies: Interview of Anthony Pym

Lei Jing

[**Abstract**] This article is the interview with Professor Anthony Pym, which covers the study of translation history, machine translation and culture translation. Pym claims that the studies of translation history is a study model based upon trust; to see translation history as a trust-taking and trust-breaking activity. The development of technology enables the in-depth exploration of

---

① 本文发表于《中国科技翻译》2019年第3期。

translation studies. He gives suggestions to Chinese scholars by proposing collaborative model of translation for the internationalization of Chinese culture.

Key Words: Anthony Pym; Study of Translation History; Trust Mechanism; Machine Translation; Culture Translation

安东尼·皮姆（Anthony Pym）是澳大利亚人，现为墨尔本大学教授，国际知名的翻译领域研究学者，欧洲翻译研究协会前会长。迄今发表论文200多篇。代表著作包括《翻译史研究方法》（*Method in Translation History*〈1998〉）、《翻译理论探索》（*Exploring Translation Theories*〈2010〉）、《针对多门语言的翻译解决方法：史如憾梦》（*Translation Solutions for many Languages*: *Histories as a Flawed Dream*〈2016〉）。2019年4月，皮姆教授受邀在中央民族大学讲座之际，笔者有幸对皮姆教授进行了访谈，内容涵盖翻译史研究、机器翻译以及对中国学者所关注的文化外译问题。皮姆教授对上述问题进行了详尽的回答。

1 翻译史研究最新发展

雷静（以下简称雷）：安东尼·皮姆教授您好。自2009年起，您就一直在关注译者伦理和风险管理等问题。现在10年过去了，您对这方面的发展又有什么新的发现吗？

安东尼·皮姆（以下简称皮）：十年前，我写过一本书《翻译理论探索》（*Exploring Translation Theories*）。如今面对神经网络机器翻译（neural machine translation）的挑战，我开始质疑这本书的一些章节。为了回答"神经网络机器翻译的影响是什么"这一问题，我回顾了经典的翻译理论，看看这些理论能否帮助我们理解当前发生的事情，以及我们是否需要调整翻译学中的一些基本概念。

雷：我们了解到您的最新著作《什么是翻译史编?》（*What is Translation History*?）即将在今年（2019）出版。您能简要介绍一下这本书的主要内容吗?

皮：这本书是由我和安德烈·里西（Andrea Rizzi）、比吉特·朗（Birgit Lang）三人合作完成的，他们二人都是我在墨尔本大学的同事。我们有着不同的学术背景：我感兴趣的是西班牙翻译史，里西是研究近代早期翻译历史的学者，而朗主要研究的是德国文化史，尤其擅长精神分析学领域。我们曾经私下讨论，如何才能让翻译史不那么乏味。很多翻译史著作都是对时间、作者、译者和作品名的罗列，虽然这样做无妨，但这些研究不会让人感到振奋，无法让历史解决当代的问题，也无助于人们思考翻译这个职业。

我们的初衷是将翻译史视为一种建立信任和打破信任的行为（trust-making and trust-breaking activity），也就是"基于信任的"（trust-based）翻译史。我们有意识地不先去分析文本，而是先考察与之相关的人士，也就是译者、委托人和最终读者。委托人和最终读者必须信任译者：如果你是一名译者却不受信任，你就会失去作为中间人（mediator）这一职业身份。同样地，译者也要信任作者和文本，因为译者得知道翻译的原文。可以说，信任既可以自下而上地联结委托人和读者，也可以自上而下地与作者和原文相连。

一旦通过这种角度来看翻译史，你便可以提出几个基本的问题，比如谁信任谁，为何信任等等。当你找到了这些答案，你就可以开始分析文本，并理解译者所做翻译选择的原因。很多情况下，你会发现符合读者期待的归化的译文是为了获取信任。然而，有些时候译者会违背读者的期望，他们采取新的翻译方法，成为冒险者（risk takers）。这种做法有可能让他们获得一种新型的信任，也有可能使他们失去信任，而被视为"叛徒"。正如古老的意大利谚语"traduttore, traditore（译者即叛徒）"所言，在意大利语中，"译者"和"叛徒"这两个词是很相似的。我们的这本书是帕尔格雷夫·麦克米伦出版社（Palgrave Macmillan）最新出版的翻译史系列丛书的第一卷。我们正在为后续几卷选题，主要关注欧洲之外国家的翻译史。如今有关欧洲翻译史的研究已经太多，我们也都是西方学者，我们觉得需要把翻译史的研究范围扩展到欧洲以外的地方，只有这样才能领略更多元化的翻译理念。

2 翻译研究发展方向

雷：您如何看待当前翻译研究中存在的问题？您对翻译研究的发展方向有何看法？

皮：对于翻译研究作为一门独立学科的发展，我个人是比较悲观的。翻译研究的发展越来越碎片化了（fragmented），而这种碎片化并无裨益。翻译这个职业本身也在经历碎片化的过程，专业细分程度越来越高，比如新建立的众多协会组织，比如视听翻译协会、法律翻译协会、会议口译协会等等。这是劳动分工发展到一定阶段的自然结果，也是对新科技发展的一种回应。但是，在学术领域，我们经历了一系列所谓的“转向”（turns），包括文化转向、表演转向、社会学转向、伦理转向和科技转向等。如果主导“转向”的学者能够界定我们要解决的问题，这种做法才是有用的。但是他们并没明确我们要解决的问题是什么。他们只是说“研究下这个看看，再研究下那个看看”。也就是说人们关注的是方向性的不同，而缺乏对焦点议题的讨论。我们缺少的是需要共同努力来一起解决的一系列核心问题。所以我的忧虑在于，我们并没有对翻译的根本问题给予足够的关注，我们不仅没有看到翻译这个职业存在的根本问题，也没有看到翻译史以及其他学科关联中发生的根本问题。由于那些“转向”，我们从其他学科引入了很多概念和方法论，使翻译学越来越具有跨学科性质，这种做法无可厚非。但是，我们可以向其他学科输出的内容微乎其微，以至于我们无法反过来告诉其他学科：“这是由翻译研究所做出的发现”或者“你也许可以从翻译研究的角度来思考这个问题”。我想这是因为翻译研究在概念界定和社会认可度上都很薄弱。

我给你举个例子吧：自2016年起，机器翻译的质量大幅提高，这对翻译职业构成巨大挑战。我们面临的问题就是如何调整自己以适应机器翻译的发展。这就是一个核心问题，涉及方方面面。我不介意从其他学科借鉴各种各样的方法论，这些学科包括相近领域的语言学、职业化、社会学、心理学理论，也包括相隔较远的任何其他学科的理论。但是，我们需要一个存在于我们学科之中的研究问题。实际上，能够明确提出，或者清晰界定的问题少之又少。

雷：很多学者探讨了新科技，比如由大数据、云计算、人工智能带来的机器翻译对翻译学科产生的影响。有的学者开始担心人类译员是否会被机器翻译所取代。对于技术性文本，机器翻译很容易代替人类，但是就文学文本来说，机器翻译可能很难取代人类。您如何看待翻译学科的发展前景呢？

皮：关于此类问题的讨论有很多，我认为这类问题还存在很多谜团。其中之一就是："神经网络机器翻译依靠大数据"。其实这是不正确的。机器翻译所需要的是优质的数据。所以我想我们应该更深入了解这些议题，而非仅仅是表达观点。我们需要真正做实证研究来判断对错。我们需要研究译员与技术互动的方式，不仅仅是轻易发表言论，而是探求究竟。之前我与我的研究生一起做过实验，我们发现机器翻译可以用来处理文学文本。我们可以让班级里的一半学生完全进行人工翻译，另一半学生先用机器翻译再进行译后编辑。我们对比两种翻译从而找出差异。若想解决问题，不仅需要从概念上进行探讨，还需要数据验证我们的想法。

3 文化外译方法探究

雷：您如何看待中国的翻译研究？目前，中国政府推行的"一带一路"倡议带动中国文化"走出去"，使得很多中国传统的经典作品被译介到国外，您对此有何建议？

皮：我对中国的翻译研究和翻译理论了解不多，但我已经看到"中国文化走出去"产生的影响。我认为这是可以理解，也是值得赞赏的倡议。我看到的中国典籍外译有几种不同形式，比如，由身在中国、备受信任的、母语是中文的译者来翻译。我也看到一些研究，将中国译者翻译的译本与西方译者翻译的译本进行对比。其结果是可以预见的，即中国译者更加忠实原文，而西方译者做得改动更多，以适应市场需求。很多论文都是从异化/归化（foreignization/domestication）的角度进行译本分析，认为中国译者倾向于异化，而西方译者倾向于归化。但是，如果你开展实证研究，比对译本细节，你常常会发现，无论是中国译者还是西方译者，都会同时采用归化和异化的翻译方法。如果一个译本与另一个译本相比更加“归化”，那只是一个统计数据或者比例的问题，而不能说这个译者就完全采取了归化的译法。在实际操作中，存在很多权衡。

我曾经参加过一场学术会议，会议上学者们探讨到有必要对译者进行高层级的培训，使译员们能够更好地传达原文的信息。这点让我觉得非常有意思，因为他们认为，如果原文的信息未被传达，如果读者没能理解中国文化的精髓，那就是译者的错。这可能也是受政策的影响，可能是只使用受信任的译者的结果。从目的语文化出发的译者会做出不同的翻译选择，是因为他们更了解潜在读者的需求，而且会根据读者来调整要传达的信息，这恰恰是译者的力量。我以前的同事闵福德（John Minford）曾经说过，“读者想看什么，我就给他们什么。让大家开心有什么不对吗？（I give my readers what they want. What's wrong with making people happy?）”他是当前中国典籍英译的重要译者，他为企鹅出版社（Penguin）翻译，他的译本在机场的报摊书架上随处可见。所以，我认为解决之道并不是二元对立地使用国内/国外、中国/西方、异化/归化这些概念，我们可以有很多种不同的方法。

雷：您能举个例子吗？

皮：比如说合作翻译（Collaborative translation）。中国的译者可以和西方的译者共同商讨如何翻译，这样既汲取了源语一方的意见，也兼顾了目的语一方的观点。然后可以调整文本，增强吸引力和接受度。其次，与西方的大型出版商合作。美国还有很多大学出版社，既拥有良好的销售渠道，又能承担起相对而言不太商业化的出版项目。这些出版社可以筹资进行昂贵且“异化”的翻译活动，包括对译作的运营及发行。将中国文学作品引入美国的最成功案例之一是在中国台湾进行的。当时，由王德威（David Wang）教授牵线，蒋经国基金会与哥伦比亚大学出版社签署了合作协议。他们共同合作，在中美两国挑选出优秀的译者，并且让译者一起合作翻译。

雷：这的确是一种很好的做法。

皮：这个方法效果不错。但是这是20世纪90年代的事了。近期也有由加拿大牵头，与哥伦比亚大学出版社合作的翻译计划。当然从中国方面，中方需要选择自己可以信任的合作关系。而在这种情况下，信任是一个非常复杂的概念。我们都不确定我们各自文化对信任的理解是否一致。所以，我认为当前的政策就其目标而言是值得赞许的，但是在方法上还有创新的空间。这或许意味着要承担一些风险，特别是在团队合作时，需要信任一些西方译者。有意思的是，很多译者已经开始了合作模式，比如翻译了《红楼梦》的杨宪益戴乃迭夫妇，还有我在美国蒙特雷学院的同事陶忘机（John Balcom），他的妻子就是一位中国人。两种语言以及两种文化之间的这种协作时有发生。我认为我们需要认可这种翻译方式。我个人认为，这种翻译方式不仅会产生可信的译本，同时也会获得商业上的成功。

雷：最后一个问题。关于如何更深入地开展翻译研究，您能否给中国的学者提点建议？

皮：我想不仅是对中国学者，对世界各地的学者，我的建议都是一样的：做学问最重要的就是不要简单地模仿别人。我的许多学生都在套用一些经典理论，在中国也是这样，特别是近年来的异化/归化的理论。他们随意选取一组文本，就简单地用理论套用解释。我认为其实有更好的方法来开展研究。首先，我们必须明确当下所面临的问题，比如说，如何让中国文化走向世界。这个问题非常有意思，也很有中国特色。然后我们就要开始寻找答案。当然了，你可以从别处，别的学科来寻求答案，这都没有关系。方法可以是东方的，也可以是西方的，这都不是关键。如果我是一名在中国进行翻译研究的中国学者，我就会先看看我们的翻译存在什么问题，然后再努力解决这个问题。

附录6 复杂性视阈下中文电影片名英译语境契合研究①

雷 静

【摘要】本研究建设了中国商业电影片名中英语料库（1984—2019），并运用复杂性理论分析得出中文电影片名较为常用的英译方法，总结出实现中文电影片名英译语境契合的三条路径，即明确主题的具象化、效仿经典的模式化以及突出特征的简洁化。这三条路径分别体现在片名的表达特征、构成形式以及所采用的词性上，该结论为中文电影片名英译提供翻译方法和模式上的建议。

【关键词】复杂性；电影片名；变译；语境契合

Study of the Context Coherence of English Translation of Chinese Film Titles from the Perspective of Complexity Theory

Lei Jing

【Abstract】This paper builds up a corpus of Chinese-English titles of Chinese commercial films (1984-2019). On the data basis, this paper analyzes English translation methods by applying Holographic principle of the Complexity theory. Three methods for context coherence of English translation of Chinese film tiles have been summarized, namely theme-based concreteness; simulation of classical naming style, and characterization-oriented simplification. The specific

① 本论文部分内容发表于《北方民族大学学报》2020年第6期。

means of variation translation provides effective translation means and models for Chinese films successfully going global.

【Key words】 Complexity; Film Title; Variation translation; context coherence

在中国文化“走出去”的大背景下，中国电影外译是中国文化对外传播的重要路径。电影片名是首先吸引观众的地方，因此影片名称的翻译就“极为重要”[1](37)。“中文电影片名的翻译是众多影响因素中不可忽视的一环”[2](113)，如何从文化战略高度思考电影片名外译问题，已经日益成为众多学者们关注的重要议题。成功的片名翻译，不仅对电影商业推广起到至关重要的作用，而且还能够达到有效传播中国文化的目的。但是，大多数研究是专注在英文电影片名的汉译上，少有研究是针对中文电影片名的英译情况，直到2010年之后情况才有所变化[3](90)。此外，大多数研究是以个案研究的形式进行简单的例证，缺乏大量的语料支持，无法开展系统论证。在这种情况下，无法从整体上为中国电影片名的英译提供系统性的建议。因此，本研究尝试对改革开放以来，中国出口的电影片名作为中英语料库（1984—2019），对中文电影片名英译进行数据分析，并运用复杂性理论对其英译的语境契合程度进行研究，为中国文化“走出去”过程中的相关研究提供建议。

一、文献综述

由于学者们对中国电影片名的英译研究大都在2010年后，因此本研究对CNKI的期刊与论文进行检索（2010—2020），截至2020年4月4日，共计检索到电影片名英译研究的文章35篇。这些文章大致分为三类：

中国电影片名英译的翻译方法与翻译策略（9篇）。这些文章主要是对电影片名的英译方法进行了分析。例如：甄玉（2012）将片名分为人名地名、事件事物、成语习语诗词类，并给出了针对性的翻译方法与策略[4](47)。田亚亚和孙雪娥（2015）认为，华语电影片名的英译应使用音译、直译、编译和创译的翻译方法[5](53)；周海容（2019）提倡使用音译、直译和意译的翻译方法[6](116)；张亚楠和马玉梅（2013）则提倡变译的翻译策略[7](132)；冯全功和洪丹莹认为，在中国电影片名英译时应进行修辞改造[2](114)。

研究中国电影片名英译的理论视角（24 篇）。例如：杜志峰[8](84 以及闫梦、梁红梅和刘文洁[9](198) 等学者从功能对等的视角出发对英译中国电影片名的现状进行了分析，并提出其认为可行的翻译策略。王欣欣和田忠山[10](78)、胡琪[11](8) 是从目的论出发开展研究；赵振华应用了接受美学理论[12](103)；陶嘉玮采用了生态翻译学的视角[13](98)；刘红见应用了模因论[14](110)；吴碧宇、饶曙光和王建国采用了顺应论[15](130)；郑静霞则是将文化翻译观作为理论支撑对中国电影片名英译进行分析研究[16](23)。众多学者从不同的角度看待中国电影片名英译中的规律与问题，为中国电影今后更好的发展提出意见与建议。

电影片名汉译和英译的对比分析（2 篇）。郭静（2018）则将重点放在了片名语体上，通过从语音、单词和语篇三方对票房排名前 100 部的美国电影片名和前 50 部的国产电影英译片名进行比较分析，对国产电影片名英译提出了修辞等方面的建议[17](99)。卢志君和覃江华对 1984—2015 之间关于电影片名翻译的 31 篇论文进行了综合梳理，归纳出中国电影片名翻译研究的四个发展阶段，指出当前电影片名翻译研究的成就与不足，同时建议通过双语片名语料库为片名翻译提供语料支撑和有效参考，从而提高翻译研究的信度[3](90~93)。

目前已有研究的结论在于电影片名采用的翻译策略、翻译方法和考虑因素，但是目前的研究还缺乏足够的语料支持，还不能实现片名英译的研究信度；没有全面总结片名英译的特点和规律，也就无法为中国电影“走出去”提供具有实效性的建议。只有在充分了解电影片名在电影外宣过程中发挥的作用以及对电影接受程度产生的影响，才有可能从全局着眼来思考片名英译的方法和形式。因此，本研究尝试从复杂性理论的全息原则出发，对中文电影名称的英译情况进行数据收集，并对片名英译的特点与规律进行系统分析。

二、理论基础

复杂性理论（Complexity）是当下众多学者关注的理论，相关专著也有很多。但是这些著作大多是从理论层面上对复杂系统进行阐述，很少有专著是在具体应用层面对这种思维范式进行深入浅出的描述和应用。从这个层面上来看，不得不提的是法国当代著名思想家、法国社会科学院名誉研究员、法国教育部（微博）顾问埃德加·莫兰（Edgar Morin）。从20世纪50年代开始，埃德加·莫兰尝试以一种“复杂思维范式”的方法反思世界与社会，以突破各学科相互孤立存在的局限性。他的著作《电影或想象的人》（2012），则是将复杂性的认识方法应用到电影这种特殊的表现形式上，借助电影具象化的深入剖析了复杂性理论的应用场景[18]。复杂性理论中的“全息原则”是埃德加·莫兰提出的复杂性思维方式的基本原则之一。“全息原则”描述的是事物的部分可以代表整体的关系。这种“电影的灵魂”，其实就是通过电影这种特殊形式，使电影的每一个局部信息都能投射出整体内容。电影片名就是一个典型的情景，从片名这个局部就能投射出整部电影的主旨思想[19](159)。而全息原则可以帮助我们从片名出发去思考电影这个整体要传达的内容。

有些学者已经将复杂性理论运用到翻译研究中，认为“翻译研究中的复杂性系统探究方式是以非线性思维和有限预测为基本出发点，关系思维（开放性思维）、整体思维和过程思维为其具体考察的三种基本方式”；翻译研究是一门“主干清晰、多元丰富”的系统学科，翻译学研究本身就是一种有机构成，系统中无数的非线性相互作用使之成为复杂的层级系统[20](122)。尤其是复杂性理论中的“全息原则”可以从“局部”出发洞察“整体”。因此，从“全息原则”出发认知中国电影名称英译的整体情况，有助于了解电影片名这个“部分”如何代表电影的“整体”，并对这个整体产生影响，从而更有助于翻译研究者理解电影片名的译者在“投射”过程中建构“认同”的思维过程。

本研究认为，复杂性理论的全息原则，在电影片名英译时突出体现为变译策略的采用。变译作为一种翻译策略，是以原文为基础进行的创作，其目光不再停留在传统意义上的“对等”层面，而是从文化、受众和市场等视角出发进行的跨文化交际活动。变译策略能够反映出“全息原则”，即从“局部”去了解电影这个“整体”主旨和意图的有效手段。变译，指的是译者根据特定条件下特定读者的特殊需求，采用增、减、编、述、缩、并、改等变通手段摄取原作有关内容的翻译活动，这六种翻译手段在片名翻译中较常用[21](26)。变译策略在一定程度上是解决翻译过程中原语与译语差异、原文与译语读者需求不同而产生矛盾的方案之一，是以跨文化交流为最终目的，能够更好地达到英译片名的语境契合效果。在变译策略的指导下，短小精悍的电影片名能够有效地“投射”出译者对电影的“认同”程度，同时作为重要窗口能够反映出电影的主旨意图。因此，通过全息原则对变译策略的深入研究，重新理解变译所采用的翻译手段和翻译形式，有助于从片名这个“部分”更好地了解电影这个“整体”，以及从一个侧面了解电影全局的情况。本研究试图找出全息原则在片名英译过程中具体的投射路径，这是从语境契合度的实现路径出发对变译方法的重新理解，涉及片名英译的细节内容，包括英译采用的词性、表达特征和构成形式等。

三、数据分析

（一）数据来源与分析

根据世界上最大的电影数据库，因特网电影数据库（IMBD）的数据，从 1984 至 2019 年底，中国有 175 部中国商业电影进入美国电影市场。根据 IMBD 中的数据（票房占比美国 GDP），能够较为公平、有效地得出在过去 36 年间中国商业电影在美国的受欢迎程度。本研究建立了中国商业电影片名的中英文语料库（1984—2019），并在此基础上分析了票房排名前 30 的电影片名英译所倾向使用的翻译方法。之所以用票房排名前 30 的电影作为分析对象，是因为这些排名靠前的电影受欢迎度高，有充分的观影评论数据作为支撑。本文在分析数据时所引用的观影者评价均出自 IMBD 网站。

表 1　票房前 30 部电影片名英译

票房/美 GDP	中文片名	英文片名	翻译方法	票房/美 GDP	中文片名	英文片名	翻译方法
1	决战中途岛	Midway	变译（简洁）	16	流浪地球	The Wandering Earth	直译
2	英雄	Hero	直译	17	叶问 4	Yip Man 4	音译
3	红番区	Rumble in the Bronx	变译（具象）	18	哪吒之魔童降世	Ne Zha	音译
4	一条狗的使命 2	A Dog's Journey	变译（具象）	19	我和我的祖国	My People, My Country	变译（具象）
5	霹雳火	thunderbolt	直译	20	唐人街探案 2	Detective Chinatown 2	直译
6	丑娃娃	Ugly Dolls	直译	21	少年的你	Better Days	变译（模式）
7	月满轩尼诗	Crossing Hennessy	变译（简洁）	22	芳华	Youth	直译
8	功夫	Kung Fu Hustle	变译（具象）	23	红海行动	Operation Red Sea	直译
9	警察故事：简单任务	Police Story IV: First Strike	变译（具象）	24	2046	2046	直译
10	义胆厨星	Mr. Nice Guy	变译（模式）	25	老炮儿	Mr. Six	变译（模式）
11	十面埋伏	House of Flying Daggers	变译（具象）	26	港囧	Lost in Hong Kong	变译（模式）
12	玻璃樽	Glass Shield	直译	27	夏洛特烦恼	Goodbye Mr. Loser	变译（模式）
13	一代宗师	The Grandmaster	直译	28	寻龙诀	The Ghouls	变译（简洁）

续表

票房/美 GDP	中文片名	英文片名	翻译方法	票房/美 GDP	中文片名	英文片名	翻译方法
14	满城尽带黄金甲	Curse of the Golden Flower	变译（具象）	29	洗澡	Shower	直译
15	刺客聂隐娘	The Assassin	变译（简洁）	30	和你在一起	Together	变译（简洁）

从美国票房排名的数据可见，排名前 30 的电影片名更倾向于采用变译的各种具体方法：有 17 部都采用了变译策略下的各种翻译方法。

（二）变译的三大特点

本研究对排名前 30 影片中使用变译策略的 17 部电影片名进行分析，总结出实现语境契合的三条实现路径：明确主题的具象化，效仿经典的模式化，以及突出特征的简洁化。

（1）明确主题的具象化。从中英文片名中可以发现，中文片名偏向抽象的意境，而英文片名更多的是通过具象的表达方式表达主旨意图。在使用变译策略的 17 部影片片名中，一共有 7 部影片是通过具象化来突出片名的主题性。例如：《我和我的祖国》的片名，就把"我"具体到"我们人民"（my people），非常符合影片中由一个个中国人构成的"我"的概念，从而避免外国观众把"我"与某一个个体的人联系起来。在 IMBD 上，影迷对该电影英文片名的评论是："就好像片名说的那样，我和我的祖国，先有人民，才有国家（Just as the name says, MY PEOPLE MY COUNTRY. People comes before Country）。"① 《满城尽带黄金甲》（Curse of the golden flower），这部影片的中文名过于抽象，而英文片名则具体到"Curse"一词（诅咒），明确了影片想要反映的是皇子答应母后为之复仇、欲要杀害自己父皇所体现的违背伦理的主题。影迷对英文片名的接受程度："片名最能

① 本文所引用的观影者评论皆来自 IMBD 网站。IMBD 是世界上最大的电影数据库，故从该网站选取观影者评论作为支撑数据具有一定的代表性。该网址为 https://www.imdb.com/review。

形容过度扭曲的媚俗、过度饱和的色彩和军事舞艺的典范（‘Curse of the Golden Flower’ can be best described as an apotheosis of overwrought kitsch, hyper-saturated colors and military choreography）。”《一条狗的使命2》则是把片名中的“使命”具体到一段“旅程”（journey），更能让观众明白影片要讲述的故事内容。影迷的留言也说明了英文片名有助于观众对影片内容的理解：这段“‘旅程’就像是坐上云霄飞车，充满了人生的起起落落（‘Journey’ is also a roller coaster ride of life's ups and downs）”。

有3部电影的英文片名，通过描述状态的词汇具象化地呈现影片想要表现出的画面感。《红番区》（Rumble in the Bronx）描写的是香港警察在美国勇斗黑帮的故事，英文“Rumble”（隆隆声）这一拟声词能够给人闹哄哄的意象，让欧美的观影者产生中国动作片的联想。影迷们也兴奋地提道：“让我们准备好作战吧！（Let's get ready to RUMBLE!!）”产生同样效果的影片片名是《功夫》（Kung Fu Hustle），其中“Hustle”（熙熙攘攘）一词就生动地具体呈现出功夫打斗现场的喧闹感。影迷们通过英文片名感受到打斗的真实感：“打斗……使得电影保持疯狂的节奏……翻译也就不是问题（The fight sequences……keep the movie moving at a frenetic pace, ……side step the normal translation problems）。”《十面埋伏》（House of Flying Daggers），则通过“Flying”一词，给观众画面感以突出影片主题，影迷们也能通过片名了解到：“朝廷剿灭‘飞刀门’的故事内容（government officials on the trail of an underground rebel alliance ‘The House of Flying Daggers’）。”

此外，《警察故事：简单任务》（Police Story：First Strike）讲述的是追查黑帮背后的导弹交易，简单任务实际上并不简单。该英文片名将具体任务“第一次出击”直接表现出来，影迷们显然是接受了这个英文片名，直接就喊出：“成龙的第一次出击（Jackie Chan's First Strike）”。上述7部电影的英文片名都是具象化地突出了电影故事的主题，便于外国观众一眼就能抓住电影的主旨，符合受众的接受习惯。

（2）效仿经典的模式化。在17部采用变译策略的片名中，有5部可以被看作是效仿了经典电影的命名模式，以提高本土观影者的接受程度。首先，3部影片的英译片名，即《义胆厨星》（Mr. Nice guy）、《老炮儿》

（Mr. Six）和《夏洛特烦恼》（Goodbye Mr. Loser）效仿了电影“Mr. Bean”（《憨豆先生》）的命名方式。众所周知，从1990年开始英国电影《憨豆先生》就一直受到大众喜爱，好评如潮。英文单词“Bean”不仅指“豆子”，而且还有“毫无价值之物”的意思。将“Bean”用在电影片名当中，在指涉人物名称的同时，还能反映出傻呆萌的特点。在《老炮儿》的英文片名中，尽管“Six”只能表明人物的名字，无法指出“老炮儿”所指代的“老北京混混”的实质意涵，但是“Mr. Six”也借由经典电影的命名模式成功吸引了国外的观影者，使其对电影要表达的内容有进一步了解的欲望。观影者就感受到：“老六在内的前北京男孩最看重的是对朋友的忠诚和对朋友冒险的勇气（The old generation, including the Mr. Six, ……these former Peking boys value most are…… the loyalty to friends and the courage to risk life for friends）。”“Nice Guy”和“Loser”也有类似的情况，虽然没有与人物名称挂钩，但是明确指出电影中主要人物的性格特征。影迷对“Loser”的评论也说明他们对这一英文片名的认可：“正如片名所示，如果我们用金钱来定义成功，那么他将被列为失败者（If we use money to define success, then there is no doubt that he would be classed as a loser (hence the title name)。”

还有一部是作为《泰囧》（Lost in Thailand）续集的《港囧》（Lost in Hong Kong），可以看作是效仿了英文电影《迷失东京》（Lost in Translation）的命名模式，让西方国家的观影者更容易接受中国影片，让欧美的观影者产生亲近感，达到“借船出海”的效果。正如影迷所言：“一看标题就引起了我的注意……我认为这部影片应该不错（once look at the title caught my attention……I thought this deserved a chance）。”

虽然说2019年上映的《少年的你》（Better Days）仿效的不是英美电影的经典片名，却和1991年在台湾地区上映的经典影片《牯岭街少年杀人事件》（A Brighter Summer Day）的英文命名方式有着高度相似之处。这两部电影都讲述了青少年斗殴杀人事件的电影作品，主旨思想高度一致，都是想通过使用“更好/更光明”（Better/Brighter）的这种比较级词汇，传达出不管现实多残酷，始终要相信生活会更加光明的观点。

（3）突出特征的简洁化。在17部采用变译策略的片名中，共有5部电影片名采用了删除动词、删除人名和人称代词等方式来凸显影片特征并力求简洁。首先，有3部是采用了删除动词性词语，以确保电影片名的简洁性。《决战中途岛》的英文片名直接删除了“决战”这一动词，只保留了故事发生的地点“中途岛”（Midway），简单明了地突出了电影独特的地点特征，符合影片简洁的特点：“确实将中途岛之战之前的历史事件囊括其中（Really brackets the historical events prior to Midway well）”。《月满轩尼诗》（Crossing Hennessy）则删除了“月满”这个动词概念，转而用名词性的“Crossing”一词，具体地指出故事发生的地点特征，同时也预示了故事处于转折的“十字路口”。这个英文片名能让观影者直接了解电影发生的地点：“影片标题表明了每个角色都居住在轩尼诗街道的两边（The title comes about with each character living on either side of Hennessy Road.）。”观影者《寻龙诀》（The Ghouls）的英文片名直接删除了“寻龙”这一动词性词语，转而用名词“盗尸者”表现电影题材。虽然“盗尸者”与电影讲述盗墓者的故事有些差别，但是这么做迎合了西方观众热衷于吸血鬼题材的观赏习惯，这个片名体现了影片的题材特征。

此外，还有2部是通过删除人名或人称代词来实现简洁性。《刺客聂隐娘》（The Assassin）是将观众不熟悉的人物名称“聂隐娘”去掉，转而凸显出人物作为刺客的身份特征。《和你在一起》（Together）则是去掉了“你”这个人称代词，进而强调了影片的情节特征，便于观众记忆并使其留下深刻印象。

四、结论与展望

本研究通过建设中国出口的电影片名作为中英语料库，对中文电影票房排名前30部的英译片名进行详细分析，通过复杂性理论对实现语境契合的具体路径进行论述。通过对中国出口的电影片名进行数据分析，本研究发现采用变译策略的次数较多，能够较好地实现英译片名的语境契合效果，具体体现在片名的表达特征、构成形式以及所采用的词性上：具象化突出主旨的同时，还要考虑受众的接受程度；效仿经典电影的命名模式，以达到聚焦、易于接受和记忆的效果；名词性词语在明确影片特征的同时，保证了片名的简洁性。通过对语境契合度的三条路径分析，本研究发现中文电影片名的英译应该得到“全息原则”的指导，从电影“整体”去思考片名的翻译形式，使得译者对电影主题的“认同”能够“投射”到片名这个重要的、具有传播介质的“部分”之上。本研究将全息原则应用到中文电影片名的英译语料中，对变译方法进行了重新解读。一方面扩展了翻译研究的理论视角，另一方面丰富了电影片名英译的语料库数据，为今后的翻译研究提供数据支持。

本研究的数据针对的是中国商业电影，数据不能代表所有类型电影外译的翻译形式和规律。今后需要进一步扩大数据库的数据类型，并根据数据类型，开展其他翻译方法的案例研究，不断丰富和完善电影外宣需要采用的翻译形式和可行的翻译模式，为中国电影“走出去”提供有益建议。与此同时，这些案例研究能进一步发展具有指导意义的翻译理论，为其他具有中国特色的文化产品外译提供方向。

参考文献

[1] 何宁．英语电影片名翻译纵横谈 [J]．上海科技翻译，1998 (3)：37-39.

[2] 冯全功、洪丹莹，修辞改造与中文电影片名英译 [J]．解放军外国语学院学报，2015 (4)：113-119.

[3] 卢志君、覃江华．电影片名翻译研究在中国 (1984-2015) [J]．外国语文研究，2017 (4)：84-96.

[4] 甄玉．国产电影海外发展的片名翻译策略 [J]．中国电影市场，2012 (04)：41-48.

[5] 田亚亚、孙雪娥．华语电影片名英译原则与方法研究 [J]．渭南师范学院学报，2015，30 (04)：53-56.

[6] 周海容．中文电影片名英译原则和方法研究 [J]．吉林省教育学院学报，2009，25 (08)：116-117.

[7] 张亚楠、马玉梅．变译法在中文电影片名英译中的使用 [J]．郑州航空工业管理学报 (社会科学版)，2013，32 (6)：132-134.

[8] 杜志峰．功能派翻译理论与中文电影片名的英译［J］．江苏工业学院学报（社会科学版），2010，11（01）：84-86.

[9] 闫梦、梁梅红、刘文洁．功能对等视角下当代中文电影片名英译的研究［J］．海外英语，2015（20）：198-199.

[10] 王欣欣、田忠山．目的论视角下的中国电影片名翻译［J］．内蒙古工业大学学报（社会科学版），2014，23（02）：78-80.

[11] 胡琪．目的论视角下中国电影片名的英译研究［D］．吉林财经大学，2017.

[12] 赵振华．接受美学视角下的电影片名中的中国元素英译［J］．电影评介，2015（24）：103-106.

[13] 陶嘉玮．从生态翻译学视角看电影《北京遇上西雅图》的片名英译［J］．当代电影，2014（04）：98-99.

[14] 刘红见．模因翻译论视阈下中文电影片名的英译探究［J］．电影评介，2015（19）：110-112.

[15] 吴碧宇、饶曙光、王建国．论中国少数民族题材电影片名的英译策略［J］．当代电影，2016（08）：130-134.

[16] 郑静霞．从巴斯奈特的文化翻译观看中国电影片名英译问题［J］．英语广场，2017（05）：23-24.

[17] 郭静．国产电影片名的修辞翻译探究——基于好莱坞高票房电影的量化分析［J］．四川戏剧，2018（07）：99-104.

[18] 埃德加·莫兰．电影或想象的人［M］．马胜利译．广西师范大学出版社，2012.

[19] 叶山岭．对电影和人的双重阐释——读埃德加·莫兰的《电影或想象的人》［J］．电影艺术，2013（03）：157-160.

[20] 杜玉生、何三宁．复杂性思维与翻译理论创新［J］．湖北大学学报，2010（3）：119-122.

[21] 黄忠廉．变译理论［M］．北京：中国对外翻译出版公司，2002.

附录7　美国族群矛盾的物质性探究

——以《靠鲸生活的人》小说中人与非人关系为例①

雷　静

内容摘要：美国主体族群和土著族群之间的矛盾关系是琳达·霍根的小说《靠鲸生活的人》所表达的核心议题。为了找到其背后的根源以及解决方案，本文结合了玛莉索·卡德纳的“土著居民世界主义政治学”和斯泰西·阿莱莫的“跨肉体性”概念，认为在多元政治的背景下，人们可以通过对物质性的研究理解人类与非人类世界之间相互交换的实质。该理念有助于我们寻求解决美国主体族群与土著族群之间矛盾的方法，因为它不仅解释了两者之间长期存在矛盾的原因，而且还说明了种族主义与环境现象之间的关联。

关键词：物质性；《靠鲸生活的人》；跨肉体性；世界主义政治学

Materiality Study of the Conflicts between the Americans and the Aboriginals in *People of the Whale*

Lei Jing

Abstract: An important theme of Linda Hogan's novel *People of the Whale* (2008) is the portrayal of contradictions between Americans and the aboriginals. In order to explore the origins of and possible solutions to the conflicts, this paper forges Marisol de la Cadena's notion of "indigenous cosmopolitics" with Ursula

① 本文发表于《中南民族大学学报（人文社会科学版）》2018年第2期。

K. Heise's theory of "eco-cosmopolitanism" and interprets the relationship between Americans and the aboriginals from the perspective of trans-corporeality. On this basis, the paper proposes "trans-corporeal cosmopolitics," a term infers that the nature of interchange between the human and non-human world can be fully understood by conducting research on materiality within the pluralistic political milieu. By adopting such notion, solutions to the contradictions between Americans and the aboriginals are suggested as it not only explains the causes of their long-term discrepancy, but also illustrates the linkage between racism and ecological phenomenon.

Key words: materiality; *People of the Whale*; trans-corporeality; Cosmopolitics

作家琳达·霍根（Linda Hogan，1947—）是美国有名的印第安裔契卡索族（Chickasaw）女性作家。她的作品多以印第安部落为描述对象，突出土著居民在当今社会中的生存状况以及存在的诸多问题，例如，传统文化的保护、生态以及殖民等议题。她的小说《靠鲸生活的人》（2008），讲述了作为靠捕鲸生活的人的阿斯卡族人托马斯·贾斯特（Thomas Just）的故事。目前已有学者从生态批评、女性主义、身份认同、创伤研究[1] 等众多视角研究了《靠鲸生活的人》中体现的生态议题、土著族群的身份重塑以及种族关系等问题，但是缺乏世界主义整体视角出发的相关研究，没有从人类与非人类之间的关系出发去思考族群之间的冲突以及对自然环境产生的影响，无法从根源上了解土著族群在自然与主体族群之间处于何地位，也就无法找到调解族群矛盾的途径。本文试图挖掘这部小说中体现的族群矛盾的深层根源，通过对霍根小说《靠鲸生活的人》的分析，本文认为在做出政治和管理决定时，应该重视不同生物体之间的相互联系，就生态和种族因素而言，这也是缓和美国主体族群和土著族群之间紧张关系的关键方式。

一、跨肉体性世界主义政治学——一个分析视角

跨肉体性世界主义政治学来自玛莉索·卡德纳（Marisol de la Cadena）

的“土著居民世界主义政治学”。在早期研究中，“世界”指形态各异又独一无二的“未知”世界，而“政治学”指能够最终被执行的权利间的“表述方式”。这两者不能分离，否则人类与自然将分离[2]。土著族群是一种能形成强有力联合体的族群。布鲁诺·拉图尔（Bruno Latour）（1993）声明土著族群领导创造了“现代宪法”，这种体制总能利用科学研究而非单一自然界中“社会契约”的机制[3]。基于上述论断，卡德纳提出一个新的概念，即“土著居民世界主义政治学”（indigenous cosmopolitics）。她将“地球存有”定义为用来分析“与现有问题和情境略微不同状况”的触发器，这将会激发一种新的思维方式，丰富如今单一的政治学本体论并为新的解释创造可能。这一政治学多元性不仅可以被视为文化多元主义，更精确地说，也可以被称作“多元自然主义（multinaturalism）”[4]。

土著族群的权利和那些非人物种的权利已经被正式视为一个解决社会和文化问题的新视角，斯泰西·阿莱莫（Stacy Alaimo）提出的“跨肉体性（trans-corporeality）”就是尝试解决社会问题的新方法。她提出的“跨肉体性”强调个体（包括人类和非人类）间的物质交换，因为人体“生来就是具动能的实体”[5]9。同时，她反对人类中心论，“拒称拥有至高无上的中心地位的‘人类’总是这活跃又无法预测的物质世界的一部分”[5]16-17。根据阿莱莫的定义，“跨（trans）”指的是“跨越不同地点的运动”，而“跨肉体性”指向“一个揭示不同生物体之间的交换和联系的可移动的空间”，因为人类认识的所谓的环境不是在人类以外的某处而是我们自身的实体，“伦理与政治上的可能性会出现在人类与超人类生物体之间”[5]2-4。

基于上述分析，本文结合玛莉索·卡德纳的“土著居民世界主义政治学”和斯泰西·阿莱莫的“跨肉体性”概念，归纳得出“跨肉体性世界主义政治学”。该概念的内涵是人与非人物种之间存在的交换实质关系，它用于分析不同族群与自然的关系，以及族群之间的相互关联。在族群矛盾的深层根源上包含三个方面的因素：（1）人与非人物种之间的关系。由于美国主体族群对“跨肉体性”缺乏认知，从而无法理解人与非人之间的紧密关系。（2）人类不同族群对待自然的态度。由于美国主体族群缺乏对自然的正确认知，使其处于征服自然，而非与自然平等的状态。（3）人类族群之间的关系。美国主体族群对非人生物以及自然的认知不足，导致了其对土著居民态度的偏差，认为土著居民低于主体族群的社会地位。在对待土著居民及其文化传统时，并未给予应有的尊重。

二、《靠鲸生活的人》中的物质性分析

1. 小说背景

琳达·霍根的作品《靠鲸生活的人》描写的是美国西北海岸的土著部落阿斯卡族人的生活状况。这里的人被称作“靠鲸生活的人”，他们的传统和文化需求与捕鲸紧密相连①[6]37。但是这些土著人的权利与利益并未得到考虑与尊重。太平洋海域的商业捕鲸和石油勘探导致当地环境遭到严重破坏，北极露脊鲸数目锐减。同时，土著族群的传统捕鲸行为都被视作残忍的行为，受到了动物权利保护者的抵制。当土著族群想要保存自身传统的捕鲸权利时，他们发现自己遭到了美国主体族群的愚弄与毁灭。借用贾斯特妻子露丝（Ruth）的一句话，这“只是美国白人的暴行再次发生在我们身上”[6]35。他们原本幸福的生活被越南战争打破，美军对越南无辜百姓的残杀，使得贾斯特想到自己族人被美国白人杀害的历史。贾斯特在战争中枪杀了想要杀害越南百姓的美国士兵，从此以后他就生活在身份破裂的痛苦之中。可见，由于土著族群的捕鲸权利以及传统文化并未得到美国白人的尊重，导致二者之间的激烈矛盾。了解美国主体族群对土著族群缺乏尊重的原因，成为解决问题的根本。

2. 《靠鲸生活的人》中的“跨肉体性世界主义政治学”分析

基于前面提出的理论视角分析，本文从三个维度分析《靠鲸生活的人》中体现的“跨肉体性世界主义政治学”。第一，本文将讨论捕鲸的争议性，并且强调阿斯卡族人和鲸鱼之间的紧密关系；其次，本文着重分析不同群体与自然之间的关系，分别论述阿斯卡族人以及美国白人对待自然的态度；最后，本文试图分析美国主体族群对待土著族群的方式。由于阿斯卡族人和鲸类的紧密关联，并非为外族人轻易理解之亲密关系。美国主体族群缺乏对人类与非人类关系的错误理解，以及对土著族群与自然关系

① 文中以下引用均出自小说《鲸人》，中文译文由本人翻译。

的匮乏认知，都影响到他们对土著族群的态度。

（1）人与非人物种之间的关系

在小说中，章鱼被塑造为一个“地球存有”或者“形状转换器”，因为它能“融入一切事物，例如瓶子，篮子等。”它知道“他们过去与未来的一切”，它是主人公贾斯特的“灵魂保存者”。尽管它的形式是非人类，但章鱼与人类保持着一种神秘的关系。当露丝所在的村庄遭受干旱，她便向雨神/章鱼祈祷。充满力量的章鱼揭露了自然并非是等待人类剥削的被动资源。因此，雨神/章鱼是一种需要得到尊重的非人类形式的地球存有，它在自身的生命周期中得到快乐。

土著族群与非人之间的相互关系是复杂的。贾斯特的妻子露丝生来就有腮，这便是人类和非人类之间存在神奇联系的例子。除了生理的相似性，露丝还拥有像鲸一般的特殊能力。“她与海有着十分紧密的关系，似乎能听到别人听不到的声音。她通过海水，能在鱼群和鲸鱼浮出水面之前就听到它们的声音。”[6]19 这显示了阿斯卡族与自然之间特殊的关系：“我们会让你的灵魂再次成为孩子。我们会祈祷它回到肉体中。它会进入我们的身体，你一部分会是人，一部分会是鲸。”[6]16 这展现了人类和超人类世界间的跨肉体性。

这种由人类和非人类组成的“多元世界”一直在不同的土著族群中存在。阿斯卡族人相信是鲸生出了人，“它是他们的祖先”[6]125。对他们来说，鲸是他们的灵魂，是他们生活中不可或缺的组成部分。土著族群因此将鲸视作他们的亲密朋友，人鲸之间是平等关系。他们属于彼此，这就是为什么阿斯卡族人称自己为“靠鲸生活的人”。

（2）不同族群对自然的态度

从跨肉体的角度来看，基本理念是自然，肉体和其他物质形式都互相联系。因为土著族群相信他们是自然的一部分，所以他们能够用自己的方式与周围环境相处。他们需要的是对他们权利的基本尊重和对鲸类的保护，就像他们经常考虑传统捕鲸的时间与节奏一样，他们不会影响鲸类的生存。

事实上，土著族群对环境的变化更敏感。贾斯特是一个与海洋有着最紧密关系的土著居民，他感知着周围的变化。“整个世界都在变化，地表一直在移动。他（贾斯特）感觉到了海洋与生活的改变。他自己也是其中的一部分”[6]128。因为贾斯特很敏感，他清楚地感觉到了无止境的石油探索和捕鲸所引发的改变。如阿莱莫所说，“当了解自身与更广泛的外界环境相联系时，其主观性就在发生深刻变化”[5]。贾斯特有种特别的直觉，这种直觉使他与大自然产生了亲密的关系，出现这种独特的关联的根本原因是他已经完全融入自然。此时，自然不再是能被征服的客体，而是应被尊重的主体。

自然是土著族群保存真理和传统的独特方法。对阿斯卡族人来说，融入自然并与自然和谐相处是他们的信仰。因此，在这些土著居民眼中，自然是最重要的。“有种东西是他们不断寻求的，这种东西高于人类的法律与正义。这就是退回到过去的存有形式，拥有爱的能力，每次与土地的接触都是神圣的，回到鲸鱼母亲的怀抱，回家。”[6]133

但是，美国主体族群对待自然的态度则大不相同。在小说中，美国主体族群对自然不断施加威胁。美国传教士的众多捕鲸船在 1910 年“几乎已经要将鲸类推向灭绝之境”[6]52，那是“数年前的世纪之交，那时鲸鱼还在那里，那时美国白人第一次到来，他们使一些土著居民相信他们能带来另一种获利方式并帮助他们成为赢家，那时候‘赢’这个词还不存在于阿斯卡族人的世界中”[6]133。也就是说，从 20 世纪早期开始，美国主体族群就利用纯真的阿斯卡族人来扼杀海洋生物，而自己从中获益。

美国主体族群在这片土地上的所作所为已经导致了致命的后果。小说中描述了各种现象：“现在，鱼已经抛弃他们，带上自己所需的一切去寻求活路。《时代》杂志派了两名新闻记者来勘察情况，他们认为这里的情况很反常，但这是该地区的干旱和可怕的干热引起水温变化而带来的结果。至于水质逐渐下降，他们的报道称这是一个周期性事件，尽管在黑河生活的每个人都深知此事由来已久，也知道报道并非属实。”[6]60 美国主体族群没有尊重和保护环境，而是在野心勃勃地征服自然，那只会导致对地球的严重破坏。这些后果是灾难性的，“就像海洋另外一边小岛上的洪水，就像地球略微倾斜被甩出轨道”[6]61。这显示了美国主体族群提倡的人类中心说，他们相信人类是控制自然的主体，而非人类是将被牺牲的客体，这一态度与土著族群的信仰完全相反。

(3) 美国白人对待土著族群的方式

美国白人不清楚土著族群与大自然的相互联系，加上他们对自然的野心，会使他们与土著居民之间产生不可避免的矛盾。事实上，美国主体族群缺乏对土著族群的认识，对他们存有不公正的态度。

这在小说中也有大量的例证。美国主体族群对土著族群的轻视与不公始终存在。当格林警长来到露丝的家中，告诉她贾斯特已经死亡时，他说整个军队都不知道他有妻子，因为"这不在我们的记录册中"。露丝的母亲反驳道，"这是一场部落婚礼，我们的记录册中有"[6]22。直到现在，土著族群仍然被美国主体族群不公正地对待。例如，许多土著居民被起名为"仅仅（Only）"或者"小的（Little）"，这些词都是用于"贬低土著居民的"[6]100。

战争更加深了美国主体族群和土著族群间的矛盾，这成为土著族群无法磨灭的回忆。在小说中，越南战争带给贾斯特的创伤是巨大的，这改变了他的生活，也改变了他对国家的看法：

> 如果①，他没有参军，留在家中和露丝在一起，学习小时候大人们教的老歌和唱歌的方法。如果，他和其他人一起参军，杀了被落下的孩童、妇女和老人，然后继续去其他村庄重复残忍，和军队一起出生入死，烧掉身后的一切，留下各处的纪念品。同时，他本可以和他们一起回来，找到一两份工作，和朋友一起喝酒，看棒球赛，竞选部落理事会、州立法机关或其他政府组织的分支，就像这个压制他的机构一样。[6]119

这段话中的第一个"如果"表示，如果贾斯特没有参加战争，他将会与家人一起享受生活，而不是像如今一般饱受战争回忆的折磨，对于此，应该谴责美国政府消灭红色高棉政权的政治企图，它"在曾经美丽的土地上放置了火把与化学药品"[6]79。美国主体族群令人无法容忍的暴行，使他们最终成了热爱自然的土著族群的憎恨对象。贾斯特"反对"这些暴行，也为此受尽折磨。

① 对"如果""如果"和"同时"的强调为作者添加。

第二个“如果”与杀戮相关。美国人杀害了众多无辜的越南人民，这其中包括许多儿童、妇女和老人。如果贾斯特像那些美国人一样进行屠杀，他就不会一生都生活在仇恨与痛苦中，因为他可以扮演神明来决定他人的命运。但是贾斯特绝不会杀害无辜百姓。越南战争使他想起了美国主体族群对土著族群的大屠杀，这激发了他对越南无辜百姓的同情。当贾斯特亲眼看见可怕的屠杀而感到害怕、恐惧和仇恨时，第二个“如果”蕴含了一种讽刺，暗指美国主体族群与土著族群间的冲突是不可调和的，战争破坏了土著族群的生活，加深了美国主体族群与土著族群之间的矛盾。

“同时”是贾斯特假设他自己能像那些回到美国的美国人一样拥有正常的生活，但令他失望的是，他发现整个美国的政治体系，包括立法机构和政府，都只是作为反对土著族群的镇压机器。贾斯特和其他的土著居民的祖先忠于“纯洁与使命”，事实才是重要的，因为他们相信“真相首先看出的就是谎言”[6]27。

三、讨论与结论

美国主体族群与土著族群之间长久以来存在的不可调和的矛盾，主要源于两者对待自然与非人物种的看法有着显著不同。在美国主体族群的传统观念中，土著族群的知识被认为是“迷信的”且有害“社会进步”的[5]；然而事实并非如此。美式思维下对于土著族群的传统观念也有可能变成促进人们理解在复杂全球网络中的跨肉体的关联性。因为不同肉体间的相互联系值得重视，大自然在解决美国主体族群与土著族群之间的矛盾时扮演了重要角色。在物质世界中，所有形式的地球存在都是平等的，无论是以人还是非人的形式存在，他们都有各自的生命周期，充满着数不清的相互关联的动能，政治的、法律的甚至个人的决定都会在这个持续且相互作用的、紧急且不断变化的情景中做出。

美国主体族群必须先改变他们对自然的概念与态度。自然应该被视为一个需要得到尊重的主体而非一个可以剥削的客体。他们的态度能够影响整个政治体系和战争决策，这对美国主体族群与土著族群之间的关系有着巨大影响。只要美国主体族群改变他们对于过度剥削自然资源的概念，限制逐利活动和项目，他们才能够与自然建立起一个健全的关系，并改善他们与土著族群之间的关系。

其次，人类与非人类之间的相互联系应该被认真认识和分析。"跨肉体性世界主义政治学"可以用于寻找新的可能与方法来解决如今的问题，例如生态保护与动物权利。乔恩·康拉德（Jon M. Conrad）就曾提出生物经济模型来分析捕捉北极露脊鲸的合理数目，既能阻止北极露脊鲸的灭亡，同时也能满足阿斯卡族文化上的捕鲸需求[7]。这个有效的例子中，土著族群的传统得到了尊重和科学对待。借助这一物质性研究，只要土著族群的权利能够得到尊重，根源性的冲突诸如种族主义便能够得到良好处理。"跨肉体性世界主义政治学"的概念也能对中国解决人与自然、民族关系等问题提供参考。

参考文献

[1] 李润润，曹淑娅．创伤·复原——创伤理论视域下的《靠鲸生活的人》[J]．常州大学学报（社会科学版），2015（4）．

[2] Isabelle Stengers. "The Cosmopolitical Proposal," Making Things Public: Atmospheres of Democracy [M]. Eds. Latour Bruno and Weibel Peter. Cambridge: MIT P, 2005: 995.

[3] Bruno Latour. We Have Never Been Modern [M]. Cambridge: Harvard UP, 1993: 27.

[4] Marisol De la Cadena. Indigenous Cosmopolitics in the Andes: Conceptual Reflections beyond "Politics" [J]. Cultural Anthropology, 2010 (2): 334-70.

[5] Stacy Alaimo. Bodily Natures: Science, Environment, and the Material Self [M]. Bloomington: Indiana UP, 2010: 9-10.

[6] Linda Hogan. People of the Whale [M]. New York: Norton, 2008.

[7] Conrad, Jon M. Bioeconomics and the Bowhead Whale [J]. Journal of Political Economy, 1989 (4): 974-987.

附录 8　哲学电影的去疆域化过程模型：基于《末日哲学家》的分析[①]

雷　静

摘要：基于帧画面概念的界定，特别是成帧、去帧、重组帧画面的概念论述，本文开发了哲学电影的去疆域化三阶段过程模型，并且提出螺旋式上升和生命强度是该模型的核心特征。本文以电影《末日哲学家》（2014）为例，探讨了上述模型以及螺旋式上升和生命强度在影片中的体现。文章指出追求生命的三重境界就是在破坏与重塑的框架中去疆域化过程，其过程呈现螺旋上升的状态，并且彰显生命强度。

关键词：哲学电影；电影哲学；去疆域化；帧画面

Deterritorialization Model of Philosophical Cinema: Analysis of *The Philosophers*

Lei Jing

Abstract: Based on the definition of frame, this paper develops a deterritorialization model of philosophical cinema, which consists of three phases (framing, deframing, and reframing) and owns two core attributes, namely, spiral elevation and intensity. Taking the movie *The Philosophers* (2014) as an example, this paper elaborates this deterritorialization model and the embodiment of its two attributes. The process of deterritorialization is formed in the framework filled

---

① 本文发表于《中南民族大学学报（人文社会科学版）》2015 年第 4 期。

with destroying and reforming, featured by spiral elevation and intensity.

Key Words: philosophical cinema; cinematic philosophy; deterritorialization; frame

哲学电影的去疆域化源自吉尔·德勒对于电影与哲学的探讨。在著名的《电影1：运动-影像》一书中，作者吉尔·德勒兹（Gilles Deleuze）利用电影业中的术语详尽阐述了他对于影像的哲学概念与想法。他认为"平面"（plane）这一概念已经被"充分的统一与延伸"[1]，电影中所展现的生活可以看作一种对于追寻真实背后的虚拟与获得超出理性的非理性的一种感染力。换言之，德勒兹想要建立新一派的电影哲学，形成一个能够利用理论思维对电影中的影像与人物进行说明的体系。这一思想进一步得到了佩斯利·利文斯顿的强化。在利文斯顿看来，电影本身就应当被视为哲学。一些电影可以推进哲学知识的发展来支撑"作为哲学论述的电影这一强大维度"，而且哲学功能"仍旧极大地依赖用语言表述的背后的思想，这些思想在创造和诠释电影的哲学意涵时都被调动了起来"[2]。在这一前提下，哲学电影，就成为电影哲学的另一张面具，也就是"通过借助独有的电影媒介或艺术形式在电影中对哲学做出历史性的创新与独立的贡献"[2]。因此，电影与哲学思维是互相交织，不分泾渭的。本文主要以电影《末日哲学家》（2014）为例，尝试对哲学电影的内涵进行阐释，即，作为电影哲学的另一张面具，哲学电影体现出在拆解和重塑框架内追求去疆域化（deterritorialization）的动态过程。

一、哲学电影的去疆域化：基于帧画面的设定

"去疆域化"的概念最初是由吉尔·德勒兹与费力克斯·伽塔里提出的，指的是冲破封闭的禁忌系统，才能逃逸出各种机制和权威的束缚。在这里，笔者认为"去疆域化"指的是生命具有的动能，在原本看似不可能的地域上，探寻新的生存空间。针对电影哲学而言，"去疆域化"便是在其基础之上进行反向思考，能够在看似不可能的电影技术内部，寻求一种哲学电影，作为电影哲学新的生存空间。在这里，本节将借助电影技术

“帧画面”（frame）这一基本概念，对哲学电影的“去疆域化”过程进行阐述。

“去疆域化”本身并不是凭空出现的，它依托于哲学电影的概念存在。所谓哲学电影，立足于电影与哲学两个概念。这两个概念的理解可以基于主体与客体之间的关系。在吉尔·德勒兹与费力克斯·伽塔里合著的《哲学是什么?》一书中，两位作者认为：如果另一个人是第二个自我的概念，那么“另一个——代表了物体本身的主体——对于自我来说是尤为特别的，因为它们是两个不同的组成部分……这里我们解释的是关于主体的多元化、主体间的关系以及它们之间的相互影响”[3]。电影与哲学之间可以被互相定义成主体与客体。哲学之于电影就是客体；而哲学电影是以电影的形式体现哲学理论演变的一段动态轨迹，后者是被建立在电影技术的基础之上的。如果德勒兹的电影哲学是随着电影发展史而展开的理论思考，那么这电影的“另一张面具”——哲学电影——则是伴随电影哲学的演进而产生的冥想，即借由电影表达的哲学思考。伴随着电影与哲学二者关系的不断开发，“去疆域化”逐渐成为哲学电影的核心过程。

为了理解去疆域化过程中电影和哲学的关系，德勒兹首先借用电影术语“平面”（plane）来探索他“内在平面”的哲学理念，所谓平面，“并不是人们想当然的一个概念，或是可以被思考的概念，相反，这是一个思考的影像（image of thought），而这种影像赋予其自身以内涵，从而能够思考、利用思想以及找到在思想中自身的意义”[3]。这个平面包含“真正无限的内容”，同时包括一套“帧画面”（frame）和一个“新的场外”（out-of-field）[1] ——“帧画面”是该领域的基本术语，指的是电影底片上的单一影像。德勒兹将“帧画面”视为一个“移动的面具”，这个面具具有现实化与虚拟化的双重性；它能使“场外”被完全确定下来，但更重要的是，它同时还能形成一个“真实地拥有无限内容的平面”[1]。

基于“帧画面”的视角，可以看到电影中存在着相对而言的一组进程。成帧（framing）是一种选择各部分成为一个封闭系统的艺术；它决定一个场外，有时以更大的形式去延伸它，有时是以一个整体形式将其整合。与其不同，去帧（deframing）指的是把“反常的看法”看作是“影像的另一个面向”[1]，去帧则是由博尼茨（Bonitzer）所创立的概念。这种反常的做法，就是对已有的帧画面进行拆解，对其中的影像进行分析。在组帧和去帧的视角下，电影成为一种“影像分析，意味着一个关于剪辑的新概念，可以用不同方式来运作的一整套‘教学法，’”并且“它将对空间的描述功能归属于思想的功能”[4]。因此，重组帧画面（reframing）的过程在电影的叙述中透露并且掩盖了哲学演变的动态轨迹。这种新型的对空间的描述功能，体现的是对现有的思维方式的拆解与重塑，呈现出的是一个去疆域化的路径。因此，去疆域化的存在意味着在电影中会有另一张面具的存在，同时去疆域化也就是揭开该面具后隐藏着其中的哲学范式的过程。

二、哲学电影的去疆域化：以帧画面为核心的过程模型

为了更好地理解拆解和重组帧画面的去疆域化过程，尼采的生命哲学或许可以给出很好的诠释。德勒兹在其《纯粹的内在》（*Pure Immanence: Essays on A Life*）一书中，描述了尼采总结自己生命过程的三种变形，即，骆驼、狮子和孩子，象征他工作和生活的三个阶段[5]。骆驼代表了第一个阶段，承载着既定的价值和文化的负荷；狮子象征人生的第二个阶段，摧毁社会中所有既定原则的负担；而孩子代表的是人生第三个阶段，即建立新的价值和评价原则。

但是德勒兹不认同这种“武断的”分割，他认为这三个阶段是相互交错的，并不能被决然地分开[5]。这三个人生阶段都是在进步发展的，因为它们每一个都是建立在先前阶段的基础之上。对既定价值观和文化负担的破坏总是在设定的价值体系内部进行的，所以不可能一次性把所有的负担都彻底摧毁。因此，狮子总是存在于骆驼之中。此外，孩子还存在于狮子中，作为一些新的价值进入并取代部分陈旧的价值。因此，我们完全可以把骆驼对应到成帧（framing）这个初始阶段，作为一个相对封闭的、既定系统的存在；而狮子则对应到去帧（deframing）的概念上，即是对前一个阶段进行的拆解和摧毁；最后，孩子作为创新和重组的阶段，可以被视为重组帧（reframing）的表现形式。这就构成了由骆驼-狮子-孩子（成帧-

去帧-重组帧画面）的去疆域化完整过程：从一个既定的规范中走出来，并且找到新的生存形式。

由这三个阶段构成的去疆域化过程，具有两个十分重要的核心特征。其一就是该过程是以不断上升的螺旋体形式呈现出来，并且呈现出变革的力量。生命本身就是一个如螺旋般的上升过程，在其中被赋予了会引发变化的真实性。所以，这一核心特征使得人们拥有一种动能，能够逃离社会既定规则的控制和束缚，从而探寻生命在现实之外存在的实质性。在螺旋上升过程中，生活中的各种元素一层又一层地叠加，而这种叠加的重复是由不同元素有选择性地移动来完成的，从而在螺旋链中形成不断向上延伸的组件。由于这种向上延伸的重复会产生差异，所以它能引发变革的力量。“永恒的回归是重复；但是正是重复，事物才会有所选择；正是重复，事物才会得以保留。重复的秘密就在于释放和选择。”[5] 正是这个释放和选择的秘密，引起了上升过程中的实质性改变，且总是不断地增加和破坏认知组件。上述三个阶段的划分中也可以看出，骆驼和狮子这两者都是产生孩子的基础：前两个阶段中的力量释放和选择造就了第三个阶段拥有发生实质性变革的力量。不仅如此，这个过程使“我们发现了一种超越器官的精神，它主导了无机生命的这个整体”，并且“它在我们的灵魂中释放出精神在非心理层面的生命”[5]。因此，正是因为这个螺旋体特征，才带来了新的生命形式，造就了真正意义上的完整生命体。

去疆域化过程的第二个核心特征便是生命强度（intensity），一直伴随在向上延伸的过程中。所谓的生命强度，就是引发积极变化的力量释放，它是生命动能的体现形式。具体来说，去疆域化的三个阶段共同涉及了一个在不同力量程度上的无限生命，强调的是对既定原则和价值进行拆解。生命强度的作用贯穿整个去疆域化的过程：正如狮子代表了对旧价值体系的踩踏，生命过程以减法的形式体现出生命强度；而孩子存在于狮子之中，新事物生成的可能性将会随着生命强度的增加而永远存在。所以，当你摧毁既定价值的同时，你也在给这些价值创造新的属性。正如德勒兹所说：“创造就是使生命变得轻盈，释放生命的负荷，增加生命中新的可能性。”[5] 因此，生命在同时做着减法和加法，其自身的欲望会带来许多的不确定性，引发各种积极的变化。在去疆域化的这样一个加减法不断交替的过程中，生命强度的影响变得愈加突出——“我们随处都能见到否定战胜肯定，反作用力战胜作用力。生活变得具有适应性和调节力”[5]。

在哲学电影中，去疆域化的动态进程以及其两大特性都能够清晰地呈现在电影之中。作为电影动态进程得以推进的基本方式，拆解和重组帧画面的过程，便是电影作为一个整体生命，如螺旋般不断上升的过程。无数次的拆解和重塑，既是对既定帧画面的摧毁，同时又创造出新的画面。换言之，电影生命在体现既定哲学意涵的过程中，又动态地打破了传统定义之束缚，不断地在螺旋体上升通道内增加生命强度，以创造新的意涵和价值。这个去疆域化的过程，是一种不断生成不确定性的流变（becoming）状态，以引发变化和积极力量。只是，在电影的叙述中这个过程忽隐忽现，既被显露又被掩盖着：一边呈现出既定的画面作为拆解的前提，一边创造出新的画面。

三、哲学电影的去疆域化过程：以《末日哲学家》为例

本部分将以电影《末日哲学家》为例展现哲学电影中拆解和重组帧画面以及去疆域化的过程。在电影中，吉米特是雅加达一个国际学校的哲学老师，他强迫自己的20个学生去参与思想实验：想象一场即将来临的世界性毁灭事件。他们进行了三轮基于学生自身选择的假设实验。这个实验通过吉米特老师的语言指导，在教室内展开。换句话说，电影的表述方式对于哲学思想的表达极其关键，而这种表述恰恰对应了骆驼-狮子-孩子（成帧-去帧-重组帧画面）这一完整的去疆域化过程。

在电影《末日哲学家》里，第一轮实验可以看作是形塑画面的骆驼（成帧）阶段，而所有信息的呈现都可以划定为既定原则与文化规范。这一轮实验中的一切都由吉米特掌控着，学生们的命运都是在劫难逃。吉米特假定有一个可以让他们藏身一年的防空洞，但是防空洞里只能容得下十个人生存。他要求他的学生们抽签决定他们当中谁可以进到防空洞。他把卡片分发到学生们手上，从男主角詹姆士开始，接着是他女朋友佩特拉，最后是班上其他同学。卡片上包含了他们在实验中所扮演角色的细节。同

时，学生们捍卫他们进入防空洞的权利也是基于卡片上的信息。被认定具备有用的生存技能的学生可允许进入，比如詹姆士和佩特拉，而那些没有这些技能的就不能进入，比如像诗人和时装设计师。在防空洞里生活了一年后，那些幸存者发现要有密码才能打开防空洞的大门，可是密码只有扮演防空洞设计师的吉米特才知道。由于他已经在防空洞外死去，地堡里的学生们相约在食物耗尽后集体自杀。吉米特的身份信息也是提前预设好并且被掩盖着的。我们可以发现，卡片上信息的预设决定了学生们的生死，这一情境的设定可以被看成是既定的社会规范，即成帧的环节。

第二轮实验可以被看成为拆解画面的狮子（去帧）阶段。所有的学生都共同抵制吉米特的权威，开始选择决定自己的命运。这一次实验是以一座火山爆发为背景。第二轮揭露了更多的信息，都是写在之前发过的卡片上。这将会改变谁能进入防空洞的局面。佩特拉和詹姆士还是被允许进入，尽管詹姆士的附加角色是一个同性恋。十个没有被选上的学生决定逃跑而不是选择被吉米特杀害。被选上的学生进入防空洞并同意立刻开始生育。吉米特认为他们为了繁育需要改变搭档，但没有一个人同意他的观点，其中一个学生还用铅笔刺中了他的脖子。最后，老师摇摇晃晃地打开防空洞，导致所有人死亡。

第三轮实验则可视为重塑画面的孩子成长（重组帧画面）阶段。在这个阶段里，所有的孩子们试图创造属于自己的逃逸路线（a line of escape）。这次实验在一个炸弹即将降落的小岛上进行。佩特拉有权利选择进入防空洞的人选，但她选择了一些有潜在危险或者没有任何技能的人，包括歌剧歌手和诗人，而让那些有生存技能的人留在外面。这种选择激怒了吉米特。但是他却被拒绝进入防空洞，因为记性好的邦妮记得上一轮中吉米特在打开防空洞大门时输入的密码。佩特拉解释说有这样的人在，这一年在防空洞的日子肯定会是充满愉快和创意的。一年之后当这十个人出来时，他们发现根本没有炸弹掉下。最后，所有的学生都通过藐视吉米特的权威，而彻底地改变了自己的命运。

上述过程也反映了哲学电影去疆域化的两个主要特征。首先，三轮实验的推进过程反映了连续上升的螺旋体特征。应该说，这三个实验并非完全独立，而是一个连续体。三个实验共同构成了围绕同一个议题展开的讨论：第二轮实验是在第一轮实验的基础之上进行的信息添加和拆解，即，学生们扮演身份的信息进一步揭露以及学生们对生死的选择方式的改变。尽管结局没有被改变，但第二轮却是对权威的挑战，诠释了学生们想要改变自己的命运，由自己而非由权威掌控自己的生命。也就是要拆解掉既定的社会原则和价值观，是否定战胜肯定的例证。德勒兹认为，当一个影像想要尝试打破陈词滥调的时候，它本身就变成了陈腐之物[4]。因此，第二轮实验已然显示出螺旋链条向上发展的组件，可以渐渐地摧毁原有的知识负担。第三轮实验更是在前两轮的基础上实现了实质性的创造飞跃，即佩特拉彻底颠覆了吉米特的既定安排，并且完全改变了所有人的命运。作为重组过程，第三轮实验使得螺旋链条能够被完整地彰显出来。老师再也没有任何权威，这正好可以印证佩特拉否定既定价值观的想法，因为她一直认为那些有疾病和没有技能的人是可以欢度余生而且不惧死亡的。她勇敢的想法展示出一个全新的世界，在这个世界里所有的人享受着生命给他们带来的完全不同的结果。

其次，在三轮实验中，生命强度的呈现也非常明显。第二个实验中，学生们所做决定的改变，便是生命中动能的体现方式。这种生命强度使得学生们敢于尝试挑战权威，以减法的形式拆解掉既定社会规范的束缚。电影在进行到第二轮实验时，采用了去帧、“场外”镜头的补充以及剪辑和蒙太奇等一系列手法，对第一轮实验中隐藏的信息进行揭露和调整。例如，发现卡片盒子里的机密、揭示卡片背面的附加信息以及透露暗自拿走吉米特手枪的学生是谁等等。这些作为生命强度的力量体现，引发出生命过程的积极变化，使得学生们能够去尝试决定自己的命运。而第三个实验更是生命强度的极致体现：以佩特拉为代表的学生群体，根据生命动能改变了自身的生死，这便是用否定战胜肯定的方式，创造出新的可能性。

所以，《末日哲学家》这部电影是想借由人们处理世界末日的情境，来思考人生态度的问题。吉米特代表的权威性遭遇挑战，被不断否定并被拆解。他的最终结局说明，他无法决定所有学生的命运，也无法安排一切事物发展的方向。在电影中的三轮实验里，我们可以看到每个人都在不断生成变化的情境中做出新的决定，而每一次调整都会带来积极的影响，不断远离既定的方向和结果。最终，经过去疆域化的过程，电影完成了哲学思想的阐释，即，如何经过不断上升的螺旋过程（骆驼-狮子-孩子），摆脱既定的价值体系以及传统规范的束缚，用生命强度的否定的力量战胜肯定，最终寻找到一条专属于自己的去疆域化路径。电影的开放式结局也表明，一切事物都是处于流变状态之中，充满了各种不确定因素。每个人都应该利用这种不确定性，以否定的人生态度决定自己的命运。

四、讨论与结论

《末日哲学家》的三个实验过程恰好与我们所设定的哲学电影帧画面过程模型相吻合。在验证了骆驼、狮子和孩子三个阶段在形成哲学电影的核心价值体系的同时，《末日哲学家》也进一步展现了哲学电影去疆域化过程的其他方面。

首先，虽说哲学电影的去疆域化是以帧画面的重组过程为主体，但是电影中的其他处理手法同样有助于去疆域化进程的推进。正如利文斯顿所认为的："明确的电影风格设备或模式的呈现类别通常都包括影片剪辑或编辑、摄像机运动和选择聚焦镜头、配乐与移动影像之间的配合。"[2] 这些手法的使用从不同角度展现了哲学电影自身所具有的拆解力量和动能。例如，（1）剪辑技巧可以通过对佩特拉打开和关闭防空洞大门的拍摄得到很好的呈现：这是一种典型的能够展示佩特拉在防空洞内很失望的心理活动的手法；（2）编辑可以轻松地通过使用旁白的办法呈现出齐普思的大团圆结局，因为他的故事就是作为那次思想实验结尾的补充；（3）摄像机运动和选择聚焦镜头模式被运用到描绘吉米特试图拿起枪的场景，因为该场景中詹姆斯躲在后面盯着吉米特，而摄影机的角度则在二者之后，就像同时盯着二者；（4）配乐与移动影像之间的配合可以通过第三轮实验中学生们在防空洞内的剧情得到很好的展现，通过配乐与移动影像的同时使用，展现出十年间平静而快乐的生活。

其次，哲学电影的去疆域化同时也是对影像的整合和演绎。在电影推进的过程当中，同时揭露并掩盖着拆解和重塑的理念，让思想的功能并行于对空间的描绘之中。相较于前两个实验叙述的过程，第三个实验的叙述方法更为多元。为了凸显出第三个实验中否定的力量，电影的叙述更多地强调“场外”的内容，而这个部分最能呈现属于电影自身的自由表达和重塑的领域。例如最后在讲述许多被隐藏起来的故事（在另一个小岛上幸福生活的吉普斯，以及吉米特和佩特拉之间的情人关系）的过程中，使用的配乐和色彩，镜头的聚焦和特写，倒叙手法以及剪辑特效等方法，则体现出电影自身所探寻的一条逃逸路线。而在表达时间流逝的蒙太奇技巧中，糅合了声效、色彩等手段，表现了属于电影自身的、生成流变的不确定状态。因此，通过电影独特的技术手段，影像的表达方式能动态地透露出去疆域化的端倪。

第三，哲学电影的去疆域化孕育着新的流变和可能性。在去疆域化的实施后期，新的局势在拆解既定情境之后已然形成，积极力量使得学生们彻底改变了选择自己生命的方式，各种不确定性最终流变出新的可能性。最为重要的是，这种流变影响到了每一个人。在电影里还有另外一个故事在展现拆解和重塑的力量。佩特拉拒绝进入防空洞，原因是她想要做出牺牲，同时得到船的钥匙带领未能进入防空洞的人逃离小岛。而吉普斯是一个被选入防空洞的学生，他假装交出钥匙却在门要关上的时候与佩特拉互换了位置，使得佩特拉进入了防空洞。而他也最终创造了属于他自己的人生道路，在另一个岛上过上了幸福的生活。这种创造力和积极改变，便是生命强度在拆解和重塑的过程中的极致体现。每个人从中都找到了属于自己的逃逸路线。

综上所述，哲学电影的去疆域化是在哲学与电影相互渗透的基础上形成的。基于电影所揭示的三个阶段生活的解构，特别是帧画面拆解和重塑，我们发现了通过专业的电影技巧与经典的拍摄方法所能表达的、另一个属于电影自身的忽隐忽现的去疆域化过程。基于德勒兹关于电影哲学的理论，我们最终指出，哲学电影的存在就如同电影哲学的另一张面具：电影拥有属于其自身的哲学叙述，而哲学也有通过电影得以彰显的路径。二者是相互渗透、互相影响的关系。另一张面具的理论可指导我们找到去疆域化的逃逸路线。这在电影《末日哲学家》的三轮模拟实验中显而易见，追求生命的三重境界就是在破坏与重塑的框架中呈现螺旋上升的状态，并且彰显生命强度。总的来说，这样一个螺旋上升过程，即是电影自身的一个去疆域化的开放过程，构建出了哲学电影的整体结构。

参考文献

[1] Gilles Deleuze. Cinema 1: The Movement-Image [M]. Trans. Hugh Tomlinson and Barbara Habberjam. Minneapolis: Minnesota UP, 1986: 25.

[2] Paisley Livingston. Theses on Cinema as Philosophy [J]. The Journal of Aesthetics and Art Criticism, 2006 (1).

[3] Gilles Deleuze and Félix Guatari. What is Philosophy? [M]. Trans. Hugh Tomlinson and Graham Burchell. New York: Columbia UP, 1994: 16.

[4] Gilles Deleuze. Cinema 2: The Time-Image [M]. Trans. Hugh Tomlinson and Robert Galeta. Minneapolis: Minnesota UP, 1989: 22-3.

[5] Gilles Deleuze. Pure Immanence: Essays on a Life [M]. Trans. Anne Boyman. New York: Zone Books, 2001: 53-4.